ZUM INHALT

Magnus Tide, Freelancer und Glücksritter, kehrt nach zweijähriger Abwesenheit in die Freihandelszone zurück, um eine alte Angelegenheit zu bereinigen. Kaum dort angekommen, erhält er einen Hilferuf seines besten Freundes John Kendrick, dem er spontan folgt. Was er nicht weiß, ist, dass Kendrick den Prototypen eines neuen Kampfjets entführt hat und dass ab sofort die halbe Welt hinter ihm her sein wird...

ÜBER DEN AUTOR

Helge Kautz wurde 1967 in Hilden geboren und lebt heute in Krefeld. Sein Erstlingswerk *Farnhams Legende* erfreute sich großer Beliebtheit und wurde im Jahr 2001 für den Kurd-Laßwitz-Preis nominiert, eine der wichtigsten Auszeichnungen der Science-Fiction-Literatur in Deutschland.

HELGE KAUTZ

DIE SAGITTARIUS-VERSCHWÖRUNG

EIN ROMAN AUS DEM YAGER-UNIVERSUM

EIN SCIENCE-FICTION-ABENTEUER
ZUM COMPUTERSPIEL VON

THQ®

März 2003
THQ Entertainment GmbH

Printed in Germany • ISBN 3-9806698-2-3

FÜR TEELA

TEIL EINS

*Der Schütze ist das neunte Zeichen des Tierkreises.
Halb Mensch, halb Pferd, zielt er mit seinem Bogen
auf das Nachbarsternbild Scorpius, den Skorpion.*

Magnus Tide spürte den warmen Atem der Ingenieurin in seinem Nacken. Heute Morgen noch hatte er den leichten Duft nach Maschinenöl und Parfüm, der von Nadya Santini ausging, für originell, beinahe schon anziehend gehalten. An einem anderen Ort, zu einer anderen Zeit hätte er die Nähe der attraktiven Frau wohl genossen. Im Augenblick aber plagten ihn ganz andere Sorgen: durch die Schaukelei fühlte er sich, als habe er ein Schaumbad ausgetrunken. Alles in ihm schwappte rhythmisch hin und her, während Schaumbläschen seine Kehle hinaufdrängten.

Durch das verdreckte Bullauge an Steuerbord erhaschte er ab und zu einen Blick auf die Linie, an der Himmel und Ozean einander fanden; sie wankte fast im selben Rhythmus wie das Schaumbad in seinem Magen. Meist verdeckte jedoch die steil aufragende Bordwand der *Okeania* die Sicht, und eigentlich war er auch ganz froh darüber.

„Sie kommen aus dem ersten Distrikt, oder?“, Nadya Santini blinzelte ihrem Passagier zu. Natürlich war ihr sein Zustand nicht entgangen, aber bislang hielt er sich noch ganz gut. Sie hatte da schon Schlimmeres gesehen.

Magnus schluckte, bevor er antwortete. „Freihandelszone, eigentlich. In die Distrikte hat's mich erst vor ein paar Jahren verschlagen.“

Unvermittelt dröhnte ein metallener Ton durch die Tauchkugel und ließ sie erzittern. Santini langte an Magnus' Kopf vorbei in einen Drahtgitterkorb, aus dem sie einen rechteckig gefalteten Papiergegenstand hervorzog. „Für alle Fälle.“ Sie grinste und warf Magnus den Gegenstand in den Schoß. Gleich darauf wurde sie wieder ernst. „Vermin hakt uns jeden Moment aus. Paar Meter unter der Oberfläche wird's sofort ruhiger.“

Unschlüssig drehte Magnus das hellbraune Papierteil zwischen den Fingern hin und her. Was sollte das sein, eine Tüte? Er hatte keine Ahnung, was er damit anfangen sollte. Allerdings kam er auch nicht mehr dazu, nachzufragen, denn in diesem Moment rasselte draußen eine Kette vorbei, die einen Sekundenbruchteil später platschend auf dem

Wasser aufschlug. Gleichzeitig tat das Sub einen gehörigen Satz hinab und tauchte gischtend unter die Oberfläche; als es wieder nach oben kam, schaukelte es mehr denn je.

Magnus, den die plötzliche Bewegung halb aus dem Sitz gerissen hatte, rappelte sich wieder auf und schaute sich nach Santini um, die besser als er auf den Sturz vorbereitet gewesen war. Sie nickte ihm aufmunternd zu und ließ das Sub schließlich unter die Wogen sinken, sorgsam darauf bedacht, dass der Seegang das kleine Gefährt nicht gegen den Rumpf der *Okeania* drückte.

Fast sofort wurde es still. Das Heulen des Windes ging in ein gedämpftes Glucksen über, das jedoch ebenfalls wich, als das Sub noch tiefer sank. Bald hörte man nur noch das Surren des elektrischen Strömungsantriebs irgendwo im Heck.

Magnus warf einen neugierigen Blick durch das große, gewölbte Bugfenster. Weit oben zerfloss die blasse Sonnenscheibe unwirklich hinter dem glitzernden Schleier der Meeresoberfläche. Ganz in der Nähe zog ein kleiner Schwarm silbriger Fische dahin; als die Scheinwerfer aufflammten, vollführten die Tiere eine nahezu simultane Ausweichbewegung und zogen sich blitzartig in den Schutz der blauen Dunkelheit zurück. Die Minuten verstrichen; es wurde merklich kühler.

„Wie ist es in den Distrikten?“, fragte die Ingenieurin, ohne von ihren Kontrollen aufzusehen. Magnus, der sich schon bedeutend besser fühlte, wandte sich halb vom Bugfenster ab.

„Wie im Krieg.“

„Tide, der Krieg ist hundert Jahre vorbei.“

„Nicht in den Distrikten.“

Wieder herrschte Stille, und jeder der beiden Insassen hing eigenen Gedanken nach.

Der Tiefenmesser zeigte sechshundertsiebzehn Meter an, als die Frontscheibe plötzlich lautstark knackte.

„Ups“, machte die Ingenieurin.

„Was genau heißt *ups*?“, verlangte Magnus zu wissen. „Werden wir alle sterben?“

Santini kicherte. Wenn Tide Kalauer riss, konnte es ihm so schlecht gar nicht gehen!

„Garantiert“, erwiderte sie daher, „aber nicht vor dem Abendessen. Ihnen geht's wieder gut, was?“ Magnus nickte. „Sehr schön, Tide! Hören Sie, der Meeresboden ist an dieser Stelle gut siebenhundertvierzig Meter tief. Unter uns liegt das Wrack von ‘nem Kampfjet. Richtig?“

„Richtig! Wenn es keiner geklaut hat.“ Magnus grinste jungenhaft. Santini würde das unweigerlich für einen seiner üblichen Sprüche halten. Das traf den Kern nicht ganz, denn natürlich hätte *FSV Bergungen* diesen Bergungsauftrag niemals übernommen – jedenfalls nicht zu einem so günstigen Preis –, wäre er mit seinen wahren Vermutungen an das Unternehmen herangetreten.

„Ganz falsch!“, ereiferte sich die Ingenieurin mit funkelnden Augen, „Das µ-Radar zeigt irgendeine undurchdringliche Suppe an, die wie ein Blob aussieht und einen Durchmesser von zweihundert Metern hat. So ‘ne Art Käseglocke. Mal sehen?“

„Hm? Ja, logisch!“ Magnus wuchtete sich mühsam herum und schaute unter den schlanken Schenkeln der über ihm sitzenden Ingenieurin hindurch auf das orangefarbene Display.

„Kapiere ich nicht!“, murmelte er. Auf einmal belegte leichte Nervosität seine Stimme. Er lag falsch mit seinen Vermutungen. Völlig falsch! Oder? Da mahnte er sich selbst zur Ruhe. Noch stand nichts fest. Was auch immer es sein mochte, das Zentrum lag genau über dem Koordinatennullpunkt, und es besaß eine derart hohe spezifische Dichte, dass das Gerät nicht einmal hindurchtasten konnte. Das Radarecho war nahezu kreisförmig und wurde langsam größer. „Keine Ahnung, was das ist, aber es dehnt sich aus.“

„Was?“, Santini legte ihren Zeigefinger auf die entsprechende Zeile der Anzeige, während Magnus sich umdrehte, um durch die Frontscheibe hindurch nach unten zu spähen. Innerhalb des gleißenden Kegels der Scheinwerfer war nichts auszumachen; außerhalb davon herrschte schwärzeste Nacht.

Mit einem Mal klang ein unheimliches, tiefes Grollen auf, das die Tauchglocke spürbar zum Schwingen brachte. Es kam aus den Weiten des Ozeans, pflanzte sich durch die Außenhülle fort und kroch durch die Schädelknochen in Kiefer, Zähne und Mägen der Insassen. Die Vibration war so stark, dass man sie sogar beinahe sehen konnte.

„Ich schätze, wir gehen jetzt besser nach oben“, sagte Santini mit angespannter, aber beherrschter Stimme, doch Magnus schüttelte nachdrücklich den Kopf. Hier, an der Absturzstelle der *Pantheon IV*, ging etwas Seltsames vor, und darüber musste er unbedingt mehr in Erfahrung bringen - schließlich war genau das der Grund seines Hierseins!

„Hey, Moment!", rief er deshalb und bemühte sich um einen möglichst entspannten Tonfall. „Ist doch bloß irgend so ein Geräusch. Seitlich Ausweichen tut's doch bestimmt auch!" Natürlich war er nur halb so furchtlos, wie er sich gab. Aber das wollte er Santini lieber nicht zeigen. Als Momente später die Scheinwerfer ohne jede Vorwarnung verloschen, richteten sich Magnus' Nackenhaare dann doch unwillkürlich auf. Die Ingenieurin machte ein unbestimmtes Geräusch und zog hastig am Ruder. Von Nadya Santinis plötzlicher Hektik angesteckt, rechnete Magnus jeden Augenblick mit einer hereinbrechenden Wasserwand oder zumindest schwersten Erschütterungen, doch beides blieb aus. Das Sub schaukelte sachte und der Lichtkegel verschwand, nichts weiter.

Santini grunzte verwirrt und völlig undamenhaft. Sie ließ vom Ruder ab.

„Alle Systeme normal? Der Strömungsmotor zieht etwas mehr Saft", erklärte sie mit erstauntem Tonfall, „aber sonst: alles soweit okay. Schon komisch, oder?"

Magnus beugte sich vor und starrte zwischen zusammengelegten Händen durch das Bugfenster. „Verdammt", flüsterte er fast unhörbar. Viel gab es nicht zu sehen, aber er hatte den unbestimmten Eindruck, dass die Nacht der Tiefsee nicht vollkommen sei. Er bat Santini, die fahle Instrumentenbeleuchtung abzuschalten. Sie tat es. Es wurde stockdunkel, und es war, als verstummten mit den letzten Reflexionen auch alle Geräusche. Jetzt erst fiel den beiden Insassen der Kugel auf, dass auch das tiefe Grollen, das ihnen noch vor wenigen Augenblicken die Haare zu Berge hatte stehen lassen, verklungen war. Magnus flüsterte eine entsprechende Bemerkung, doch die Ingenieurin zuckte die Schultern.

„Und jetzt?", fragte sie nach einer Weile in die entstehende Stille hinein. Ihre Stimme hallte gespenstisch nach.

„Hm. Sekunde", wisperte Magnus. Wenig später hatten sich seine Augen angepasst. Von links und rechts kam ein winziges Schimmern durch die Schwärze gekrochen, wie Mondlicht durch einen schweren, dunklen Vorhang. „Jetzt mal die Scheinwerfer aus."

„Wozu, Tide?" Doch sie tastete hörbar in der Dunkelheit herum; kurz darauf ertönte ein Klicken. Die Lichthöfe zu beiden Seiten des Subs verschwanden.

„Hey!", machte sie und klickte den Schalter wieder ein. Erneut fiel Streulicht in den Innenraum. „Die Scheinwerfer sind gar nicht tot! Das Zeug da draußen absorbiert nur Licht."

Magnus nickte. „Wenn Sie die Innenbeleuchtung wieder einschalten, verrate ich Ihnen, was ich glaube, das es ist."

Die Instrumente glommen auf. „Und?"

„Hydraulikflüssigkeit und Treibstoff." Er drehte sich halb herum, um Santinis Reaktion zu beobachten. Im bleichen Licht der Armaturen wirkte ihr ovales Gesicht ein wenig diabolisch; aus irgendeinem Grund gefiel ihm das.

Sie benötigte eine Sekunde, um die Information zu verdauen. „Tide, das ist Quatsch. Der Vogel liegt seit zwei Jahren hier rum. Die Strömung hätte so was längst weggespült!" Sie hielt inne. „Außerdem", fuhr sie langsamer fort, „breitet sich die Suppe aus. Richtig?"

„Möglicherweise sind die Hydrauliktanks jetzt erst implodiert. Durchgerostet oder so."

„Blödsinn. Fullerenstahl korrodiert nicht." Sie schwieg eine Weile, machte sich an den Instrumenten zu schaffen. „Wissen Sie, was ich denke?", sagte sie schließlich, während Magnus erneut aus dem Fenster starrte, „Jemand hat versucht, das Wrack ferngesteuert zu starten. Triebwerke ziehen Strom, Treibstoff wird in die Zündkammern gepumpt, die Hydraulik aktiviert sich, die Systeme versagen – und dann: bumm. Käseglocke aus Schlamm. Daher auch dieses Grollen vorhin."

Magnus' Blick hellte sich auf. Er schaute Nadya Santini überrascht an. „Aber das hat Proteus damals schon versucht – ohne jeden Erfolg. Angeblich jedenfalls. Seinerzeit hieß es, die *Pantheon* sei so schwer beschädigt, dass sie weder flug- noch manövrierfähig sei – schon gar nicht unter Wasser. Was ich diesen Aspergern allerdings nie wirklich abgekauft habe."

Santini schaute mehr als nur skeptisch drein. Sie rümpfte die Nase. „Aspergern? Hm. Sie glauben also, das Wrack ist gar kein Totalschaden, Tide? Wir holen es für Sie rauf? Sie basteln ‘ne halbe Stunde dran rum, setzen sich rein und fliegen damit weg? Tide? Wie unwahrscheinlich klingt das denn?“

„Ja, ja. Immer cool bleiben!“ *Aber falls es doch so ist, dachte Magnus, Jackpot! Dann halte ich endlich wieder den Stick eines richtigen Kampfjets in den Händen, und nicht den eines... Vakuumventilators!* Er hütete sich wohlweislich, diesen Gedankengang laut auszusprechen, aber Santini schien den Glanz in seinen Augen richtig zu deuten. Sie schüttelte wortlos den Kopf, zog eine Augenbraue hoch und zuckte mit den Schultern.

„Aufwachen, Tide! Sie sind ein Tagträumer! Wenn der Flieger bislang kein Totalschaden war, dann ist er es jetzt. Aber ist ja Ihr Geld, das wir hier verbrennen, nicht meins.“

„Genau“, nickte Magnus. „Hören Sie, Miss Santini. Können Sie noch ein Stückchen tiefer runtergehen? Vielleicht können wir da unten irgendetwas erkennen.“

„Sonst geht’s Ihnen noch gut, Tide?“, regte die Ingenieurin sich auf. „Keine Sicht und keine Instrumente, ich bin doch nicht verrückt!“

Magnus zuckte die Schultern. „Tun Sie es, wenn ich Ihnen versichere, dass ich für zwei verrückt bin?“

„Haha. Hören Sie, ich mache Ihnen 'nen Vorschlag. Wir haben die *Maryner* im Trockendock. Tiefensonar, HME-Scheinwerfer, zwei Manipulatoren. Die *Okeania* kann damit in ein, zwei Tagen wieder vor Ort sein. Also?“

Magnus kratzte sich nachdenklich am Kinn. „Haben Sie schon mal versucht, einem nackten Mann in die Tasche zu greifen?“

„Klar. Mehr als einmal.“

„Super. Klingt ja viel versprechend! Nein, mal im Ernst. Vielleicht kann ich die Kohle für einen weiteren Tauchgang aus Proteus rauskitzeln. Aber ich müsste dort erst einmal vorstellig werden. Mit ein paar guten Argumenten. Kann ich eine Hardcopy von Radar, Instrumenten und Positionsbestimmung haben?“

„Sicher. Wohin?“

Magnus nestelte eine alte, speckige E-Folie aus seiner Jackentasche hervor, auf die Santini den Bordcomputer die gewünschten Daten übertragen ließ.

„Eigentlich könnten wir von *FSV Bergungen* auch direkt an Proteus herantreten“, überlegte die Ingenieurin laut, während die Datenübertragung lief. Sie zwinkerte Magnus zu.

„Unterstehen Sie sich. Dann können Sie sich schon mal darauf einrichten, einem anderen nackten Mann in die Tasche zu greifen!“

Santini lachte und ließ die Tauchkugel langsam aufsteigen.

*

Kaum zurück an der Meeresoberfläche, ging die Schaukelei auch schon wieder los. Magnus hielt die Luft an, als Michel „Vermin“ Le Clerc ihm auf die Schulter klopfte.

„Monsieur Tíde“, brüllte der schmächtige Mann über die steife Brise hinweg, „unsere Instrumente haben eine Infraschallsignal registriert, kurz bevor Sie sind bei die Wrack angekommen.“

„Infraschall?“, echote Magnus verständnislos. Der Mann mit dem französischen Akzent sah ihm das Unwohlsein wohl schon an der Nasenspitze an, denn er fasste sich kurz.

„Oui, Infraschall! Trägt hunderte von Kilometern unter Wasser. Lobos stattet neuere Jets standardmäßig damit aus, zusätzlich zu die Funkkontrolle per RCU.“

„Noch nie davon gehört“, stöhnte Magnus.

„Natürliesch nicht. Ist Hintertür von Lobos, die wollen das gerne halten geheim. Damit können sie jede ihrer Jets kontrollieren.“

„Jeden?“

„Sehr richtig, es sei denn, er ist verborgen in eine tiefe Felshöhle. Oder in eine riesige Eisberg.“ Vermin lachte unsicher. „Sie sehen aus nicht sehr gut, Monsieur Tíde. Besser, Sie fliegen jetzt nach Hause, nicht wahr?“

Magnus’ energisches Kopfnicken verschlimmerte seinen Zustand bloß noch.

„Seien Sie vorsichtig, wenn Sie fliegen in die Freihandelszone“, rief Vermin noch, während Magnus sich schon zum Gehen wandte. „Piraten sind gesichtet worden heute Mittag in der Nähe von Berezan. Vielleicht sind sie noch da? Wer weiß?“

Magnus griff nach der Reling, um sich daran in Richtung Flugdeck entlangzuhangeln. Er atmete explosiv aus. Irgendwie schien der Begriff *Piraten* langsam zu einem Modewort zu verkommen.

„Okay, cool, ich weiß Bescheid“, rief er zurück, ohne die Warnung wirklich Ernst zu nehmen. Flüchtig drückte er Santini, Fraser und Vermin zum Abschied die Hände.

„Und unter Wasser hat er sich doch so gut gehalten!“, sagte Santini vorwurfsvoll, ihren Kollegen zugewandt. Auf deren Gesichtern zeichnete sich ein breites Grinsen ab.

Magnus presste die Lippen aufeinander und stöhnte „Sie wissen ja, wie das ist: tiefe Wasser sind still“, dann bestieg er endlich seine auf dem Landeplatz verankerte Maschine. Voller Ungeduld wartete er darauf, dass sich die Rotorkästen an den Tragflächenenden aus der Horizontalen nach oben drehten und die Turbinen auf Touren kamen. Nach langen Sekunden gab die automatische Flugkontrolle der *Okeania* die Sicherungsklammern schließlich frei, und der kleine Senkrechtstarter wurde von seinen Propellern rasch in den Himmel gezogen. Als das ‚Schaumbadgefühl‘ in seinem Bauch langsam verebbte, atmete Magnus erleichtert auf. Das wurde aber auch langsam Zeit!

Cheek Lu presste die Lippen aufeinander, als Sturdys Jet keine hundert Meter vor ihr von einer Garbe Explosivgeschosse zerfetzt wurde; Sturdy war ein guter Kerl gewesen, viel zu gut, um so sinnlos den Löffel wegzuschmeißen!

Ohne zu denken zwang sie ihre Maschine in eine Hyperbel, um den umherfliegenden Trümmern zu entgehen. Schwarze Schleier verengten das Sichtfeld der um ihr Leben kämpfenden Frau, als ihr das Blut durch die extreme Beschleunigung aus Netzhaut und Gehirn gepresst wurde. Sofort entzog ihr der Autopilot die Kontrolle über den Jet, bis die G-Kräfte nachließen und sie wieder klar sehen und denken konnte. Weit unter ihr spuckte die automatische Heckkanone des großen Frachtschwebers noch immer lange Garben großkalibriger Leuchtspurmunition über den tiefblauen Himmel; das dröhnende Wummern der schnellen Schussfolge drang selbst auf dieser Höhe noch bis in ihren Magen vor.

Das Funkgerät knackte; knisternd kam Cord Bentleys Stimme über den taktischen Kanal: „Rückzug. Stern."

Die junge Frau mit den streichholzkurzen, roten Haaren und den asiatisch angehauchten Gesichtszügen schnaubte aufgebracht. *Bullshit, Rückzug!* Cheek Lu fluchte wild und so ordinär, dass es einen Matrosen erschüttert hätte.

„Pass auf, hinter dir!", gellte die Stimme einer Frau durch den offenen Funkkanal. Das war Fern, Cheeks beste und einzige Freundin, und wenn die sonst eher schweigsame Fern sich genötigt sah, zu schreien, dann musste es schon verdammt brenzlig sein! Ein gehetzter Blick auf den Ortungsschirm zeigte ihr, wo der Hund begraben lag: eine der LR war auf den Vektor ihres Jets eingeschwenkt und heftete sich in diesem Moment an ihr Heck! Fast gleichzeitig mit dem Warnsignal des Waffencomputers kreischten die ersten Energiesalven haarscharf am Cockpit vorbei. Reaktionsschnell zog Cheek die Bremsklappen auf und kappte den Antrieb. Die Maschine reagierte wie ein nasser Lappen: sie sackte unverzüglich trudelnd durch. Der gegnerische

Pilot, wohl nicht auf ein solches Manöver gefasst, hätte beinahe Bekanntschaft mit der Bordwand des sich nähernden Frachtschwebers gemacht; nur im allerletzten Moment konnte er der Kollision durch eine enge Wende entgehen.

Fetzen blauen Himmels rotierten in schneller Folge um Cheek Lu herum, während ihr Magen sich im freien Fall hob und gegen die Speiseröhre drückte. Es war ihr unmöglich, Details der Umgebung zu erkennen, aber sie war nahezu sicher, dass ihre Leute Cords Befehl befolgt hatten und sich bereits auf dem Rückflug nach Freedom City befanden. Was auch sonst sollten sie tun?

Als das Arbeitsgeräusch der Gravistats plötzlich anschwoll, straffte sie sich. Längst schon hätten die Schwerkraftmotoren anspringen müssen, um den Sturz abzufangen - oder täuschte sie sich? Sie war sich plötzlich gar nicht mehr so sicher. Zu weiteren Überlegungen kam sie vorerst nicht.

Ähnlich der Notbremsung eines Aufzugs fühlte Cheek Lu, wie ihr Gewicht sekundenlang nach unten gezogen wurde. Dann stoppten Andruck und Rotation unvermittelt, und der Jet kam, zwei Meter über den Wellen schwebend, zum Stillstand. Cheek presste die Augen kurz und heftig zu und versuchte, das intensive Schwindelgefühl zu vertreiben: alles drehte sich noch um sie herum. Sie legte den Kopf in den Nacken und hob die Lider, um durch die Kanzel hindurch nach oben zu schauen. Die Zeichen des erst kürzlich beendeten Gefechts waren unübersehbar: schwarzer Qualm, weiße Kondensstreifen und flimmernde Wirbel ionisierter Luft. Jets waren tatsächlich keine mehr unterwegs - nicht einmal Cheeks Verfolger, der sie vor wenigen Sekunden erst in dieses riskante Manöver getrieben hatte! Sie mochte wetten, dass die Piloten der drei LR2937 sich in diesem Augenblick einen Spaß daraus machten, den zusammengewürfelten Haufen hoffnungslos veralteter Jets aus Freedom City bis an den Rand des DST-Lufthoheitsgebiets zu jagen.

Voller Wut auf die Proteus-Piloten, die Motleys und auf Cords Fahrlässigkeit startete sie den Antrieb und zerrte am Steuerhorn. Ein Gedanke in ihr wuchs schlagartig zur zündenden Idee heran: Vielleicht gab es einen Weg, wie sie Fern, Keiju und ihren Leuten helfen konnte – hier und jetzt!

Ruckartig sprang der Jet in die Höhe und gewann so rasant an Fahrt, dass sich die Gravistats fast augenblicklich abschalteten und die Maschine dem aerodynamischen Flug überließen. Noch während Cheek Lu den Flieger wieder ein gutes Dutzend Meter hinunterdrückte und eine Schleife flog, entsicherte sie die vier unter den Tragflächen montierten Lenkgeschosse. Zwar waren die *Wyrm* Luft-Luft-Raketen ziemlich betagt und auch nicht sehr effektiv gegen gepanzerte oder wendige Ziele. Aber das war ihr egal – sie wollte die Dinger schon lange einmal ausprobiert haben!

Der Frachtschweber war breit und endlos lang, mit einem mächtigen Bauch und einer Ladefläche so groß wie ein Fußballfeld; ein Koloss aus Fullerenstahl und Diamandoid, der einen kilometerlangen Schatten vorauswarf, nun, da die Nachmittagssonne unmittelbar hinter ihm am Himmel stand. Cheek Lu näherte sich dem riesigen Lastenschiff frontal, knapp über den Wellenkämmen und somit im toten Winkel des Heckgeschützes.

Jetzt!

Sie löste die *Wyrm* aus. In schneller Folge fauchten die vier Raketen davon, lange Abgasstreifen hinter sich herziehend und dem Jet jeweils einen winzigen Ruck versetzend. Die junge Frau wartete nicht auf das Ergebnis, sondern flog eine weitere Schleife, um nicht unter den Rumpf des Frachters zu geraten. Als sie zurückkehrte, sah sie, dass bereits hohe Flammen aus einem gezackten Loch in der Rumpfwölbung des hinteren Gravistats schlugen. *Treffer!*

Langsam, fast schon majestätisch, sank der Frachtschweber rückwärts der Meeresoberfläche entgegen, nur noch von seinen vorderen Gravistats getragen. Er würde versinken, daran hegte Cheek keinen Zweifel. Sie bedauerte zwar ein wenig, dass es ihr nicht möglich war, noch ein Weilchen zu bleiben und dabei zuzusehen; jedoch konnte sie sich lebhaft vorstellen, was auf dem Frachter in diesem Moment vor sich ging: Automatische Notfallsender signalisierten SOS an alle erreichbaren Häfen; die Crew würde sich beim Auffinden und Besteigen der Rettungsinseln gegenseitig auf den Füßen herumsteigen. Bald würde es hier von Fahrzeugen aller Art wimmeln.

Außerdem würde man die LR2937 zurückpfeifen! Sie grinste schief. Piraten jagen war ein andermal - nicht heute!

Kapitel 3

John Kendrick war ein großer, massiger Mann, breitschultrig und mit rundem Gesicht, an dem es, trotz seiner Statur, kein Gramm Fett zu viel gab. Ständig befand er sich in fließender Bewegung, geschmeidig wie ein schwarzer Puma, dem es schwer fiel, auch nur für kurze Zeit stillzuhalten. Doch der Augenblick, in dem es geschah, ließ ihn den Bruchteil einer Sekunde innehalten und versteinern. Die Zeit selbst erstarrte um ihn herum, zog sich endlos und wälzte sich träge auf ihn zu – gleich der diffus grauen Wolke, die mit explosiver Gewalt aus dem Boden vor ihm geschossen kam.

Dann war der Augenblick des subjektiven Stillstands vorüber; John Kendrick stieß einen stummen Fluch aus, drehte sich um und begann zu laufen, als sei der Teufel persönlich hinter ihm her. Sekunden später rollte die Wolke lautlos über ihn hinweg; Kendrick keuchte entsetzt und verdoppelte seine Anstrengungen. Plötzlich fühlten sich sein Rücken und seine Beine an, als habe jemand heißes Öl darüber ausgegossen. Dass sich überhitzter Wasserdampf bei einer Umgebungstemperatur von unter minus vierzig Grad Celsius völlig bizarr verhielt, damit hatte er nicht gerechnet. Statt aufzusteigen und auf Nimmerwiedersehen zu entschwinden, wälzte sich der kochende Dampf explosionsartig und flächig über den Gletscher und erstarrte nach wenigen Metern zu einer merkwürdigen Eiswolke, die augenblicklich nadelfeine Kristalle auszufällen begann.

Fluchend stolperte, schlidderte der große Mann vorwärts, bei jedem Schritt erneut um die Wahrung des Gleichgewichts kämpfend. Auf der spiegelglatten Fläche griffen seine profillosen Fliegerstiefel kaum, mehrmals musste er sich mit den Handschuhen auf dem Eis abstützen, um nicht der Länge nach hinzuschlagen.

„Verflucht sollst du sein, Forrester“, keuchte er unter schwerem Atem, aber niemand war da, der ihn hätte hören können. Schmerzhaft stach die Luft in seine Lungenflügel, die Muskeln in Armen, Beinen und Waden drohten vor Überanstrengung den Dienst zu versagen. Ohne Vorwarnung sprang etwas mit der Vehemenz eines Raubtiers in seinen Rücken. Einen Schreckenslaut ausstoßend, warf er sich halb herum und stürzte auf alle viere nieder.

„Ruhig, John, ruhig“, sprach er sich selbst Mut zu. Auf diesem ganzen, gottverlassenen Eiland gab es keine Raubtiere. Nichts gab es hier, überhaupt gar nichts, nur Eis, diffuse Nacht und die Aurora Australis hoch über ihm. Es musste der gewaltige Temperaturunterschied gewesen sein, der ihm buchstäblich in den Rücken gefallen war, als er die scharfe Demarkationslinie zwischen der kochenden Dampfwolke und der entsetzlichen Umgebungskälte durchquert hatte. Aber ob Kälte oder Raubtier - das spielte nun ohnehin keine Rolle mehr. Sein Rücken und seine Beine brannten wie Eisfeuer, so, als würde ihm die zuvor verbrühte Haut in langen, gefrorenen Streifen vom Leib gekratzt.

Eine ganze Weile hockte John Kendrick bloß da, auf Händen und Knien verhalten keuchend, und starrte blicklos in die Düsternis.

Forrester und Liang Xing hatten ihn verraten, ihn betrogen. Ihn verkauft.

Nach und nach wich das spitze Prickeln in Kendricks Gliedmaßen einer dumpf pochenden Taubheit. Er richtete sich vorsichtig auf, erst auf die Knie, um mit den Handschuhen über die rückwärtigen Beinstücke seiner Thermohose zu fahren: Der Wasserdampf war hier zu einer rigiden, merkwürdig stacheligen Eisschicht erstarrt, deren unregelmäßige Kristallwucherungen er sogar durch die Handschuhe hindurch deutlich spüren konnte; wahrscheinlich sahen Parka und Kapuze von hinten ganz ähnlich aus. Allen Versuchen, dem Eis mit Klopfen oder Schaben beizukommen, trotzte die Schicht mühelos. Da er daran nichts ändern konnte, richtete er sich vollends auf, sorgsam auf das Gleichgewicht bedacht.

Noch immer hing die Wasserdampfwolke bedrohlich wie ein Atompilz über der Ebene und fällte dünner werdende Eisnadeln aus. John Kendrick erahnte ihre Existenz mehr, als dass er sie wirklich sah. Sie überlagerte das türkise Wabern der Aurora, das unaufhörlich über den nachtschwarzen Himmel geisterte; allerdings verblasste ihre dunkle Silhouette zunehmend. Von Südosten zog ein lautloser Wind heran, der sich schnell und gnadenlos durch alle Schichten isolierender Kleidung zu beißen anschickte.

Kendrick straffte sich. Wenn er sich korrekt an die Karte erinnerte, dann lag dort, wo die Bö herkam, das Ross-Schelfeis. Und das wiederum bedeutete, Thielstation war weiter nördlich von hier, dort, wo es schnell noch viel kälter wurde. Ungefähr vier Kilometer entfernt; später würde er noch einmal die RCU hervorholen und die Daten überprüfen. Kendrick tastete nach der leichten Wölbung in seinem Parka, unter der er die Kontrolleinheit verborgen hielt, um sie vor der Kälte zu schützen, und rückte die Kapuze zurecht. Seinen Idealismus hatte man heute vielleicht in die Schranken verwiesen, aber klein beigeben würde er nicht - noch lange nicht! Denn egal wie aussichtslos die Lage auch immer schien, es gab immer ein *noch aussichtsloser.* Gut möglich, dass die Situation doch noch zu retten war, aber das würde er nicht herausfinden, wenn er hier überwinterte. Es war an der Zeit, dass er sich auf den Weg machte.

Kapitel 4

Zügig führte der Kurs des Senkrechtstarters Magnus Tide aus der Unwetterzone hinaus, und die Nachmittagssonne schickte wärmende Strahlen durch das durchsichtige Cockpit der alten Maschine. Sanction Bay, der äußerste Ausläufer der Freihandelszone, befand sich fast genau sechshundert Kilometer von seiner momentanen Position entfernt; Magnus musste nicht einmal die Navigationsinstrumente bemühen, um den Weg zu finden. Er beabsichtigte die verbleibende Strecke in weniger als einer Stunde zurückzulegen. Damit wäre er zeitig genug in der Freihandelszone, um seine Appartementbox zu finden, Sarah McDavid eine Nachricht zu hinterlassen, ein paar Anrufe zu tätigen und zum Sonnenuntergang eine Dose Dweezle's zu öffnen.

Aber Himmel – wie hieß doch gleich der gottverlassene Fleck, an dem die Box untergekommen war? Cedar Dwellings? Magnus kramte fluchend in dem kleinen Staufach unterhalb des Instrumentenbretts. Irgendwo musste der Wisch doch sein! Er war davon überzeugt, dass die Umzugsagentur auf der Auftragsbestätigung Namen und Koordinaten der Ortschaft vermerkt hatte, in der seine Appartementbox nun stand. Schön sollte es dort sein, hatte das Mädchen von der Agentur gesagt, mehr wusste er nicht. Der Name „Cedar Dwellings" war ihm allerdings unbekannt und musste demnach ziemlich neu sein. Eigentlich hatte er angenommen, jeden noch so kleinen Ort in der Freihandelszone zu kennen. Immerhin hatte er hier den größten Teil seines Lebens verbracht! Endlich fand Magnus die elektronische Folie und nickte befriedigt. Tatsächlich, der Ort hieß wirklich so; er befand sich relativ weit im Landesinnern, sollte aber problemlos zu finden sein.

Fünfundsechzig Minuten später steuerte er die Maschine über die hohe Felswand, die das natürliche Hafenbecken der Sanction Bay begrenzte. Erstaunt vom Gewimmel kleiner Boote, Schweber und Frachter unten in der Bay, überraschte ihn der Anblick hier oben umso mehr: am Rand der Klippe, weit oberhalb des Wassers, hatte man ein wunderschönes Gebäude aus hellem Holz erbaut. Es folgte der Stufung des Felsens und erstreckte sich über mehrere Etagen, die Oberste davon umringt von einer Veranda mit hölzerner Reling. *Sanction Inn*, verriet ein Schild. Magnus schüttelte verblüfft den Kopf. Als er den Felsen zuletzt gesehen hatte, war er einfach nur ein stiller, einsamer Ort gewesen, an dem man den Sonnenaufgang genießen konnte. Einmal war er sogar mit Sarah hier gewesen. Sie hatten über das Meer geschaut, das sich aus der Nacht schälte, und miteinander gescherzt – zu mehr war es nie gekommen.

Ein paar Momente später sausten unter ihm die Gebäude, Wellblechhütten und Felder der Crippen-Farm vorbei. Viele schöne Erinnerungen aus seiner Jugend verbanden sich mit dieser Farm, deren Besitzer, Tom und Marge Crippen, ihn immer wie den Enkel behandelt hatten, der ihnen nie vergönnt gewesen war. Magnus nahm sich dringend vor, Tom und Marge schon bald zu besuchen.

Weiter landeinwärts sah alles so aus, wie er es in Erinnerung hatte: Bewässerungsanlagen, kleine Ansiedlungen, hier und da ein paar Palmen in brachliegenden Wüstenparzellen. Transportunternehmen und Händler stapelten tausende von Containern in abgezäunten Bereichen; in der Ferne zeichneten sich die Rohrleitungen und Chemoreaktoren der einzigen, industriellen Fertigungsanlage der Freihandelszone ab: Free Tubes, Inc. Nicht weit hinter dem Werksgelände von Free Tubes durchlöcherten zahlreiche Kiesgruben und künstliche Seen die Landschaft. Magnus überprüfte noch einmal die gegenwärtigen Koordinaten - sie stimmten mit den Angaben der Auftragsbestätigung überein. Er wollte es kaum glauben, und doch war es so: hier musste es irgendwo sein!

Da erblickte er die gesuchte „Ortschaft“: Zwischen einem halben Dutzend hoher Sandaufschüttungen erstreckte sich eine endlose Trasse unordentlich aufgereihter Appartementboxen. Jeweils zwei Boxen standen sich leicht versetzt gegenüber, fünfzig oder mehr davon nebeneinander, eine lange, breite Gasse bildend, eingerahmt von Sand, Kies und verrostendem Abraumgerät. Auf einigen der flachen Dächer parkten Flieger, die meisten waren noch älter und heruntergekommener als Magnus' Senkrechtstarter. Jemand hatte mit krakeligen Buchstaben *Cedar Dwellings* auf ein Schild gepinselt.

Magnus traute seinen Augen kaum; unsanft setzte er die Maschine am Ende der Doppelreihe aus Appartementboxen auf. Er ließ die Kanzel hochfahren und klammerte sich ein paar Sekunden mit gesenktem Kopf und zusammengezogenen Augenbrauen am Steuer fest, bevor er schließlich ausstieg. Wenn die Agentur dies hier als *schön* anpries, wie mochten dann erst die Wohngebiete ein Stück weiter unten auf der Liste ausschauen? Draußen knirschte der feuchte Sand unter seinen Stiefeln. Mit angewidertem Gesichtsausdruck schaute Magnus sich um. Waren die Appartementboxen so klein, oder schien ihm das nur so, neben all dem Sand? Über das Klirren der Abraumgeräte, das unangenehm die Gasse hinaufschallte, erklang das Quietschen einer sich öffnenden Tür.

„Tide?“ Magnus drehte sich um. Im Mund des Mannes, der soeben herbeistapfte, stak eine dicke Zigarre, sein Doppelkinn ging unmittelbar in einen gewaltigen Bauch über. Bekleidet mit einem verblichenen Blumenhemd in Sondergröße über einem speckigen Army-T-Shirt wirkte er genau wie die Art von Person, die man an einem Ort wie diesem erwartete.

„Angus Tide?“ Der Mann nahm die Zigarre für einen Moment aus dem Mund.

„Magnus.“

„Oh.“ Er kratzte sich den Bauch und starrte Magnus missmutig an, bevor er sich zu Weiterem durchrang. „Man sagte mir, dass du kommst. Ich bin Hawler. Dein Nachbar. Bin ich.“ Er steckte die Zigarre wieder zurück in den Mund und reichte Magnus die Hand. Als Magnus sie ergriff und schüttelte, blickten Hawlers Äuglein etwas freundlicher. „Ich bin nicht der Verwalter. Bin ich nicht. Aber wenn du dich beschweren willst, leite ich es weiter.“ Magnus' Blick folgte dem knubbeligen Zeigefinger.

Da stand seine Appartementbox, erkennbar an den zwei diagonalen, gelben Streifen, die er vor langer Zeit eigenhändig aufgemalt hatte. Sie stand verkehrt herum, die Rückwand wies zur „Gasse“, während die Vorderseite mit Eingang und Fenstern sich zu einem riesigen Sandberg hin öffnete, der nur ein paar Schritte weiter begann.

In Magnus kochte Ärger hoch. Was zur Hölle hatte man sich dabei gedacht? Hawler beeilte sich zu beteuern, dass er von nichts wisse, und hastete davon. Fluchend zwängte Magnus sich durch den engen

Spalt zwischen zwei Boxen. Gleich morgen früh wollte er die Umzugsagentur anrufen; keine Sekunde länger als diese eine Nacht würde er in diesem Riesensandkasten verbringen!

Sein Schritt stockte, als er eine schmale Gestalt mit dem Rücken zur Wand neben dem Eingang der Box hocken sah. Eine frische Narbe zog sich quer über das Gesicht des Mannes, der seltsam unbeteiligt aufblickte, als die Schritte sich näherten. Plötzlich sank der Kopf des Fremden auf die Brust, und er rutschte vornüber, wo er leblos liegen blieb.

Kapitel 5

Cheek Lu regelte die Lautstärke der Musik, mit der sie sich bereits seit Stunden über die Langeweile des Flugs hinwegrettete, so weit herunter, dass das wilde Geschrammel der *Død Ponks* beinahe im gleichmäßigen Triebwerksrauschen unterging. Sie hatte wohlweislich nicht die direkte Route nach Freedom City gewählt, sondern vorsichtshalber den langen Umweg über die Pinehawk Islands in Kauf genommen, um von dort der Grenzlinie zwischen Serpent Plains und DST zu folgen. Jetzt befand sie sich irgendwo in der Nähe von Punto Madre, etwa dreihundert Kilometer vor ihrem Ziel, und soeben war ihr bewusst geworden, dass die Motleys den Abschuss des Frachtschwebers mit Sicherheit nicht einfach hinnehmen würden; immerhin war das der dickste Brocken, den man ihnen je unterm Hintern weggeballert hatte! Aber was würden die Konsequenzen sein? In den letzten zwanzig Jahren war es ein paar Mal vorgekommen, dass Motleys oder Konzerne an Freedom City Vergeltung geübt hatten, und die Bewohner des Camps mussten damit rechnen, dass dies jederzeit wieder geschehen konnte. Dementsprechend war man bis auf den heutigen Tag nie über das Stadium eines verwahrlosten Flüchtlingslagers hinausgekommen, wo jeder stets auf dem Sprung war, darauf vorbereitet, innerhalb von Minuten mitsamt seiner Habseligkeiten zu verschwinden. Der Unterschied zu früher lag darin, dass sich in den sieben Jahren seit dem letzten Übergriff eine funktionierende kleine Gemeinschaft entwickelt hatte, mit Familien, sogar mit Kindern und allem, was dazu gehörte. Sie mochten Ausgestoßene sein, aber sie verdienten Besseres als das! Vielleicht war es an der Zeit, sich nach einem starken Verbündeten umzusehen? Doch wenn Cord – wie gerade heute – weiterhin all das riskierte, was er in den letzen Jahrzehnten mühsam aufgebaut hatte, dann würde es bald niemanden mehr geben, dem das von Nutzen wäre. Cheek nahm sich vor, sofort nach ihrer Rückkehr ein ernstes Wort mit ihm zu sprechen. Ein verdammt ernstes.

Eine halbe Stunde später tauchte der Scythescraper in der Ferne auf, das „Wahrzeichen" Freedom Citys: Eine dreißig Meter hohe Pyramide, errichtet aus zweiundsiebzig Frachtcontainern, die sich acht Stockwerke hoch auftürmte. Nur die ranghöchsten Mitglieder der Gemeinschaft lebten hier, alle anderen hausten in Zelten oder Wellblechhütten. Cheek Lus Quartier bestand aus den vier Containern der siebten Ebene und den zweien darüber. Damit stand ihr weit mehr Raum zur Verfügung als jedem anderen im Lager – mit Ausnahme Cord Bentleys natürlich, der den ausgedehnten Bungalow weiter draußen bewohnte. Aber letztendlich war sie es als seine Tochter gewöhnt, Privilegien schulterzuckend hinzunehmen. Irgendwie schuldete der alte Sack ihr das!

Sie brachte den Jet auf ihrem persönlichen Landeplatz am Fuß des Scythescrapers hinunter und sprang behände aus der Kanzel, während die Triebwerke noch kreischend ausliefen. Über ihr trat ein junger Mann mit wehendem schwarzen Haar auf den Sims der ersten Ebene.

„Keiju!", rief sie, während sie den Jet mit der Kommandoeinheit verriegelte und das kleine Gerät sodann in ihrer Lederjacke verstaute. Der Angesprochene griff nach der Sprossenleiter und rutschte daran in Windeseile herunter.

„Chi-Tsen, meine Blume!" Er machte Anstalten, sie zu umarmen, doch sie hielt ihn auf Armeslänge von sich.

„Bleib mir vom Leib", knurrte sie mit blitzenden Augen, „und nenn mich nicht so. Hat Fern es geschafft? Wo ist Cord? Ich muss mit ihm reden."

Keiju trat einen halben Schritt zurück und nickte ernst, als wisse er bereits, was sie mit ihrem Vater besprechen wollte. „Ja, das solltest du tun. Und rufe Fern an. Ihr geht es gut, aber sie sorgt sich um dich." Seine Gesichtszüge wurden wieder weicher, als er die Handflächen aneinander legte und eine Verbeugung andeutete. „Du hast heute unsere Niederlage in einen Sieg verwandelt, Chi-Tsen, und vielen die Haut gerettet. Ich möchte dir danken."

Cheek blickte ihn mit gerunzelter Stirn an, unschlüssig, was sie sagen sollte. „Vielleicht sind wir morgen schon alle tot, Keiju", antwortete sie endlich. „Dankst du mir dann immer noch?"

„Was spielt das für eine Rolle, ob heute oder morgen? Heute haben wir fünf gute Leute verloren. Niemand hätte sterben müssen, nicht einmal ein Motley, wäre Cord nicht so nachlässig gewesen. Er wird alt, Chi-Tsen. Senil."

Wut wallte heiß in Cheek auf, und für ein paar Sekunden vergaß sie, dass sie sich nach dem heutigen Debakel bereits ähnliche Gedanken gemacht hatte. Aber niemand durfte so über ihren Vater reden; das ging eindeutig zu weit! Sie langte nach Keijus Kragen und zog ihn hart zu sich heran; sie wusste, wie kräftig er war und dass er sich mit Leichtigkeit gegen sie behaupten konnte, doch es war ihr ganz egal.

„Schlitzauge, noch ein Wort gegen meinen Vater und du wirst es bereuen!“ Irgendwo in ihrem Innern jedoch nagte das Stimmchen, das Keiju Recht gab: Cords Zeit war abgelaufen, der alte Mann wollte es bloß noch nicht wahrhaben. Der heutige Vorfall war ein deutliches Zeichen. Sie ließ von Keiju ab, der sie mit einer verwirrenden Mischung aus Ärger, Schalk und Verliebtheit musterte.

„Er hat dir genügend Leid zugefügt, weißt du’s nicht mehr?“

„Dir werde ich auch noch mal Leid zufügen...“ Mit diesen Worten ließ sie ihn stehen, wohlwissend, dass Keiju es nicht als Drohung, sondern als Versprechen auffassen würde.

*

Innerhalb von einem Kilometer um Cords Bungalow durften keine Fluggeräte benutzt werden; mit der Paranoia ihres Vaters bestens vertraut, machte Cheek sich zu Fuß auf den Weg. Wie üblich ließ die Torwache sie sofort durch.

Im komfortablen Arbeitszimmer des Bungalows servierte Mei-Rong Cord und dem Fremden, Ndulu Swift, soeben Tee auf einem ovalen Tablett, zurückhaltend und in sich gekehrt wie immer. Cheek nickte ihr nur flüchtig zu und wandte sich ab. Die Unterwürfigkeit ihrer Mutter hatte mit den Jahren noch zugenommen. Darüber wollte sie lieber nicht nachdenken, es machte sie krank.

Cord Bentley, kleiner als seine Tochter, stämmig und mit krausem, roten Haar, unter das sich dicke, graue Strähnen mischten, blickte mit hochgezogenen Augenbrauen auf, als sie den Raum betrat. „Du solltest deinen kleinen Hintern lieber hier rausschaffen, bevor ich ausfallend werde“, sagte er freundlich. Der Besucher grinste frech dazu.

„Ich sehe, du freust dich, dass ich noch lebe“, entgegnete Cheek.

Den Fremden würdigte sie keines Blickes; Ndulu Swift war vor zwei oder drei Tagen wie aus dem Nichts aufgetaucht; keiner kannte ihn, keiner wusste, was er beabsichtigte. Bloß ihr Vater schien auf ihn zu hören – und seitdem waren seine Entscheidungen keinen Pfifferling mehr wert. Früher, das wusste Cheek aus eigener, oft frustrierender Erfahrung, hätte Cord sich niemals soufflieren lassen, von niemandem! Doch früher war früher, und jetzt war jetzt. Ja, er wurde alt, zu alt!

Cord schlug mit der flachen Hand auf den Tisch und sprang auf die Füße. „Es war selten dämlich von dir, diesen Frachter abzuschießen, was hast du dir dabei gedacht? Nichts, was? Gar nichts!"

„Gute Leute sind gestorben, weil du uns in einen Kampf geschickt hast, den wir nicht gewinnen konnten!", zischte Cheek Lu giftig. „Was hast du vor, uns alle umbringen, bis nur noch du übrig bleibst?"

Ndulu Swift erhob sich nun und hielt beschwichtigend die Hände hoch. Er war dunkelhäutig, schmalbrüstig und trug Beinkleid aus grünem Satin zu einem hellblauen Flanellhemd. Seine Augen strahlten eine Todeskälte aus, die sich wie Raureif über seine Gesichtszüge legte. „Cord, vielleicht sollten Sie nicht so harsch urteilen. Sie ist jung." Er musterte Cheek von unten nach oben mit der Attitüde eines Insektenforschers. „Lu Chi-Tsen, nicht wahr? Gestatten, Swift. Ndulu Swift." Er streckte ihr die dürre Hand entgegen, wobei sein Blick noch sekundenlang auf Cheeks Tribal verweilte, das durch die offene Jacke unterhalb ihres bauchfreien Tanktops sichtbar war.

„Ich weiß, wer du bist, du Schmarotzer." Sie ignorierte die dargebotene Hand und trat näher an Swift heran, um ihm herausfordernd in die Augen zu schauen. „Du sitzt Cord im Pelz wie eine Laus und flüsterst ihm allerhand Dreck zu. Und er ist zu verkalkt, um das zu schnallen." Sie drehte sich um und verließ den Bungalow.

Minuten oder Stunden verstrichen unterschiedslos; gleich blieb nur der Rhythmus, mit dem John Kendrick ein Bein vor das andere setzte, in steter Monotonie, anstrengend, schmerzhaft; und jedes Mal galt es, einen zunehmenden, inneren Widerstand zu überwinden: *bleib stehen, John,* flüsterte eine verlockende Stimme in seinem Kopf, *leg dich hin, ruh dich eine Weile aus,* doch er widersetzte sich dem Verderben bringenden Ruf seiner Schwäche energisch.

Im diffusen Restlicht der Polarnacht verschmolzen Entfernung und Dimension zu einem konturlosen Einerlei, drängten sich von allen Seiten an Kendrick heran wie Kilometer hohe, fahlgraue Felswände, folgten ihm auf Schritt und Tritt, ängstigend, beklemmend und in gespenstischer Lautlosigkeit. Wenn Kendrick an sich herabsah, konnte er seine Beine nur als schwarze, stämmige Silhouetten erkennen, die ins Grau ragten. Er sah seine Arme und seinen Körper und hörte das Knistern des Eises unter seinen Stiefeln, weitere Wahrnehmungen gab es nicht. Ständig strauchelte er, einmal war er gegen eine hohe Schneeverwehung geprallt, die er zuvor nicht hatte sehen können. Stets fürchtete er, bei einem seiner nächsten Schritte eine ebenso unsichtbare Spalte hinabzurutschen, hilflos und ohne Aussicht, sich selbst daraus je wieder befreien zu können. Das Herz schlug zu schnell, und er zitterte vor Unterkühlung, doch er bemerkte es kaum, denn die Kälte war zu einer ständigen Begleiterin geworden, die versuchte, sich durch seine unzulängliche Bekleidung zu drängen - und es gelang ihr mehr und mehr.

Schon vor längerer Zeit war das Flackern der Aurora zum gelegentlichen, düsteren Lohen verblichen. Kendricks brütende Gedanken wurden unterbrochen, als sein rechter Fuß krachend in eine lose Eisschicht einsank. Automatisch zog er das linke Bein nach, doch sein Knie gab nach und er stürzte. Mit den Handschuhen fing er sich keuchend ab und hielt inne. Für einen Moment hockte er bloß dort, unfähig, etwas zu denken oder zu empfinden. Dann kamen seine Gedanken wieder: *Vier Kilometer, guter Gott, vier simple Kilometer!*

Niemals hätte er sich träumen lassen, dass sich ein so kurzer Fußmarsch zu einer der größten Herausforderungen seines Lebens entwickeln würde. Er zog den Reißverschluss des Parkas ein winziges Stück weit hinunter, um die RCU hervorzuholen; sofort kroch die Kälte in den Raum zwischen Futter und Isopullover und ließ ihn mit klappernden Zähnen schaudern.

Die Kontrolleinheit funktionierte trotz der niedrigen Temperaturen zuverlässig, wenn auch der Ladestand der Brennstoffzelle deutlich schneller fiel als üblich. Die von ihm eingeschlagene Richtung stimmte nach wie vor, und bald sollte er Thielstation erblicken können – wie auch immer die Station von außen aussehen mochte. Laut Anzeige war sie jedenfalls kaum mehr einen Kilometer entfernt. Am unteren Rand des schwach beleuchteten Displays blinkte eine Meldung in Rot; Kendrick las sie und verzog die Mundwinkel. Genau, wie er es befürchtet hatte: *Nachricht konnte nicht abgesetzt werden. Wird weiterhin versucht.* Klar, dass es hier in der Gegend nur wenige Funkrelais gab. Aber Thielstation musste ein solches besitzen, und dazu selbstverständlich eine Richtfunkstrecke ins globale Netzwerk. Es war wichtig, dass die Videonachricht, die er vor einigen Stunden aufgenommen hatte, möglichst bald ausgeliefert wurde! Innerlich schalt Kendrick sich selbst dafür, dass er nicht schon viel früher daran gedacht hatte. Nun ja – früher oder später würde die Kontrolleinheit ein Trägersignal finden und die Nachricht verschicken, das hoffte er zumindest.

Mit der linken Hand die RCU haltend, stützte er sich mit der Rechten vom Eis ab, zog seinen Fuß aus der Einbruchstelle heraus und richtete sich auf. Ein plötzlicher, heftiger Windstoß blähte seine Kapuze auf – der Verschluss musste sich gelockert haben, als er das Gerät zuvor herausgeholt hatte. Kendrick fluchte; Lippen, Zunge und Zahnfleisch prickelten frostig, Ohren und Wangen unter der losen Kapuze schmerzten, als habe ihm ein Riese mit flacher Hand eine Ohrfeige versetzt, doch die stechende Empfindung wurde schnell stumpf. Noch immer die Kontrolleinheit haltend, zerrte Kendrick am Kinnverschluss, um die gepolsterte Kapuze wieder sicher um sein Gesicht zu schließen, dabei geschah es: Das Gerät rutschte aus seiner Hand und stürzte zu Boden, wo es leise knirschend aufschlug und in der Spalte verschwand, in der zuvor sein Fuß gesteckt hatte.

Heißer Schreck durchfuhr Kendrick; ohne RCU wäre alles vergeblich! *Nur die Ruhe bewahren jetzt!* Er fixierte den Punkt, an dem das Gerät verschwunden war, konnte aber aufgrund der fehlenden Konturen nahezu nichts erkennen. Als der Verschluss endlich wieder fest unter seinem Kinn saß, bückte er sich, um auf dem gefrorenen Schnee herumzutasten.

Bald spürte er eine Vertiefung unter seinen Handschuhen. Das Loch im Schnee besaß zwar nur einen geringen Umfang, aber es war tief. Kendricks Unterarm reichte nicht weit genug hinunter, also legte er sich flach auf das Eis, um tiefer hinabzugelangen. Schneller als je zuvor floss nun die Wärme aus seinem Körper, er spürte es genau, doch er *musste* die Kontrolleinheit wiederhaben, um jeden Preis! Keuchend stieß er seinen Arm bis zur Schulter in die Vertiefung; da fühlten seine tauben, handschuhbewehrten Fingerspitzen das harte, glatte Material des Geräts. Er griff danach, aber sein Arm zitterte vor Anstrengung und Unterkühlung. Schwäche breitete sich in Windeseile in ihm aus, und er bemerkte, dass nicht nur sein Arm, sondern sein gesamter Körper zitterte. Unter seinen bebenden Fingern glitt die Kontrolleinheit davon. Er keuchte auf; die Stiefel schlugen über den Boden, versuchten, Halt zu finden, um ihn weiter nach vorne zu schieben, damit er tiefer hinablangen konnte. Brennendes Eis drang in seine Kleidung. Nach mehreren Versuchen bekam er das filigrane Gerät schließlich zu fassen. Es entglitt ihm erneut, während er es durch die Öffnung nach draußen zerrte, doch es rutschte nicht in die Vertiefung zurück, sondern blieb daneben liegen.

Mit letzter Kraft wuchtete er sich vom Bauch auf die rechte Seite, ergriff die RCU mit ungeschickten Bewegungen und schob sie zurück in die Innentasche des Parkas. Sie presste sich eiskalt gegen seine Eingeweide; wie das Gegenstück eines glühenden Briketts saugte sie begierig seine Wärme ab.

„Hab dich. Brauch dich“, murmelte Kendrick mit steifgefrorenen Lippen.

Etwas höhlte ihn von innen her aus; erst jetzt bemerkte er das heftige Schütteln, das seinen Körper schon vor geraumer Zeit befallen haben musste. Kraftlos sank er auf den Rücken, den Blick unbeteiligt in das graue Nichts über ihm gerichtet. *Sollte es so enden, hatte man ihn jetzt endlich dort, wo man ihn schon immer haben wollte?*

Kendrick unternahm Anstrengungen, sich wieder aufzurichten, doch seine Muskeln waren schmerzhaft starr und taten nicht, was er von ihnen verlangte. Da war nur noch diese Kälte, überall. Sie trank den Saft des Lebens aus seinem Rückgrat, spannte seine Gesichtshaut über den Wangenknochen, ließ seine Augäpfel gefrieren, Hände und Füße zu Eisblöcken werden. Aber es tat nicht mehr weh, es schmerzte nicht mehr. *Das ist gut,* dachte er verschwommen. *So friedlich.*

Lichtreflexe tanzten auf Kendricks Netzhaut umher, unstet; heller, dunkler, gleißend, schließlich unerträglich hell, doch er vermochte die Augen nicht mehr zu schließen, um der Helligkeit zu entgehen, die ihn aus seiner friedvollen Stille reißen wollte. Begleitet wurden die Erscheinungen von einem tiefen Brummen, das plötzlich in seinen Ohren aufklang wie ein Phantomgeräusch im Fieberdelirium. Vielleicht kam es in Wirklichkeit doch nicht aus seinem eigenen Hirn, sondern von außerhalb? Auch das spielte keine Rolle mehr.

Die Geräuschkulisse entwickelte sich in einem Crescendo zur kreischenden Kakophonie eines entfesselten Orkans. Unter ihm zitterte der Boden, Schnee fegte über ihn hinweg und bedeckte sein Gesicht, seinen Parka, seine Beine, doch er bemerkte all das nicht mehr. Immer noch nahm die Helligkeit zu.

„Du hattest Recht“, sagte eine Stimme aus unendlicher Ferne. „Es muss ein Flugzeugabsturz gewesen sein. Wie käme er sonst hierher?“

„Was für Zeugs hat der an! Das ist doch Wahnsinn!“

„Lebt er?“

„Ich weiß nicht. Wir müssen ihn zur Station bringen, schnell.“

Magnus' Schritte stockten nur für einen Sekundenbruchteil, dann schlug seine Ausbildung durch. Er wusste nicht, wer der Fremde war und was er hier suchte; aber der Mann war verletzt und benötigte Hilfe. Klickend entriegelte sich der Eingang zur Appartementbox, nachdem Magnus mit der Hand über den Sensor fuhr. Er kniete nieder und tastete den Mann vorsichtig ab; soweit er das beurteilen konnte, gab es außer der Gesichtswunde keine weiteren, offensichtlichen Verletzungen. Unter seinen tastenden Händen fiel eine kleine Chipkarte seitwärts aus dem dafür vorgesehenen Futteral im Anzug des verletzten Fremden. Magnus hob sie auf und steckte sie achtlos in seine Gesäßtasche, dann richtete er den Bewusstlosen vorsichtig in aufrecht sitzende Position, ergriff unterhalb der Achselhöhlen den linken Unterarm und zog den Mann vorsichtig in die Appartementbox hinein. Die Rollläden fuhren automatisch hoch, es wurde heller im Innern der Box, aber nicht hell genug. *Verdammter Sandhaufen da draußen,* dachte Magnus. Er schaltete das Licht ein. Ein paar Gegenstände, die er vor drei Tagen übersehen und nicht befestigt hatte, waren durch den Transport der Box in eine Ecke geschleudert worden; ein Stuhl umgekippt, eine Stautür aufgesprungen, sein neuer Mindmapper war herausgepurzelt und lag nun mit dem Display zuunterst unterhalb des Terminals. Das Übliche halt, nichts, was wirklich beschädigt werden konnte. Er kümmerte sich nicht weiter darum, sondern klappte die Behelfsliege gegenüber des Eingangs herunter und brachte den Verletzten darauf in stabile Seitenlage.

Neben der Kochnische befand sich der mit dem roten Halbmond versehene Arzneischrank, höher und breiter als selbst die Kühleinheit. Magnus schnappte sich daraus Notfallkoffer und medizinischen Scanner. Der Medscanner rastete klickend in den Trägerarm oberhalb der Behelfsliege ein, die Kabelverbindungen waren mit einem Handgriff gesteckt. Bevor er das Diagnosesystem startete, reinigte und desinfizierte er sorgfältig die schwarze Wunde auf dem Gesicht des Mannes, die breit und diffus oberhalb der rechten Augenbraue begann und sich, feiner und schärfer werdend, quer über den Nasenflügel erstreckte. Die Verletzung sah aus wie eine Laserwunde, so, als habe jemand auf den Mann geschossen, ihn aber um Haaresbreite verfehlt!

Als das Diagnosesystem ein Datenhologramm in den Raum projizierte und der Arm des Scanners sich zu bewegen begann, befasste sich Magnus zum ersten Mal mit dem *Wer* und *Warum*. Der Mann wirkte in seinem - vormals feinen, jetzt zerknautschten – grauen Einteiler wie ein Buchhalter oder ein weltfremder Wissenschaftler. Was um alles in der Welt hatte der Kerl hier zu schaffen, und weshalb war er so zugerichtet?

Es klopfte am Fenster. „Tide, bist du da drin?“, erklang die stark gedämpfte Stimme Hawlers. Der voluminöse Mann stand mit seiner qualmenden Zigarre vor der Box und konnte durch das Spezialglas nicht hereinschauen. Magnus änderte die Polarisation der Scheibe und winkte ihm zu.

„Deine Antiquität steht da draußen noch rum.“ Hawler deutete mit dem Daumen über die Schulter. „Steht da noch.“

„Antiquität?“ Magnus runzelte die Stirn. „Oh. He, nichts gegen meine Turboprop! Ich schlage damit jedes Strahltriebwerk!“

„Na sicher“, brummte der beleibte Mann. „Was immer du sagst. Räumst du die Maschine trotzdem weg, ja? Ehe sich ein Menschenauflauf bildet, um das Wunderwerk zu bestaunen. Räum sie weg!“

„Ja, ja, sofort. Cool bleiben. Immer mit der Ruhe.“

„Sonst alles klar?“ Hawler spähte neugierig durch das jetzt durchsichtige Fenster. „Schon eingelebt?“

„Toll, ja. Alles supercool, vielen Dank.“ Magnus kehrte die Glaspolarisation wieder um, worauf Hawler grunzte und davontrottete. Mittels der RCU-Kontrolleinheit befahl Magnus seinem Flieger, aufzusteigen und auf dem Dach der Box niederzugehen. Sekunden später ertönte draußen Motorengeräusch. Kurz darauf klackten die Ankerspangen auf dem Dach und arretierten die Maschine. Es wurde wieder still. *Antiquität, pah!*

Mittlerweile gelangte der Medscanner allmählich an das Ende seiner medizinischen Bestandsaufnahme. Außer der Laserwunde konnte das Gerät keine weiteren, schwerwiegenden Verletzungen entdecken; es empfahl zur Behandlung Brandsalbe, Verband und ein mildes Schmerzmittel – sowie einen plastischen Chirurgen, um die Narbe zu beseitigen, die unvermeidlich zurückbleiben würde. Magnus suchte das Schmerzmittel aus dem Arzneischrank heraus und verabreichte es routiniert.

Der Mann erwachte blinzelnd, als die Nadel sich in seine Schulter bohrte. „Was soll das! Passen Sie doch auf, Sie Trampel!“, zischte er aggressiv, bevor er noch vollständig wach war. Er stützte sich mühsam auf seine Ellbogen und versuchte, sich halb aufzurichten.

Magnus hob die Hände. „Hey. Peace. Cool bleiben. Ich will Ihnen helfen.“

„Was pieksen Sie dann an mir rum, Mann? Meinen Sie, das hilft mir? Sonst haben Sie keine Probleme?“

Sorgsam legte Magnus die Spritze beiseite. Das war ein langer Tag gewesen... Er entnahm dem Arzneischrank einen steril abgepackten Mullverband. „Aufstehen“, forderte er den Fremden auf, der ihn verständnislos anblickte.

„Was?“

„Aufstehen: vom Hintern hochkommen, auf die Beine stellen, die Füße benutzen. Muss ich nachhelfen?“

„Nein, nein, geht schon“, erwiderte der Fremde eingeschüchtert. Als er endlich auf wackligen Knien aufrecht stand, drückte Magnus ihm das Päckchen mit dem Verband in die Hand. „Regelmäßig erneuern, falls die Wunde nässt. Und jetzt: Auf Wiederschauen.“

„Wie bitte?“

„Schwerhörig ist er auch noch“, seufzte Magnus. „Hören Sie, ich habe zwar keine Ahnung, wer Sie sind und wer auf Sie geschossen hat. Aber warum man das getan hat, das kann ich mir mühelos vorstellen.“ Magnus bugsierte den verblüfften Fremden an dessen Arm zur Appartementtür. „So radikal bin ich natürlich nur selten. Bei einer Beleidigung zum Beispiel. Also, bevor es dazu kommt, setze ich Sie besser wieder raus. Präventivmaßnahme, verstehen Sie? Clever, was?“ Mit diesen Worten schob er den Fremden hinaus und verschloss die Tür hinter ihm. „Und schöne Grüße auch.“

„He! Das können Sie nicht machen! Die Wunde tut höllisch weh! Was haben Sie mir gespritzt? Lassen Sie mich auf der Stelle wieder rein!“ Der Mann hämmerte von außen gegen die Tür, während Magnus den Medscanner wieder abbaute und verstaute.

„Ein harmloses Schmerzmittel. Davon wird man schläfrig. Müsste gleich zu wirken beginnen. Machen Sie es sich ruhig bequem draußen. Der Sand ist bestimmt noch schön warm."

Neuerliches Hämmern. „Sie müssen mich wieder reinlassen!"

„Ach nein, und wieso? Jetzt kommen Sie mir bloß nicht mit humanitärer Hilfe oder so. Ich verarzte Sie, und die ersten beiden Sätze, die Sie mir an den Kopf werfen, sind gleich verbale Tiefschläge."

„Dann heulen Sie doch, Sie beleidigte Leberwurst!", rief der Fremde mit nachlassender Artikulation; offensichtlich setzte die Wirkung des Mittels langsam ein. „Dann werde ich Ihnen die Nachricht von Major Kendrick eben nicht ausrichten!"

Magnus hielt überrascht inne. Kendrick war einer seiner besten Freunde – und im Moment der vielleicht Einzige, der umgekehrt auch ihn noch als Freund bezeichnen würde. Dass der Fremde Kendricks Namen erwähnte, kam wirklich unvorbereitet, doch er ließ sich nichts anmerken. „Was ist mit John Kendrick?"

„Lassen Sie mich", schnaufte der Fremde und unterbrach erschöpft seine Versuche, Magnus durch das Hämmern gegen die Tür zum Öffnen zu bewegen. „Lassen Sie mich rein, und ich sage es Ihnen." Ein wenig Furcht schwang jetzt in seiner Stimme mit.

„Ich habe erst vor ein paar Tagen mit John gesprochen. Ihm geht's hervorragend. Nächsten Monat wollen wir uns treffen. So eine Art Veteranentreffen, Sie wissen schon. Wir waren früher zusammen bei Lobos."

„Weiß ich, bin doch nicht. Nicht bescheuert. Lassen Sie mich jetzt. Jetzt rein." Nach diesen letzten, fast genuschelten Worten hörte Magnus, wie der Körper des Mannes draußen langsam an der Tür zusammenrutschte. Kurz darauf drang ein leises Schnarchen in die Appartementbox.

„Das auch noch", murmelte Magnus. Da entsann er sich der Chipkarte, die dem Fremden zuvor aus dem Overall gefallen war. Er holte sie hervor und schob sie in den Kartenleser am Terminal. Neben einem Portraitfoto, das eindeutig den ungebetenen Besucher in besseren Zeiten abbildete, erschien folgender Text:

FORRESTER, PETE DR.
MEMS DIVISION
LOBOS ROBOTICS INC.
KARTE UNGÜLTIG
KARTENINHABER DRINGEND GESUCHT

Die letzte Zeile blinkte rot auf dem Bildschirm. Fluchend riss Magnus die Karte aus dem Lesegerät. Das wurde ja immer mysteriöser! Er schaltete das Terminal auf Standby und seufzte: „Na schön, okay." Er ging zur Tür hinüber und drückte sie gegen den Widerstand des außen davor liegenden Mannes auf. Es dauerte nur eine halbe Minute, bis er den tief und fest schlafenden Mann – Dr. Pete Forrester, wie er jetzt wusste – auf die Behelfsliege gehievt und eine Decke über ihm ausgebreitet hatte. „Morgen erwarte ich eine tolle Story von dir, mein Freund", sagte er, „eine wirklich gute. Ich hoffe, du erzählst gerne."

Als Nächstes wählte Magnus die Nummer von Sarah McDavid. Beinahe hätte er es bei all dem Trubel vergessen, aber er benötigte ja noch einen Termin bei Proteus, um die Bewilligung von Mitteln für die Bergung der *Pantheon IV* zu erbitten! Doch nur Sarahs Avatar antwortete. Magnus legte auf, ohne eine Nachricht zu hinterlassen. Er würde es morgen früh erneut versuchen.

In der Nasszelle starrte Magnus ein müdes, erschöpftes Abbild seiner selbst aus dem Spiegel entgegen. Während der Zahnreiniger hinter seinen verschlossenen Lippen emsig surrte, zog Magnus eine Grimasse, die Furcht erregend und komisch zugleich aussah. Zur erhofften Dose Dweezle's bei Sonnenuntergang war es nun doch nicht mehr gekommen; schade zwar, aber ihm stand auch nicht mehr der Sinn danach.

Wenig später streckte er sich auf seiner Liege aus, zog den Trennvorhang zu und legte seine Lieblingswaffe, einen recht martialischen UV-Pulser, griffbereit neben das Kopfkissen.

Kapitel 8

Cheek Lu lehnte im Schatten des großen Versammlungszelts an einem der hölzernen Pfosten. Sie starrte aufmerksam zu dem eleganten, hellblauen Personenflieger, Modell *Capcom*, hinüber, in dessen geräumigen Bauch Ndulu Swift vor ein paar Minuten verschwunden war. Wenn sie Ndulu Swift nicht schon von Anfang an misstraut hätte, dann wäre spätestens jetzt der Augenblick gekommen, an dem sie sich seiner entledigt hätte. Doch eine solche Entscheidung konnte natürlich nur Cord treffen – aber das würde er nicht; er schien geradezu vernarrt in Swift.

Schon den ganzen Morgen schnüffelte Swift durch Gebäude und Zelte, in denen er nichts verloren hatte. Er belauschte Unterhaltungen, die ihn nichts angingen, spähte durch Fenster, die nicht ohne Grund blind waren, und stellte Leuten Fragen, auf die es keine Antworten gab. Ndulu Swift war die Pest, eine verfluchte Seuche!

Cheek Lu drückte sich tiefer in den Windschatten, als ein aufkeimender Luftzug schmutzigweißen Zeltstoff flattern und gegen ihre Beine schlagen ließ. Irgendwo plärrte ein Abspielgerät *This Pirate's Life* und in dem breiten, niedrigen Graben, der sich zwischen der ersten Zeltreihe und dem Landebereich erstreckte, bewarfen sich zwei Kinder mit Schlick, wobei sie lautstark kreischten. Cheek schüttelte den Kopf. In der kurzen Zeit, die Swift erst in Freedom City weilte, hatte sich die Stimmung der Leute merklich verändert, und nicht zum Guten. Dabei wusste niemand, wer dieser Mann wirklich war und was der wahre Grund für seine Anwesenheit sein mochte. Klar war nur eines: er verfügte über Geld und Macht – zwei Dinge, die hier niemand verachtete, auch sie nicht. Doch nur Cord Bentley war beidem inzwischen so unrettbar verfallen, dass er dafür alles andere zu opfern bereit schien. Cheek spuckte verächtlich aus. Gesetzen und Regeln waren sie nicht verpflichtet, nein. Aber frei sein zu wollen – wirklich frei, und nicht bloß pseudo-autonom wie die Motleys –, forderte eine gewisse, kontinuierliche Disziplin. Keiju hatte schon ganz Recht: Cord hatte seine Ziele im Laufe der Jahre aus den Augen verloren.

Seine ursprünglichen Ziele, hieß das: Intuitiv fühlte Cheek, dass ihr Vater etwas anderes, Neues plante; etwas, über das er weder gegenüber ihr noch einem der Gruppenleiter auch nur ein einziges Wort verloren hatte. Nur mit Swift schien er darüber zu sprechen; oder sprach Swift mit ihm? *Zu* ihm?

Sie unterbrach ihren Gedankengang, als sich drüben am Flieger die Rumpfluke öffnete. Das Fluggerät war modern, wendig und sogar einigermaßen geräumig, ein teurer Luxusschlitten für Leute, die es sich leisten konnten. Beizeiten würde sie in den Jet einsteigen und darin etwas herumwühlen. Bestimmt gab's was Interessantes zu entdecken.

Ndulu Swift kam hervor und schaute sich in alle Richtungen um, als suche er etwas. Schon befürchtete Cheek, er habe sie bemerkt, doch der dürre Mann mit der seltsam kontrastierenden Kleidung trat, ohne einen weiteren Blick in ihre Richtung, an den Rand des Grabens. Er ließ sich in die Hocke nieder und sprach zu den noch immer dort spielenden Kindern, die sofort ihre Schlammschlacht unterbrachen. War das Ehrfurcht oder Angst in den Gesichtern der Jungen? Genau konnte Cheek es nicht erkennen, aber sie sah, wie dünne Ärmchen hochflogen und eifrig nach Norden zeigten. Swift nickte den beiden ernst zu und erhob sich, um ohne große Eile in die angegebene Richtung zu schlendern.

Nach ein paar Sekunden löste Cheek sich vorsichtig aus dem Schatten des Zelts, da Swift hinter einer weiteren Maschine auf dem lehmigen Landefeld verschwunden war. Sie sprang zu den Kindern in den Graben hinab, bückte sich und stemmte die Handflächen auf die Oberschenkel. Die beiden Jungen kicherten, entzückt darüber, dass ein Erwachsener sie in ihrem Morast besuchen kam. Flüchtig verzogen sich Cheeks Mundwinkel ob der ihr entgegenfliegenden Begeisterung, dann wurde sie wieder ernst.

„Ho, Kids. Sagt mal, wo wollte der Mann hin?"

„Zum gerne Rater", sagte der eine Junge.

„Generator!", verbesserte der andere altklug.

„Und was will er dort?" Lange Gesichter, Schulterzucken. „Okay, weitermachen!", befahl Cheek zwinkernd und verließ den Graben mit einem großen Schritt.

Unterdessen war Swift mit seiner gemächlichen Spaziergängergeschwindigkeit noch nicht weit vorangekommen. Sie hatte keinerlei

Probleme, ihn bis zur Stadtmitte zu verfolgen, am Scythescraper vorbei, bis hinaus zum nördlichen Fjord, und trotzdem immer in guter Deckung zu verbleiben. Als Swift die Generatoren erreichte, hielt auch Cheek Lu an und kauerte sich in einiger Entfernung hinter den verrosteten Flügel einer riesigen, halb aus dem Untergrund ragenden Schiffsschraube. Die vier altersschwachen Dieselmotoren, die Freedom City nur mit dem Allernotwendigsten an Strom versorgten, ratterten und keuchten; sie standen frei unter einem Wellblechdach und ließen sich gut beobachten. Nachdem sie Swift eine Weile zugeschaut hatte, fragte Cheek sich verwundert, was er dort tat: er umrundete den Aggregatblock, die vier Generatoren dabei offensichtlich genauestens in Augenschein nehmend. Sodann lief er eine zweite Runde um die Stromerzeuger herum, aber diesmal mit auf den Boden gerichtetem Blick. Das schien ihm schon zu genügen; er wandte sich wieder zurück in Richtung Lager, und Cheek duckte sich tiefer hinter den Schraubenflügel, bis er an ihr vorüber war.

Als Nächstes schlenderte er hinunter zur Bucht, die er im Verlauf einer halben Stunde zweimal sorgfältig abschritt, als wolle er sich ihre Topografie einprägen. Auf dem Rückweg zur Lagermitte wurde er von einer kleinen Gruppe von Männern angesprochen, doch er ignorierte sie, als seien sie unsichtbar. Die Männer starrten ihm mit zusammengezogenen Augenbrauen hinterher und verschafften ihrem Ärger durch wütende Kraftausdrücke Luft; doch niemand wagte ihn aufzuhalten. Cheek beschwichtigte sie im Vorübergehen und blieb weiter auf Swifts Fährte, die ihn diesmal zur Funkbude brachte. Schon von weitem konnte man den kunterbunten, chaotisch errichteten Antennenwald sehen. Swift blieb unvermittelt stehen, gab ein kurzes, meckerndes Lachen von sich und drehte auf dem Absatz um. Im letzten Moment verschwand die Piratin im Schutze des Schattens einer Wellblechhütte. *Na warte, du! Mach dich nur lustig!*, dachte sie. Langsam dämmerte ihr, was der Kerl vorhatte. Sein nächstes Ziel zerstreute ihre letzten Zweifel: Cords Bungalow. Ganz offen und ungezwungen blickte er zu den verdutzt schauenden Torwachen hinüber und verschwand auf der Gebäuderückseite.

Er späht uns aus! Der verfluchte Hurensohn ist ein Spion!

Natürlich: Stromversorgung, Geländegegebenheiten, Kommunikation und Führung. Freedom City besaß nur wenige Ressourcen, keine nennenswerte Infrastruktur und war generell ein leichtes Ziel. Alle Einwohner waren sich darüber im Klaren, und jetzt wusste auch Swift es – und mit ihm seine Auftraggeber, wer auch immer diese sein mochten! Zorn überkam Cheek, als ihr bewusst wurde, mit welch gelassener Unverfrorenheit dieser Mann am helllichten Tage seine Nachforschungen betrieb. Sie trat aus dem Schatten und informierte die Bungalowwache mit knappen Worten über das, was sie gesehen hatte, und bedeutete den Männern zu schweigen. Nur wenig später kam Swift auf der anderen Seite des Bungalows wieder zum Vorschein. Sie trat ihm wutentbrannt entgegen.

„Nun, weißt du jetzt Bescheid, *Punk*?"

Swift richtete seinen Blick gen Himmel, bevor er antwortete. „Das bezaubernde Fräulein Lu, wie schön. Ich freue mich immer, Sie zu sehen." Sein aufgesetztes Lächeln war kalt wie Eis, sein Tonfall ätzend und herablassend.

Ohne zu zögern versetzte Cheek ihm mit der geballten Faust einen Schlag ins Gesicht, der ihn taumeln ließ. Reflexartig langte er in seine Jacke; sofort richteten sich die Läufe zweier Maschinenpistolen auf ihn. „Schon gut", keuchte er.

*

Cord Bentley sah der kleinen Prozession aus Swift, einer Torwache und seiner Tochter mit wächsernem Gesicht entgegen. Mit Anzeichen wachsender Ungeduld hörte er sich an, was Cheek zu sagen hatte, dann blickte er fragend zu Swift. Dieser schüttelte den Kopf, gleichermaßen wortlos.

„Lass ihn los." Ungläubig blickte der Wachtposten zwischen Cheek und Cord hin und her. „Lass ihn sofort los!", schrie Cord erneut, diesmal mit hektisch gerötetem Gesicht. Zögernd gehorchte der Mann. Auf ein Zeichen Cords entfernte er sich.

Lange Zeit herrschte Totenstille. Der Piratenanführer starrte seiner Tochter mit versteinerter Miene in die Augen, sie hielt seinem Blick mühelos stand. Es gab nichts zu sagen, keine Vorwürfe, Erklärungen oder Entschuldigungen zu murmeln. Cheek fühlte instinktiv, dass hier und jetzt etwas geschah, mit dem sie seit ihrer frühesten Jugend gerechnet hatte: die ewige Hassliebe zwischen ihrem Vater und ihr begann in offene Feindseligkeit umzuschlagen! *Endlich!*

„Hör zu, Miststück“, zischte Cord nach fast einer Minute des Schweigens, „misch dich nicht in Dinge ein, von denen du nichts verstehst. Was wir tun, ist zum Wohle Freedom Citys. Jetzt verzieh dich. Verzieh dich!“

Kapitel 9

Magnus Tide war erst seit einer Sekunde wach, und doch spürte er instinktiv, dass irgendetwas nicht in Ordnung war. Er öffnete die Augen und tastete sogleich nach dem UV-Pulser, den er am Abend neben das Kissen gelegt hatte. Er nickte grimmig, als seine Finger auf das Griffstück des Pulsers stießen; vorsichtig nahm er die Waffe und entsicherte sie. Dann richtete er sich langsam auf und blickte sich um. Auf dem Trennvorhang zwischen Liege und Wohnraum zeichnete sich ein hohes Rechteck ab, als fiele von außen helles Sonnenlicht darauf; eine sachte Brise, die in diesem Moment durch die Appartementbox fuhr, ließ es erschauern. Das unermüdliche Rattern der Abraummaschinen klang laut und metallisch, und nicht leise und dumpf, wie er es von gestern in Erinnerung hatte. Jemand musste die Eingangstür geöffnet haben! In einer geschmeidigen Bewegung riss Magnus den Vorhang beiseite und rollte sich gleichzeitig von der Liege hinunter. An der Seitenwand richtete er sich auf die Knie und sicherte, die Waffe an ausgestreckten Händen haltend, in den Raum hinein.

Die Appartementbox war leer, die Behelfsliege, auf der der verwundete Fremde, Forrester, gestern gelegen hatte, fein säuberlich hochgeklappt und arretiert. Die Fenster waren auf durchsichtig polarisiert und frischer Kaffeeduft wehte durch den sperrangelweit offen stehenden Eingang herein. Magnus richtete sich vollends auf, hielt die Waffe aber weiterhin schussbereit vor sich.

Vor der Tür schließlich fand er Forrester, der, mit dem Rücken an die Appartementbox gelehnt, auf einem Klappschemel saß, dabei eine dampfende Tasse hielt und augenscheinlich den riesigen Sandhaufen vor ihm anstarrte.

„Keine Angst, dass Ihre Freunde Sie besuchen kommen?“, sprach Magnus den Wissenschaftler an, wohl wissend, dass dieser sich erschrecken würde. Und tatsächlich: Forrester zuckte so stark zusammen, dass Kaffee aus der Tasse schwappte und über sein Bein lief.

„Sind Sie verrückt? Wollen Sie mich umbringen? Können Sie sich nicht etwas vorsichtiger bemerkbar machen?“

„Umbringen hört sich hervorragend an“, erwiderte Magnus in einem ausgesucht zuvorkommenden Tonfall, „aber vorher nehme ich auch einen Kaffee. Darf ich?“

„Was fragen Sie mich. Brühen Sie sich halt einfach einen auf“, antwortete Forrester unwirsch. Er stand auf und folgte Magnus in die Kochnische der Appartementbox, wo er nach einem Stofffetzen suchte, um den dunklen Fleck auf seinem Hosenbein zu entfernen. „Ganz schön primitiv, wie Sie hier hausen“, sagte er nach einer Weile, während der er Magnus beim Zubereiten eines Frühstücks beobachtete. Magnus presste die Lippen zu einem Strich zusammen und schwieg. „Und dieses Ding, was da auf Ihrem Dach steht! Wo haben Sie das denn ausgegraben? Das ist ja fast schon ein kulturhistorisches Denk...“ Weiter kam er nicht, da Magnus den Teller wütend auf die Anrichte knallte und sich den UV-Pulser, den er zuvor abgelegt hatte, wieder schnappte.

„Wie viel wird mir Lobos wohl zahlen, wenn ich Sie ausliefere, Forrester?“

„Woher...?“

Magnus holte Forresters ID-Karte und warf sie auf die Anrichte. Der Wissenschaftler wurde bleich. „Damit würden Sie Major Kendrick einen schlechten Dienst erweisen“, behauptete er.

„Ach ja? Ist das so?“

„Sie sind doch Magnus Tide, oder?“

„Bin ich das?“

Aber Forrester ließ sich nicht verunsichern. „Ja, und Sie sind gut befreundet mit Major Kendrick. Ist mir zwar nicht klar, wieso Kendrick Freundschaft mit einem solchen...“ Er räusperte sich, als Magnus mit der Waffe wedelte. „Schon gut!“

„John geht es hervorragend. Ich habe erst vor drei Tagen mit ihm gesprochen. Alles cool.“

„Vielleicht vor drei Tagen, Tide! Tatsache ist, Major Kendrick wird jetzt vermisst, und mit ihm eine wertvolle Maschine. Ich bin mir sicher, dass Sie wissen, wo er sich aufhält!“

„John wird von Lobos gesucht, weil er eine Maschine gestohlen hat? Das glaube ich nicht!“

Forrester schenkte sich aus der Kaffeekanne nach, die Magnus soeben aufgesetzt hatte. „Glauben Sie, was Sie wollen. Ich habe Himmel und Hölle in Bewegung gesetzt, um Kendrick aufzutreiben, bevor Lobos ihn findet. Man hat auf mich geschossen, und jetzt werde ich selbst gesucht. Das ist wahre Freundschaft, Mr. Tide, Aufopferungsbereitschaft. Wollen Sie Ihrem Freund nicht helfen?“

„Moment.“ Magnus ging zum Terminal hinüber, um eine Verbindung zu John Kendrick herzustellen und diesen arroganten, aufgeblasenen Kerl ein für alle Mal Lügen zu strafen. Doch bevor er das Terminal erreichte, blitzte das Zeichen für einen hereinkommenden Anruf auf. Magnus bestätigte verblüfft, und ein Videofeld baute sich in der Mitte des Raums auf. Eine hübsche junge Frau erschien, deren kinnlanges, braunes Haar in einer unsichtbaren Brise wippte.

„Magnus Tide! Du hast versucht, mich zu erreichen. Mein Avatar hat mir Bescheid gegeben. Du hast Nerven, hier einfach anzurufen, nach allem, was geschehen ist!“

„Sarah, das ist fast zwei Jahre her, bist du noch sauer?“

„Sauer? Nein, ich hatte bloß gehofft, nie wieder etwas von dir zu hören. Du hast ein unglaublich aufgeblasenes Ego, Tide!“

„Ach was, das ist bloß meine unglaublich aufgeblasene Ausstrahlung“, konterte Magnus lächelnd. Er kannte Sarah McDavid recht gut – er musste sie nur zum Lachen bringen, und alles wäre in Butter! Und tatsächlich, es dauerte nicht lange, da zeigte sich ein erstes, schwaches Grinsen auf ihrem hübschen Gesicht.

„Na schön, Magnus. Ich werde mir anhören, was du zu sagen hast, aber erwarte nicht, dass ich auch nur ein Wort davon glauben werde. In neunzig Minuten, auf Berezan, Treffpunkt Daedalion?“

Magnus stimmte sofort zu. Neunzig Minuten waren zwar verdammt knapp für diese Strecke, aber er würde es schaffen.

„Und noch was, Tide. Telefonierst du immer mit einem UV-Pulser in der Hand?“

„Nur, wenn ich befürchten muss, dass mich jemand durch das Holo zieht und mir den Kopf abreißt“, grinste Magnus. Sarah McDavid lachte und unterbrach die Verbindung.

Forrester, der die Unterhaltung mitverfolgt hatte, deutete mit der Tasse auf das verblassende Videofeld. „Was ist denn das für eine hässliche Schnepfe? Da zerspringt ja fast das Objektiv. Ehefrau? Ex, hoffe ich doch...“

„Äh... hören Sie, Forrester, sind Sie in der Schule eigentlich häufig verprügelt worden?"

„Wie kommen Sie denn jetzt darauf?"

„Ach, vergessen Sie's. Ich bin für drei, vier Stunden weg. Danach will ich endlich Ihre Story hören, Forrester, und zwar in einem Stück, ansonsten liefere ich Sie bei Lobos ab. Ist das jetzt klar?"

Der Wissenschaftler zuckte mit den Schultern, während Magnus in der Nasszelle verschwand, um sich anzukleiden. Er schenkte sich ein weiteres Mal nach, dann setzte er sich wieder draußen vor der Appartementbox auf den Klappschemel und starrte den Sandhaufen an.

Kapitel 10

"Ich weiß nicht, wo er herkommt, aber ich weiß, wo er hin muss: raus."

Eine tiefe, gutturale Stimme holte John Kendrick aus dem Vergessen zurück. Als Erstes spürte er seine Gliedmaßen, die brannten, als seien sie mit Sandpapier bearbeitet worden. Trotz der vermeintlichen Glut war da aber noch immer dieses eiskalte Schaudern in ihm, das irgendwo in Höhe des Zwerchfells seinen Anfang nahm, sich durch Brust und Kehle nach oben vorarbeitete und in Zunge und Kiefer mündete. Furchtbare Müdigkeit versuchte, ihn wieder in das Nichts zurückzudrängen, doch er wollte nicht wieder einschlafen! Sekundenlang versuchte Kendrick, sich dem hektischen Aufeinanderschlagen seiner Zähne zu widersetzen, jedoch wollte es ihm nicht recht gelingen. Auch seine Nasenschleimhäute schmerzten; zusätzlich erschwerte ein dicker, ätzender Qualm das Atmen.

„Alan, du weißt doch, wie die Cops drauf sind. Lass ihn uns erst mal wieder auf die Beine bringen", sagte eine warme, weibliche Stimme, die im krassen Gegensatz zu der des ersten Sprechers stand und die einen seltsam unvertraut klingenden Akzent mit sich führte.

Kendrick blinzelte mühsam, schloss aber die Augen sogleich wieder. Zu hell. Er hob die Lider erneut, flackernd, diesmal nur einen zaghaften Spalt weit, bis seine Pupillen sich dem vorherrschenden, weißen Kunstlicht angepasst hatten. Nach und nach kehrte jetzt auch sein restliches Körpergefühl zurück, taub und stumpf zwar, aber scheinbar war noch alles an ihm dran und besaß intakte Nervenenden. Wenn ihn nicht alles täuschte, war er in dicke Lagen gefalteter Decken eingepackt, wobei die innerste etwas feucht zu sein schien. Parka und Stiefel hatte man ihm wohl ausgezogen, und statt des Isopullovers spannte sich etwas anderes, Stoffartiges um seinen Oberkörper, das sich wie ein mehrere Nummern zu kleines T-Shirt anfühlte. Er lag auf der linken Seite, seine Arme und Beine waren auf merkwürdige Weise über- und untereinander gefaltet. Was war geschehen? Wo befand er sich? Wie zur Antwort schoss die Erinnerung an eine weißlichgraue

Wolke, die sich in tiefer Nacht unter einem unermüdlich tanzenden Himmelslicht blitzschnell ausbreitete, durch seinen Kopf. Natürlich! Er war so dumm gewesen! Wie hatte er je glauben können, die Station zu Fuß und mit nur behelfsmäßigem Schutz gegen die Kälte erreichen zu können?

Kendrick versuchte sich auf den Rücken zu wälzen, was ihm zu seiner Genugtuung auch gelang; scheinbar gehorchten ihm seine Muskeln wieder – zumindest bis zu einem gewissen Grad. Erschöpft durch diese Anstrengung lag er schließlich mit klappernden Zähnen auf dem Rücken und blickte in das grelle, von der Decke herabstrahlende Neonlicht. „Wo bin ich?“, flüsterte er matt. Sein Körper verlangte, wieder einschlafen zu dürfen.

„Nicht da, wo Sie sein sollten!“, antwortete die tiefe Stimme, die er schon kannte. Ein wahrer Hüne, breitschultrig und groß, trat in Kendricks Blickfeld. Der Mann besaß eine tiefdunkle, aschschwarze Haut, breite Wangenknochen und schwarze Kraushaare; er trug eine uralte, optische Brille und steckte in einem hellblauen Kittel mit dem Abzeichen des Protektorats.

„Trotzdem willkommen in Thielstation. Ich bin Dr. Wanganeen, das hier ist Dr. Mleczko.“

Eine Frau mittleren Alters mit dunkelblonden, schulterlangen Haaren, runden, freundlichen Gesichtszügen und einer ebenso veralteten Brille wie die Wanganeens, trat neben den Doktor. „Vera Mleczko“, sagte sie. „Wie fühlen Sie sich, Mister...?“

„John Kendrick“, murmelte er. „Kein Doktor vorneweg. Mir geht es den Umständen entsprechend. Ich...“ – brennend heiß schlug ein Gedanke in seinen Verstand ein und riss ihn für Momente in die totale Wachheit. Er unterbrach sich und schaute die beiden Wissenschaftler mit blankem Gesichtsausdruck an. Die Kontrolleinheit! Wie hatte er das Gerät nur vergessen können? „Wo sind meine... wo ist meine Ausrüstung?“, keuchte er und machte hektische Anstalten, sich aufzurichten. Er brauchte das Gerät, er musste herausfinden, ob seine Videonachricht endlich verschickt worden war, er benötigte es auch für alles andere, er musste...

Dr. Wanganeen drückte ihn ruppig, aber mit angemessener Vorsicht, wieder nach unten. „Welche?“, wollte der dunkelhäutige Hüne wissen.

„Ja, welche?“, schlug auch Dr. Mleczko in diese Kerbe. „Wir haben lediglich Sie und Ihre Kleidung gefunden.“

„Und eine RCU“, ergänzte Wanganeen, der Kendrick plötzlich aufmerksam musterte.

Obwohl müde und geschwächt, bemerkte Kendrick sofort, dass Wanganeen auf eine besondere Reaktion von ihm wartete; aber diese Genugtuung wollte er ihm nicht geben. Also zwang er sich, so ruhig zu bleiben, wie es der Schüttelfrost nur zuließ. „Gut, dass Sie sie gefunden haben“, schlotterte er mit noch immer aufeinander schlagenden Zähnen.

„Sehr richtig!“, stimmte Dr. Wanganeen zu. „Ich bin mir sicher, dass sie Antworten auf bestimmte Fragen enthält. Fragen“ – er machte eine bedeutungsschwere Pause – „mit denen *ich* mich nicht herumschlagen möchte.“

Kendrick war klar, was Wanganeen damit andeuten wollte – bloß dessen offensichtlichen Mangel an Neugier konnte er nicht einordnen. Doch darüber würde er später nachdenken... viel später. Eine Welle der Schwäche kroch plötzlich von seinen Füßen herauf und überrollte ihn in Windeseile. Seine Augenlider begannen zu flackern.

„Ruhen Sie sich erst einmal aus“, drang Dr. Vera Mleczkos sanfte Stimme aus weiter Ferne zu ihm. „Sie müssen sehr müde sein.“

Kendricks letzte Wahrnehmung war die von fürsorglichen Händen, die die Tücher um ihn herum sorgfältig zurecht zogen; diesmal besaß er nicht mehr die Willenskraft, sich dem übermächtigen Sog der Ohnmacht zu entziehen.

Kapitel 11

Die ordentlich angelegten Wiesen und Gärten der Insel Berezan ließen erahnen, wie viel Sorgfalt und Zeit die Botaniker in die Pflege der Grünanlagen investiert haben mussten. Auch die Architekten und Landschaftsplaner hatten sich merklich bemüht, das sah man sofort. Fast schwerelos rankten sich die weit verstreuten Gebäude dem immerblauen Himmel entgegen; zwischen ihnen plätscherten Brunnen und luden zum Verweilen ein. Am erstaunlichsten waren jedoch die zahlreichen Skulpturen, die sich im Stil hellenistischer Künstler zu oft denkwürdigen, manchmal amüsanten Zirkeln gruppierten.

Magnus blickte sich kaum um, während er den gepflegten Kiesweg entlangschritt – allzu viel hatte sich hier offenbar nicht verändert. Die Proteus Corporation verstand sich selbst als in der Tradition der Antike stehend und hegte gesteigerte Ansprüche in Hinblick auf intellektuelle und philosophische Gepflogenheiten. Besondere Veränderungsfreudigkeit schien allerdings nicht unbedingt zu diesen zu gehören.

Ein schwaches Lächeln stahl sich auf Magnus' Lippen, als eine flüchtige Erinnerung seinen Verstand streifte. *Asperger* hatte er die Bediensteten der Megacorporation damals beharrlich genannt, was den einen oder anderen schon mal zur Weißglut trieb. Manchmal wirkten Angehörige von Proteus ein wenig überheblich, obwohl sie dies im Grunde nicht waren. Es mangelte ihnen einfach, so schien es, von Zeit zu Zeit an grundlegenden, sozialen Fertigkeiten.

Unwillkürlich beschleunigten sich Magnus' Schritte; als er es bemerkte, zügelte er sein Tempo. Wozu hasten? Sie würde ihm schon nicht davonlaufen! Der Weg vor ihm vollzog eine Biegung um einen ausgedehnten Mangrovenhain herum, nicht weit dahinter ragte die stilisierte Klippe des Daedalion-Brunnens in die Höhe: der mit Sarah McDavid vereinbarte Treffpunkt.

Und da war sie auch schon: Sie stand, Magnus den Rücken zugekehrt, vor dem Brunnen und schaute dem klaren Wasser zu, das den roh behauenen Felsen hinabrann. Als sie die sich nähernden Schritte hörte, drehte sie sich um und zwinkerte ihm zu. Magnus erwiderte die

Geste ebenso, dann erst begriff er, dass es die Sonne in seinem Rücken gewesen war, die sie hatte blinzeln lassen. Hinreißend sah sie aus; das adrette, auf Taille geschnittene Jäckchen mit dem Proteus-Logo auf dem Ärmel wirkte ein wenig wie eine Schuluniform, ließ sie harmlos erscheinen. Magnus wusste, dass sie das ganz und gar nicht war.

„Du hast dich überhaupt nicht verändert, Tide", ergriff Sarah das Wort, noch bevor Magnus sie erreichte, so, als wolle sie sich den Vorteil des ersten Zugs sichern. Sie beschattete ihre Augen mit der flachen Hand, um ihn besser zu sehen.

War sie etwa unsicher? Magnus hätte wetten mögen, dass sie es war; er wertete das als ein gutes Zeichen. Lächelnd sagte er: „Ich schon, aber die Jacke ist noch dieselbe."

Sarah schmunzelte. „Ja, und deine restlichen Klamotten auch, hm? Kommt mir jedenfalls alles sehr bekannt vor." Nach einer kurzen Pause sagte sie: „Lass uns spazieren gehen." Magnus willigte ein. Er beschloss, keine Zeit mit weiteren Floskeln zu verlieren, sondern gleich in *medias res* zu gehen und ihr von dem Tauchgang zum Wrack der *Pantheon IV* zu berichten. Sie hörte aufmerksam zu und stellte die eine oder andere Frage. Nachdem er geendet hatte, schwieg sie eine Weile.

„Ich bin nicht gewillt, dieses Thema noch einmal aufzugreifen, Tide", sagte sie schließlich mit verschlossenem Gesicht. Magnus biss die Zähne aufeinander. Sie fuhr fort. „Das ist für mich ein für alle Mal durch. Du weißt ganz gut, dass mich das eine Beförderung gekostet hat, nicht wahr?"

Magnus nickte. „Und mich hat man rausgeschmissen."

„Wie bitte? Du bist freiwillig gegangen, schon vergessen?"

„Kommt doch aufs selbe raus. Die hätten mich sonst zum Kartoffelschälen abkommandiert."

„Niemals, dabei würdest du dich doch bloß selbst verletzen!" Sie lachte lauthals über Magnus' verdutztes Gesicht. „Wenn es irgendeinen Stunt gibt, den man mit einem Schälmesser hinlegen kann, du würdest ihn sofort durchziehen, Tide. Ich kenne dich doch."

„Ich bin älter und weiser geworden", sagte Magnus lahm. „Glaubst du mir das?"

„Magnus. Das kannst du deiner Großmutter erzählen. Du wirst niemals alt und weise, selbst wenn dir graue Haare bis zum Boden wachsen."

Sarah blieb stehen und atmete tief ein. „Okay. Du hast eine Folie mit Beweisen für deine Theorie bei dir, stimmts?“ Magnus bejahte das. „Also gib schon her. Du brauchst aber nicht zu glauben, dass ich auch nur einen einzigen Blick darauf werfe. Ich werde sie ungesehen an Dr. Valeri weiterreichen. Der kann dann damit anstellen, wozu er lustig ist.“

Magnus holte die zerschlissene Folie hervor und reichte sie ihr. Dr. Valeri war ein sehr sorgfältiger Wissenschaftler und darüber hinaus ein hochanständiger Kerl; er würde sich der Sache unvoreingenommen annehmen, das wusste Magnus genau. Wenn überhaupt jemand bei Proteus Gelder für diese Angelegenheit locker machen konnte, dann Austin Valeri. „Cool! Vielen Dank, Sarah!“

„Ich weiß gar nicht, wieso ich das tue, Tide“, stöhnte sie und verstaute die E-Folie in ihrer Jacke, ohne sie anzuschauen.

„Weil du mich einfach gern hast“, mutmaßte Magnus fröhlich.

„Ja sicher, so gern wie Fußpilz“, entgegnete Sarah, aber er sah an ihren Augen, dass es nicht so böse gemeint war, wie es geklungen hatte.

Sie setzten ihren Weg fort und unterhielten sich noch über verschiedene Belanglosigkeiten, bis sie schließlich am Hauptgebäude von Proteus ankamen. Als Sarah sich gegenüber dem Eingang biometrisch authentifizierte, fiel Magnus noch eine letzte Frage ein. „Weißt du, ob es in letzter Zeit irgendwelche ungewöhnlichen Vorkommnisse bei Lobos Robotics gegeben hat?“

Ein Ruck ging durch Sarah und sie hielt für einen Moment mitten in der Bewegung inne, bevor sie fortfuhr. Als der Eingang sich ihr endlich öffnete, drehte sie sich noch einmal um und trat ganz nah an Magnus heran. Sie senkte ihre Stimme zu einem verschwörerischen Flüstern.

„Ich weiß gar nichts. Und du lass die Finger von der Sache, das ist zu heiß für dich.“ Mit diesen Worten drehte sie sich um und schickte sich an, das Gebäude zu betreten. Bevor sie die Tür jedoch passiert hatte, hielt sie noch ein weiteres Mal inne und kehrte mit kleinen, raschen Schritten zu Magnus zurück.

„Noch was, Magnus. Halte dich in nächster Zeit von Freedom City fern, okay? Tu mir den Gefallen.“ Sie schüttelte den Kopf, als sie Magnus' fragendes Gesicht sah. „Mehr kann ich dir beim besten Willen nicht sagen, ohne Kopf und Kragen zu riskieren. Halte dich von F-City fern, das ist alles, versprich mir das."

Magnus zuckte die Schultern. „Das ist keine Warnung, das ist eine Aufforderung, auf jeden Fall hinzufliegen, Sarah!"

„Dann tu doch, was du nicht lassen kannst, Freelancer Tide!", schnaubte Sarah schnippisch. Sie ließ ihn stehen und entschwand forschen Schrittes durch die Panzertür aus Metallglas, die sich sofort wieder hinter ihr schloss.

Magnus starrte ihr noch geraume Zeit nachdenklich hinterher, bis sie am Ende des langen Korridors hinter dem Eingang um eine Ecke bog und sich damit endgültig seinem Blick entzog.

Kapitel 12

Als John Kendrick wieder zu sich kam, brannten keine Neonleuchten mehr, und es berieten auch keine Stimmen über ihn. Möglicherweise hatte man ihn an einen anderen Ort geschafft. Vorsichtig blickte er sich um, zunächst nur die Augen bewegend.

Grünliches Dämmerlicht, das von einem leise glucksenden Aquarium in einer der Ecken des kleinen Quartiers verbreitet wurde, erinnerte ihn stark an das Zimmer seiner Jugend. Eine ganze Zeit lang lag er nur wach und lauschte dem nostalgischen Plätschern der Pumpe und anderen, unvertrauten Geräuschen, die von draußen hereindrangen und deren Existenz ihm im gleichen Maße bewusst wurde, wie seine Sinne wieder zueinander fanden.

Auf einem schmalen Schreibtisch neben dem Aquarium erblickte er einen Bilderrahmen, dessen Fotomotiv alle paar Sekunden wechselte, doch das Halbdunkel verhinderte, dass er mehr als die Silhouetten der Aufnahmen erkennen konnte. Sicherlich waren es private Motive, genauso, wie dies ein Privatraum sein musste. Warum man ihn in ein Mannschaftsquartier verlegt hatte, entzog sich seiner Kenntnis. Nun ja – lange belegen wollte er es ohnehin nicht. Mit dem nächsten Versorgungsschweber würde er in die Hauptstadt des Protektorats der südlichen Hemisphäre, Canberra, fliegen, und von dort anonym zurück in die Distrikte. So der Plan. Doch wie sah die Realität aus? Besser, wenn er sich gleich daran machte, das festzustellen! Außerdem knurrte sein Magen – er schob einen riesigen Heißhunger!

Kendrick wischte die Decken beiseite und schwang die Beine über die Bettkante. Erst jetzt bemerkte er, dass er in einem weiten Krankennachthemd steckte, das sich unangenehm seidig auf der Haut anfühlte. Darunter spannte sich über Brust und Rücken ein breiter, enger Verband, und auch seine Beine schienen jeweils in einen solchen verpackt. Schmerzen spürte er überhaupt keine; allenfalls dehnte sich die Haut an einigen Stellen stärker als gewohnt.

Durch den Spalt unterhalb der Tür vor ihm fiel ein Streifen hellgelben Lichts in das Quartier und vermischte sich mit dem Grün des

Aquariums. Füße scharrten entfernt über den Boden, und Stimmen unterhielten sich gedämpft. Forsch drückte Kendrick die Klinke hinunter. Die vage Ahnung, die Tür könne verschlossen sein, bewahrheitete sich glücklicherweise nicht, und er trat hinaus auf einen Gang, der mehr einer hohen Röhre mit halbrunden Wänden aus gewelltem Metall glich. Zu beiden Seiten dieses mindestens zwanzig Meter langen Tunnels gab es sechs weitere, verschlossene Türen sowie einen großen, geöffneten Durchgang an der Stirnseite. Kühl war es hier; ihn fröstelte.

Überrascht stellte er fest, dass die Stimmen, die im Zimmer so klangen, als befänden sich die Sprecher gleich hinter der Tür, in Wirklichkeit viel leiser waren als es zunächst den Anschein gehabt hatte. Eigentlich handelte es sich eher um Gemurmel, das knapp unterhalb der Verständnisschwelle durch den Gang hallte und von dessen geriffelten, metallenen Wänden gebrochen und ein wenig verstärkt wurde.

Neugierig legte Kendrick die zwanzig Meter bis zum Durchgang auf der gegenüberliegenden Stirnseite zurück, während die Stimmen voraus immer lauter, fast schon verständlich wurden. Hinter dem Bogen des Durchgangs erwartete ihn ein geräumiger, kreisförmiger Saal – oder vielmehr ein großer Platz – in dessen Rund vier weitere, hohe Torbögen mündeten, die exakt demjenigen glichen, durch den er soeben hineingekommen war. Hinter diesen erstreckten sich, so schien es, weitere Gänge.

Kendrick schaute sich um. Der Platz war ziemlich geräumig, besaß einen Durchmesser von vielleicht zehn Metern; in der Mitte befand sich ein recht großes, sehr gemütlich wirkendes Rundsofa aus hellgelbem Kunstleder. Überall wucherten hohe Grünpflanzen in geschickt versteckten Hydroponiebehältern. Es gab sogar blühende Orchideen und andere, farbenfrohe Blumen. Überdacht wurde all das von einer riesigen, gewölbten Kuppel aus klarem Diamandoid, durch die man auf den Himmel sehen konnte. Natürlich war es draußen nach wie vor dunkel, aber als Kendrick nach oben blickte, vermeinte er, ein schwaches Flackern wie von der Aurora Australis erkennen zu können, das von der künstlichen Beleuchtung jedoch fast vollständig überlagert wurde.

Ein Stück weiter vorne leiteten flache, metallene Stufen zu einer schmalen Veranda hinauf, die in etwa drei Metern Höhe oberhalb der

Torbögen entlangführte und sich kreisförmig um den ganzen Platz herum erstreckte. Kendrick, momentan fasziniert, stieg die Treppe hinauf und presste sein Gesicht gegen das kalte Metallglas der Kuppel, die sich nun unmittelbar vor ihm aufwölbte. Im Streulicht sah er Eis und Schnee, eine Rampe, die in einiger Entfernung im Gletscher verschwand, sowie einige kleinere Erhebungen wie von Schuppen oder Verschlägen, die zur Hälfte im Boden staken. Die Habitatsröhren hingegen hatte man gänzlich im Eis versenkt, denn von der eigentlichen Station schaute nur die domartige Aussichtskuppel, unter der er stand, über den Boden hinaus.

„Ah, unser Überraschungsgast!“, hallte eine tiefe, rauchige Stimme durch die Kuppel. Kendrick zuckte zusammen und drehte sich suchend um. In einem der Durchgänge standen der große, schwarzhäutige Wissenschaftler, an dessen Namen er sich nicht mehr erinnern konnte, sowie dessen sympathische Kollegin – peinlich berührt stellte Kendrick fest, dass er sich an ihren Namen ebenfalls nicht mehr erinnerte. Er stieg die Stufen wieder hinab.

„Thielstation ist sternförmig angelegt, nicht wahr?“, fragte er. Der hünenhafte Wissenschaftler im hellblauen Kittel nickte.

„Jawohl“, sagte er, nicht ohne Stolz, „wie ein Seestern. Und falls erforderlich, kann man mehrere solcher ‚Sterne' miteinander verbinden.

„Wie geht es Ihnen, Mr. Kendrick?“, erkundigte sich die Ärztin, die den Piloten am Fuß der Treppe erwartete.

„Besser. Recht gut, eigentlich. Ich denke, ich schulde Ihnen mein Leben. Ich weiß gar nicht, wie ich mich bedanken soll, Doktor...“

„Vera Mleczko. Eigentlich bin ich Geologin, aber in Fällen wie diesem auch Stationsärztin.“ Sie lächelte warm. „Und das hier ist Dr. Alan Wanganeen, wissenschaftlicher Leiter von Thielstation.“

Wanganeen verneigte sich leicht. „Dank ist nicht erforderlich. Hauptsache, Sie bleiben nicht allzu lange.“

„Nun, das habe ich nicht vor.“

Der Wissenschaftler lächelte jovial. „Gewiss nicht. Sie entschuldigen mich; ich habe zu tun.“ Mit diesen Worten ließ er Kendrick und Dr. Mleczko zurück.

„Er mag mich nicht sonderlich, hm?“

„Alan? Oh. Nehmen Sie das bloß nicht persönlich. Er ist ein sehr organisierter Mensch, und wenn irgendetwas oder irgendjemand seinen Zeitplan über den Haufen wirft, dann macht ihn das ärgerlich."

„Irgendjemand wie ich", stellte Kendrick fest. Vera Mleczko nickte beipflichtend.

„So ist es. Sagen Sie – Sie müssen hungrig sein?"

Auf einmal erinnerte Kendrick sich an seinen knurrenden Magen. „Und ob!", rief er. „Oder ist das Essen hier ebenso knapp bemessen wie die Zeit?"

Eigentlich hatte er das als humorvolle Anspielung gemeint, aber Vera Mleczkos Gesichtszüge verfinsterten sich.

„Es ist auf alle Fälle nicht so knapp bemessen wie die Erklärung Ihrer Anwesenheit in Thielstation, Mr. Kendrick." Ihre Gesichtszüge heiterten sich geringfügig auf. „Und schon gar nicht so knapp wie Ihr Krankenhemd. Kommen Sie."

Kapitel 13

Fern war keine besonders hübsche Frau. Sie war mager, klein und besaß eine nahezu knabenhafte Figur. Mausbraune Haare fielen ihr in unordentlichen Strähnen ins runde Gesicht; die Kleidung, ausgebeult und viel zu weit für ihren schmächtigen Körper, hing achtlos an ihr herab. Fern redete nie viel, aber wenn sie sprach, hörte man ihr für gewöhnlich aufmerksam zu; denn wie zum Ausgleich für ihre mangelnde Attraktivität hatte die Natur sie mit Funken sprühenden, graugrünen Augen ausgestattet, deren Intensität sich niemand leicht entziehen konnte. Manchmal verlor sogar sie selbst sich in ihren eigenen Augen; sie stand dann wie in Trance vor dem Spiegel und wunderte sich wortlos, wer diese Frau war, die ihr offenen Mundes entgegenstarrte. Lange hielten diese Momente jedoch nie vor, wusste sie doch ganz genau, wer sie war – normalerweise, jedenfalls.

Fern klopfte ein zweites Mal mit den Fingerknöcheln gegen die verdreckte Scheibe, in der sich sekundenlang ihr eigenes Gesicht widergespiegelt hatte, überstrahlt von dem warmen, dunkelroten Sonnenuntergang in ihrem Rücken. Sie stand auf dem Sims der siebten Ebene des Scythescrapers, über ihr nur noch der violette Abendhimmel, unter ihr fünfundzwanzig Meter Luft.

Der Ausblick auf Freedom City war atemberaubend: Zelte überall, große eckige, kleinere runde, die meisten alt und starr vor Dreck, dazwischen Appartementboxen, Wellblechhütten und eine Hand voll geparkter Schweber. Das Chaos war unbeschreiblich, alles stand kreuz und quer, ohne jegliche Ordnung, einfach kunterbunt durcheinander gewürfelt, wie in der Spielzeugkiste eines Riesen oder wie auf einem mittelalterlichen Wochenmarkt. Nach den Regenfällen der vergangenen Nächte hatten dort unten tausende Füße den lehmigen Boden weich getrampelt. An vielen Stellen schimmerten Schlickpfützen ölig, der Matsch war allgegenwärtig. Ein jeder hier trug Spuren des Schlamms; Ferns Schuhe waren damit verkrustet und die Enden ihrer weiten Schlaghosen ebenfalls. Sie fand das lustig und vergnügte sich schon seit Tagen damit, Schlammkrümel an Orten abzuknibbeln, an denen einem der Anstand so etwas zu tun normalerweise verbot. Nicht, dass es viele solcher Orte in Freedom City gab, aber es war das Prinzip, das zählte.

Fern klopfte ein drittes Mal, diesmal so energisch, dass das Glas im Kitt klirrte. Sie rieb ihre schmerzenden Fingerknöchel. „Verdammt, Chi-Tsen! Es ist wichtig! Mach auf, du alte Zicke!“ Niemand durfte in diesem Tonfall mit Cheek reden – nicht mit Lu Chi-Tsen, der Tochter Cord Bentleys, außer Keiju und ihr, Fern. Diesmal regte sich drinnen etwas.

„Fern, du kleiner Punk!“, tönte es gedämpft von innen. „Warum so hektisch?“ Dann öffnete sich die Tür. Cheek war mit nicht mehr als ihrem üblichen, bauchfreien Tanktop und einem Slip bekleidet, nicht mal Schuhe trug sie. Ihre sonst so ordentliche Igelfrisur war wirr wie selten, die feinen, femininen Gesichtszüge missmutig gekräuselt.

„Störe ich?“, fragte Fern unschuldig.

„Keiju ist hier. Was glaubst du?“

„Darf ich reinkommen?“

„Muss das jetzt sein?“

Fern nickte heftig. Ja, und ob es sein musste! Cheek ließ es sich für einen Moment durch den Kopf gehen, dann winkte sie die kleinere Frau wortlos herein. Wenn Fern etwas für wichtig genug befand, um sie damit abends zu stören, dann war es auch wichtig. Und falls nicht – Ktulu mochte dem Zwerg gnädig sein! Cheek grinste schief. Sie lief leichtfüßig zur Bodenluke und hangelte sich behände an der Leiter in den darunter liegenden Container hinab. Langsamer folgte Fern ihrer Freundin, stieg aber nicht nach unten, sondern ließ sich im Schneidersitz vor der Öffnung nieder, sodass sie die untere Ebene im Blick behielt.

Cheek fuhr sich durch die kurzen Haare und setzte sich auf die Kante eines großen Bettes. Sie griff nach ihren oberschenkelhohen Stulpenstiefeln, die umgeknickt vor dem Fußende lagen, und begann sich diese überzustreifen. Mit aufmerksamem Interesse wurde sie dabei von Keiju beobachtet, der am Kopfende halb unter einer bunten Patchworkdecke lag, die Arme im Nacken verschränkt. Fern winkte dem jungen Mann zu. „Ho, Keiju.“

„Ho, Fern, meine wilde Rose!“ Keiju lächelte sie spitzbübisch an, was sie ein wenig erröten ließ. Hoffentlich konnte er das im dämmrigen Halblicht nicht sehen! Ihre Wangen wurden noch etwas dunkler, als sie merkte, wohin ihre Gedanken sie führten. Schnell besann sie sich auf den Grund ihres späten Besuchs. Sie zerrte eine zerknitterte E-Folie aus ihrer weiten Hosentasche und glättete das Schriftstück sorgfältig. „Die Überwachung behauptet, Proteus habe vorgestern ein Großmanöver mit achtzehn LR2937 durchgeführt."

Cheek hatte soeben den Kampf mit ihrem zweiten Stiefel beendet und kletterte nun mit laut hallenden Schritten die Leitersprossen empor. Ihre Stirn legte sich in Falten. „Vorgestern? Achtzehn?"

„Fünfzehn davon sind noch am selben Tag nach einem seltsamen Zwischenfall zur Basis nach Berezan zurückgekehrt. Die drei übrigen erst gestern Nacht."

„Oh ja, mit diesen drei haben wir Bekanntschaft gemacht, nicht wahr? Was war das für ein seltsamer Zwischenfall?"

„Wirklich komische Sache, Chi-Tsen. Um 14:37 Uhr hatten die Maschinen offenbar mit einem technischen Problem zu kämpfen."

„Wie, alle?"

„Fünfzehn von achtzehn!"

Cheek riss die Augen verwundert auf. „Was, fünfzehn gleichzeitig? Willst du mich für dumm verkaufen, Zwerg? Wie soll das vor sich gegangen sein?"

Fern schüttelte den Kopf. „Keine Ahnung!", sagte sie beschwörend. „Innerhalb einiger Sekunden spielte jeder der Jets für wenige Augenblicke vollkommen verrückt! Als habe jemand irgendwo einen Knopf gedrückt. Es gab ein heilloses Durcheinander und mehrere Beinahe-Zusammenstöße. Einige der Maschinen sind unerwartet durchgesackt, andere haben eigenmächtig Vollschub gegeben und den Kurs geändert."

„Das schnalle ich nicht. Wirklich nicht! Verdammte Motley-Technik! Aber uns hat es vermutlich den Hintern gerettet, was? Achtzehn von den Mühlen hätten uns und Freedom City einfach eingestampft, wie 'ne Armee Dampfwalzen!"

Fern stimmte ihrer Freundin zu. „Ja, schon. Aber die drei übrig gebliebenen haben uns auch so aufgemischt."

„Da sagst du was. Wie lange war die Überwachung über den Start der achtzehn LR informiert?"

„Cord wusste es immerhin schon seit vorgestern Vormittag, wenn du das meinst...“

Cheek antwortete nicht gleich, sondern ging mit zusammengezogenen Augenbrauen zur Kochnische, wo sie dem Kühler drei Dosen Dweezle’s entnahm. Die Begebenheit mit der ungewöhnlichen, simultanen Fehlfunktion der feindlichen LR2937 verwunderte sie zwar; die Erkenntnis allerdings, dass Cord rechtzeitig über die drohende Motley-Streitmacht informiert gewesen war und den Angriff auf den Frachter dennoch nicht abgeblasen hatte, lag ihr jedoch viel schwerer im Magen. *Fern hat es also auch gemerkt*, dachte sie. Warum überraschte sie das jetzt so sehr? Nach dem Streit mit Cord am gestrigen Abend lag doch auf der Hand, das hier etwas Seltsames vorging. Sie hatte in der vergangenen Nacht lange darüber sinniert; doch während sie noch nachgedacht hatte, war Fern offensichtlich losgezogen, um auf eigene Faust ein paar Nachforschungen anzustellen. Fern war geschickt und intelligent; Cheek war froh, sie auf ihrer Seite zu wissen. Sie warf der kleinen Frau eine der Dosen zu und öffnete die zweite klackend.

„Cord verheimlicht uns was“, stellte sie mit sachlicher Stimme fest. „Etwas Großes. So groß, dass es ihm verdammt egal ist, ob ein paar von uns dabei draufgehen oder nicht!“

Fern verzog die Lippen zum Strich. Zu einer ähnlichen Schlussfolgerung war sie ebenfalls gelangt, aber natürlich hätte sie es niemals gewagt, Chi-Tsen gegenüber derartige Vermutungen zu erwähnen. Dass Cheek von alleine darauf kam, erstaunte sie etwas. Sie zuckte mit den Schultern. „Weiß nicht. Möglich.“

Cheek ging zur Luke hinüber und beförderte die dritte Dose mit einem geschickten Wurf zu Keiju hinunter. „Komm rauf, Punk. Bring meine Klamotten mit.“ Sie wandte sich wieder Fern zu. „Glaubst du, dass mein Vater uns alle betrügt? Glaubst du das?“

Fern starrte ihrer Freundin sekundenlang in die Augen, ehe sie mit fester Stimme antwortete. „Ja. Glaube ich. Aber er wird selbst betrogen.“

Cheek nickte. Nicht viele Leute hätten den Mut besessen, ihr so direkt zu antworten, wie es Fern tat. Sie rechnete ihrer Freundin Mut und Aufrichtigkeit hoch an.

„Aber dir ist schon klar, dass Cord Freedom City *ist*, oder? Ohne ihn gäbe es hier gar nichts außer Schlamm und Felsen." Fern zuckte erneut mit den Schultern und schwieg.

„Ich denke, du hast Recht", fuhr Cheek fort. „Daran ist dieser verdammte Swift Schuld. Seit der hier ist, stimmt was nicht. Er ist wie der Teufel, hat Cord ein Angebot gemacht, das er nicht ausschlagen kann, nicht einmal zum Preis seiner eigenen Seele. Nicht mal im Tausch gegen seine Leute."

Keiju kam herbei und warf der Piratin Hose und Jacke zu. „He, du glaubst an Gott und Teufel, Angebetete?", grinste er frech. „Etwa auch an den Mann mit den Gesundheitslatschen?"

Cheek schnaubte: „Vor allem glaube ich daran, dass ich dir eines Tages die Nase richten werde!"

Keiju schüttelte lachend den Kopf, wurde jedoch sofort wieder ernst. „Aber es stimmt", sagte er. „Deshalb schlage ich vor, Cord und Ndulu Swift rund um die Uhr zu überwachen. Ich weiß nicht, was da vor sich geht, aber es ist nichts Gutes. Und die Sache mit den Amok laufenden LR – da steckt mehr hinter!"

„Darauf kannst du deinen Hintern verwetten! Und Freedom City hat es bereits wahrgenommen." Ohne ihre hohen Stiefel auszuziehen, kletterte Cheek in die halblange Hose und zog die Reißverschlüsse zu beiden Seiten ihrer langen Beine hoch, bis sich der Stoff eng um ihre Oberschenkel schmiegte. Dann stopfte sie die Hosenbeine in die Stulpen, ohne den Blick von Fern abzuwenden.

„Die Stimmung ist ganz schön angespannt", fuhr sie mit gepresster Stimme fort. „Wir müssen mit den Leuten reden, müssen wissen, wer auf wessen Seite steht. Kapiert ihr das?"

„Wir jedenfalls stehen hinter dir, Chi-Tsen", beteuerte Fern ernsthaft. „Viele tun das." Keiju nickte zustimmend.

Cheek lachte humorlos. „Hinter mir? Ihr Punks." Sie griff kopfschüttelnd nach der Dose Dweezle's. Sollte ihr Vater tatsächlich zum Verräter geworden sein? Falls ja – und sollte es ihr gelingen, das rechtzeitig aufzudecken – dann würde Freedom City in sich zusammenklappen wie ein Kartenhaus. Wie ein geköpftes Huhn. Es sei denn, jemand würde Cord ersetzen. Und sie wusste, dass es nur eine einzige Person in der Stadt gab, die dazu in der Lage wäre. Sie selbst.

„Stoßt mit mir an“, verlangte sie heiser.

Fern gehorchte und öffnete endlich ihre Dose. „Auf die Freiheit!“, rief die kleine Frau viel enthusiastischer, als es sonst ihre Art war.

„Auf die Hölle“, erwiderte Cheek mit einem schiefen Grinsen und leerte den Behälter in einem Zug.

Kapitel 14

Forrester war weg! Im Prinzip eine erfreuliche Wendung, wenn auch etwas überraschend, dachte Magnus pragmatisch, aber nicht ganz ernst. Auf der Suche nach Spuren fand er deutliche Hinweise darauf, dass hier vor nicht allzu langer Zeit ein Kampf stattgefunden hatte: auf der Kante des Terminals klebte in einer Lache halbgetrockneten Bluts ein kleines Büschel hellbrauner Haare, das der Haarfarbe des arroganten Wissenschaftlers entsprach. Auf dem Boden lagen die Einzelteile eines zerbrochenen Tellers inmitten der Reste einer frugalen Mahlzeit. Als Magnus die Scherben mit den Schuhen zusammenschob, fügten sie sich in Sekundenbruchteilen nahtlos zu einem neuen, sauberen Teller zusammen, dessen Boden schräg auf den Nahrungsresten ruhte. Magnus hob das Geschirrstück auf und stellte es in den Schallreiniger. Schlimmer als der auf dem Linoleum verbleibende Krautsalat, um den sich nun der Vakubot auf flinken Rollen zu kümmern begann, war die Tatsache, dass die Tür der Appartementbox bei Magnus' Ankunft weit offen gestanden hatte. Jemand hatte den Biosensor manipuliert, und zwar von außen. Was auch immer vorgefallen sein mochte: Forrester hatte die Box nicht freiwillig verlassen!

Mit einem feuchten Tuch säuberte Magnus angewidert das Terminal von Blut und Haaren, bevor er sich davor setzte und es aktivierte. In den Protokolldateien fanden sich keinerlei Anzeichen dafür, dass man sich unbefugten Zugang zu seinen persönlichen Daten verschafft hatte. Dann jedoch überkam ihn die Erkenntnis, dass auch der gewaltsame Einbruch in die Appartementbox nirgends registriert worden war. Jemand musste die Protokolldateien manipuliert haben und dabei ein wenig übers Ziel hinausgeschossen sein!

Bevor er das Gerät ausschaltete, fiel sein Blick auf eine Meldung die besagte, dass während seiner Abwesenheit eine Videomitteilung hereingekommen war, die allerdings auf den Mindmapper umgeleitet worden war. Der Absender hieß – John Kendrick! Magnus fluchte verhalten. Wo war der Mindmapper? Er war sicher, dass das Gerät gestern noch irgendwo herumgelegen hatte.

Als draußen unvermittelt Sand unter schweren Tritten aufknirschte, wirbelte Magnus herum. Noch im Herumfahren zog er seine Waffe und ließ sich hinter die Liege fallen. Jemand klopfte mit den Fingerknöcheln gegen den Rahmen der offenen Tür.

„Tide?"

Magnus erkannte Hawlers Stimme sofort. Er rappelte sich wieder auf, nur um direkt in den Lauf eines halbautomatischen Flammenwerfers zu blicken. „Hawlers Grill?", meinte er fragend und blickte in erstaunte Schweinsäuglein. „Heute frisch: Freelancer knusprig braun?"

Hawler ließ den Flammenwerfer sinken und knipste die Zündung aus. „Heh. Sorry, Tide. Man muss vorsichtig sein. Nicht? Muss man."

Dem wiederum konnte Magnus nichts entgegensetzen. Er schloss aus Hawlers Verhalten, dass dieser von den Ereignissen hier etwas mitbekommen hatte.

„Sicher", antwortete Hawler auf die entsprechende Frage, „So ein *Capcom*, hellblau. Kranke Farbe. Völlig eingesaut mit Schlamm und so. Kommt ein Typ raus, so ein Schwarzer. Komische Klamotten an. Ich dachte zuerst, ist ein Freund von dir. Ist er? Dachte ich."

Magnus schüttelte den Kopf. „Bedauerlicherweise habe ich keine Freunde, die sich *Capcom*s leisten können." Eigentlich hatte er außer Kendrick gar keine Freunde mehr, aber das ging niemanden etwas an.

Hawler grunzte und zog aus seiner Beintasche eine Zigarre hervor, von der er das obere Ende abbiss und ausspuckte. Der Vakubot, der soeben mit den Essensresten auf dem Boden fertig geworden war, quiekte empört (oder begeistert, das ließ sich nur schwer beurteilen) und wuselte der Kuppe hinterher. „Na ja, wie dem auch sei: Typ macht sich an der Tür zu schaffen und verschwindet drinnen. Nach zwanzig Minuten kommt er wieder raus und schleift einen anderen Typen mit, so einen mit Kopfverband. Gefesselt. Schleift ihn raus. Der denn ein Freund von dir?"

Erneut schüttelte Magnus den Kopf. „Nur ein... Gast. Ich habe auch keine Freunde mit Kopfverbänden. Bitte, Hawler, steck das Teil nicht hier drinnen an, okay?"

„Schon gut, hey!" Der beleibte Mann trat blinzelnd nach draußen und fuhr mit seiner Schilderung fort. „Der Schwarze kommt noch mal wieder, ich will ihn aufhalten, aber er hüpft einfach in seinen *Capcom* und - weg. Hüpft einfach rein!"

„Du hast ihn vertrieben?“, fragte Magnus fassungslos. „Damit?“ So viel Schneid hätte er dem Dicken nie zugetraut! Mit Sicherheit war dies auch der Grund, dessentwegen der Einbrecher die restlichen Spuren nicht mehr hatte beseitigen können: mit einem Flammenwerfer war nie gut Kirschen essen.

Hawler nickte stolz. „Na klar! Aber weißt du was, Tide?“

„Nun?“

„Hm. Moment.“ Aromatischer Qualm wallte auf, während Hawler an der Zigarre paffte. „Über Punto Madre und den Pinehawk Islands ist in den letzten Tagen ganz schön was runtergekommen. Ganz schön was!“ Da Magnus nicht sofort verstand, fügte Hawler hinzu: „Du weißt schon. H_2O von oben. Regen, Mann!“ Er kicherte. „Auch bei Freedom City und so. Und Juno Falls, diese ganze Gegend, alles versinkt im Schlamm. Wie damals in Bitterfeld. Hey!“

„Hm? Was ist?“

„Ich will keinen Ärger, Mann, hörst du? Will ich nicht. Du hast doch keinen Dreck am Stecken, Tide, oder?“ Auf einmal blickten Hawlers Äuglein misstrauisch.

„Keine Sorge, meine Weste ist rein wie Schneewittchens Bettlaken, Hawler“, erwiderte Magnus fröhlich. „Du denkst also, der Schwarze mit dem *Capcom* kam aus dem Grenzgebiet zwischen Punto Madre und Juno Falls?“

„Verdammt will ich sein, wenn er woanders herkam. Will ich sein.“ Der beleibte Mann wandte sich zum Gehen, drehte sich aber noch einmal um. „Du schuldest mir einen Gefallen. Verkaufst du mir die TP? Ist eh nichts mehr wert. Verkauf sie mir!“

„Den Senkrechtstarter? Was willst du damit, Hawler? Hast du die Maschine nicht erst kürzlich als antik bezeichnet?“

Hawler druckste ein wenig, bevor er antwortete. „Schon. Aber zumindest ist das noch Wertarbeit. Nicht so wie der neumodische Krempel, der ständig rumspinnt. Ist Wertarbeit, du verstehst? Also, verkaufst du?“

Magnus grinste „Sicher. Klar. Sobald mein eigener *Capcom* aus der Werkstatt kommt, Hawler, ganz ehrlich.“

Nach langen Minuten zog Hawler endlich wieder ab, und Magnus begann fieberhaft nach dem Mindmapper zu suchen, auf dem sich, laut Terminal, John Kendricks neue Videonachricht befinden sollte; doch er konnte ihn nirgends finden. Inzwischen war er sicher, das Gerät zuletzt auf dem Boden unterhalb des Terminals gesehen zu haben. Da er seinerzeit mit dem verletzten Forrester zugange gewesen war, hatte er es nicht sofort aufgehoben. Danach hatte er das Gerät schlicht vergessen. Jetzt war es weg, genau wie Forrester! Im Verlauf der nächsten halben Stunde schaukelte sich Magnus' Ärger über den offensichtlichen Diebstahl seines nagelneuen Mindmappers immer weiter auf. Wenn er diesen Forrester nur zwischen die Finger bekäme – oder wer auch immer dafür verantwortlich war!

Hinzu gesellte sich nun doch eine beginnende Sorge um John Kendrick. Mehrfach versuchte er daher, seinen alten Freund mit dem Kommunikator zu erreichen, wurde aber jedes Mal an einen Avatar verwiesen, der keinerlei Informationen über Johns gegenwärtigen Aufenthaltsort besaß. Schließlich ging ein Ruck durch Magnus; spontan fasste er einen Entschluss.

„Jetzt reichts!", rief er wütend. Er musste diesen Mindmapper wieder haben, koste es, was es wolle! Nur so würde er herausfinden, ob John wirklich in der Klemme steckte. Und Forrester würde er an Lobos Robotics ausliefern – falls diese ihn nicht ohnehin schon hatten. In Anbetracht von Hawlers Informationen schien das aber eher unwahrscheinlich. Wenn er sich jetzt nicht aufmachte, um das Gerät zu finden, würde er sowieso nur auf den ersehnten Anruf von Proteus warten und Däumchen drehen. Dr. Valeri würde sich schon melden, darum sorgte er sich nicht. Aber bis dahin untätig herumzusitzen – das entsprach nicht seiner Art!

Nachdem er die Entscheidung einmal gefällt hatte, ging alles rasend schnell. In fliegender Hast bestückte Magnus das Magazin seiner MRG Minirailgun mit den maximal möglichen siebentausend Nadeln und schnallte den Rückenhalfter um. Die Waffe besaß eine nicht zu leugnende Ähnlichkeit mit einer Pumpgun, auch die Bedienung war ähnlich. Richtig eingesetzt konnte man damit einhändig Bäume fällen und tiefe Löcher in Felswände meißeln. Er ließ die Waffe über die Schulter in das Halfter gleiten und stellte sicher, dass sie sich leichtgängig ziehen ließ. Danach überprüfte er den Akku seiner Handfeuerwaffe. Der UV-Pulser war ein unbestreitbar krudes Gerät, aber ungemein effizient, wenn es zu Nahkämpfen kam; außerdem war es so robust, dass selbst ein EMP ihm nichts anzuhaben vermochte. Er liebte diese Waffe. Als Letztes überprüfte Magnus die Bordkanone des Senkrechtstarters. Seit er die Maschine flog, war er nicht gezwungen gewesen, die starr montierte Kanone einzusetzen, daher steckten die zweitausend Stahlmantelgeschosse noch unbenutzt in ihren Magazinen. Er hoffte inständig, dass er die Bordwaffe auch jetzt nicht würde benutzen müssen. Gegen jeden halbwegs modernen Flieger musste er damit unweigerlich den Kürzeren ziehen.

Als das Rot der Abenddämmerung am tiefblauen Horizont auftauchte, stieg Magnus in seine Maschine und fuhr die Turbinen hoch. Zunächst wollte er sich im nahe gelegenen Juno Falls umschauen, danach in Freedom City und zuletzt im - am weitesten entfernten - Punto Madre. Wenn Hawler Recht behielt, würde irgendwer dort sich an einen hellblauen *LR612 Capcom* mit schwarzem Piloten erinnern. Die Freihandelszone war nicht so groß, als dass etwas Derartiges nicht auffallen und zum Gespräch werden würde.

Kendrick wusste jetzt, von wo das Gemurmel, das Stühlerücken und Füßescharren gekommen war, das ihn aus dem Genesungsschlaf gerissen hatte: der vorletzte Raum des Ganges, in dem sich auch „sein" Quartier befand, diente als Messe und Gemeinschaftsraum. Hier nahm die Besatzung von Thielstation ihre Mahlzeiten miteinander ein. Der Mittagstisch war kurz bevor Kendrick aus dem Zimmer hinausgetreten war, abgeräumt worden; die Wissenschaftler und Mitarbeiter von Thielstation hatten sich daraufhin wieder an ihre Arbeit gemacht. Trickreich „überredete" Vera Mleczko den Küchenautomaten eine verspätete Ration auszugeben. Sie reichte diese an Kendrick weiter, der sofort begierig die Alufolie von der dampfenden Schaumstoffschale herunterzog. Es gab Reis, Tofu und gemischtes Gemüse; erst jetzt bemerkte er, wie hungrig er wirklich war.

„Mensch, riecht das gut!", stellte er mit ehrlicher Begeisterung fest.

Mleczko entnahm einem Spender ein Paar Essstäbchen und reichte sie Kendrick; aus einem Fach zog sie einen ungeöffneten Trinkschlauch mit Mineralwasser, welchen sie dem Piloten ebenfalls gab, dann ließ sie sich ihm gegenüber an dem langen, weißen Tisch nieder. Eine Weile schaute sie ihm schweigend beim Essen zu. Nach einer Minute erhob sie sich und schob den Stuhl zurück. Die Stuhlbeine schabten unangenehm über den Boden, und das Geräusch hallte von den Wänden des leeren Gemeinschaftsraums wider.

„Lassen Sie es sich schmecken, Mr. Kendrick", sagte sie mit bedeckter Stimme. Es klang, als wollte sie etwas ganz anderes gesagt haben, habe sich aber aus bestimmten Gründen dagegen entschieden; Kendrick, ungeübt im Umgang mit Essstäbchen und damit beschäftigt, den dampfenden Reis mühsam über den Rand der Schale in seinen Mund zu schaufeln, nahm ihr Zögern dennoch wahr und hielt inne.

„Sie haben mir noch gar keine Fragen gestellt", bemerkte er und blickte stirnrunzelnd zu ihr hoch. Die Wissenschaftlerin schob den Stuhl unter den Tisch. „Könnten und würden Sie Fragen wahrheitsgemäß beantworten, Mr. Kendrick?"

Er stocherte mit den Stäbchen in der Essensschale. „Viele“, antwortete er ehrlich. „Nicht alle.“

„Aha, sehen Sie? Alan – Dr. Wanganeen – möchte das Fragen deshalb lieber den zuständigen Regierungsstellen überlassen. Er will nicht, dass Sie sich gezwungen sehen, irgendwelche Geschichten zu erfinden. Verstehen Sie das? Einen Mann mit einem Geheimnis kann die Station gerade soeben verkraften. Einen Mann, der ein Gebilde aus Unwahrheiten und Schutzbehauptungen verteidigen muss, aber nicht.“

Kendrick dachte kurz darüber nach. „Eigenwillige Einstellung“, meinte er. Mleczko zuckte die Schultern.

„Alan ist eigenwillig. Aber er hat oft Recht.“ Bevor Kendrick Weiteres erwidern konnte, fuhr sie schnell fort: „In Raum 9 finden Sie eine Nasszelle. Sie können Ihre Kleidung beim Stationscomputer anfordern; sie ist bereits schallgereinigt. Kommen Sie danach zu mir, ich erneuere Ihre Verbände. Raum 24.“

Kendrick zog die Augenbrauen zusammen und wedelte mit den Essstäbchen. Er wollte noch etwas einwenden, verkniff es sich aber dann. Stattdessen bedankte er sich artig bei der Wissenschaftlerin und setzte seine Mahlzeit gedankenverloren fort.

Fünfundvierzig Minuten später war er gesättigt, geduscht, verarztet und endlich dieses schreckliche Krankennachthemd los. Dr. Mleczko hatte ihn sofort nach dem Anlegen der neuen Verbände der Obhut des Stationstechnikers Fred Carlisle übergeben, der als Einziger keinem wissenschaftlichen Tagesplan folgen musste, dann war sie zurück in ihr Labor geeilt.

Carlisle, der kein Akademiker war, ging mit einer völlig anderen Attitüde als die anderen auf Kendrick zu. Nicht nur, dass er sich ausgesucht unhöflich, geradezu rüpelhaft verhielt; darüber hinaus ließ er, kaum dass Vera Mleczko den Raum verlassen hatte, seiner Neugierde freien Lauf.

„Wo ist nun Ihr Jet, hm? Der, zu dem diese RCU gehört, die wir bei Ihnen gefunden haben? Hier lang!“ Carlisle hatte die Anweisung erhalten, Kendrick in der Station herumzuführen, um ihn mit den Lokalitäten vertraut zu machen. Dieser Aufgabe kam er mit mürrischer Ablehnung nach. Er öffnete eine Tür. „Unser Serverraum. Nicht viel zu sehen, was?“ Die Tür knallte wieder zu. „Nun?“, insistierte er, während er an seiner Hemdtasche nestelte und einen Zigarillo aus einer flachen Packung zog. „Sie sind doch abgestürzt, was? Wo also ist das Wrack?“

„Sie wollen sich das Ding da doch jetzt wohl nicht anstecken, oder?“ Kendrick deutete angewidert auf den Glimmstängel, ohne auf die Frage einzugehen.

„Essen wollte ich es jedenfalls nicht“, erwiderte Carlisle grinsend und hielt ein Feuerzeug an den Zigarillo. „Wissen Sie, Kendrick“, sagte er, während ein Rauchwölkchen aufstieg, „Ich glaube nicht, dass Sie zufällig hier sind. Würde die Regierung sich sonst für Sie interessieren?“

„Ich weiß nur eines“, erwiderte Kendrick, dem Carlisles Auftreten langsam auf die Nerven ging, „dem Stationsleiter wird es nicht gefallen, dass Sie versuchen, mich auszuquetschen.“ Die Bemerkung über die Regierung war ihm trotz allem nicht entgangen.

„Ach ja?“ Carlisle trat näher an Kendrick heran und blies ihm einen Atemzug Rauch ins Gesicht. „Wanganeen ist ein Dummkopf. Nur die alte Mleczko ist noch bescheuerter.“

„Und Sie haben Ihre unerhört wichtige Position in dieser Station ausschließlich Ihren überragenden, intellektuellen Fähigkeiten zu verdanken, nicht wahr?“

Carlisle lachte hustend. „Hey. Jetzt werden Sie mal nicht frech, mein Guter. Sie sind hier bloß ein ungebetener Gast. Was wissen Sie schon, hm?“ Doch der Techniker schien Kendrick den ironischen Kommentar nicht wirklich zu verübeln. Noch eine geraume Weile führte er den Piloten durch die Station, stellte ihm die restlichen Wissenschaftler vor und bewies mit kurzen, mürrischen Erklärungen, dass er, ungeachtet seines unsympathischen Auftretens, eine Menge über Thielstation wusste. Später summte sein Kommunikator und er führte ein kurzes Gespräch.

„Wollen Sie mit rauskommen, Kendrick? Wanganeen möchte, dass ich einen Bohrkern herausnehme und wechsle; eine Drecksarbeit. Da können Sie mir ja ein bisschen zur Hand gehen, was.“

Kendrick stimmte zu; zwar fühlte er noch immer die Erschöpfung in seinen Gliedern, aber so unangenehm Carlisle auch sein mochte, er war gesprächiger als die anderen, und deshalb möglicherweise nützlicher.

Die beiden hinteren Räume in der westlichen Habitatsröhre enthielten Ausrüstungslager. Am äußersten Stirnende des Tunnels, genau an jener Stelle, an der sich in der südöstlichen Röhre Kendricks Zimmer befand, gab es hier eine Doppelschleuse, hinter der man über eine Rampe hinaus ins Eis gelangte. Nachdem er einen Thermoanzug angelegt hatte, der nur noch das Gesicht freiließ, folgte Kendrick Carlisle hinaus in die Polarnacht. Am Ende der langen Rampe drehte Kendrick sich um. Viel gab es nicht zu sehen; die Wohnröhren der Station befanden sich vollständig unterhalb des Eises; fünfundzwanzig Meter entfernt ragte dunkel die durchsichtige Zentralkuppel auf. Rund um den Dom aus Glas und die Rampe verteilt gab es einige flache Schuppen, die wohl Generatoren und Geländefahrzeuge enthielten. Außerdem staken lange Stangen im Boden, auf denen verschiedene Instrumente montiert waren.

„Hey!“, rief Carlisle. Kendrick schaute sich um und sah den Mechaniker auf einem überlangen, tausendfüßerähnlichen Kettenwurm herannahen, auf dessen schmaler Ladefläche einige lange, unterarmdicke Stangen nebeneinander lagen. „Wenn der Bohrkern ausgewechselt ist, müssen wir noch eine Grube ausheben. Siebenundzwanzig mal neun Meter, vier Meter fünfzig tief.“

„Wir?“, wunderte sich Kendrick, dann ging ihm ein Licht auf. „Etwa für eine neue Habitatsröhre?“

„Sehr richtig, Sie Schnelldenker. Hatte ich eben erwähnt, einen Bohrkern auszuwechseln sei eine Drecksarbeit? Vergessen Sie's. Tausend Kubikmeter Eis aus dem Gletscher zu kratzen ist noch viel übler. Würde mich wundern, wenn wir bis zum Abendessen damit fertig wären. Aber Sie haben es ja ohnehin nicht eilig, was?“

Kendrick zuckte die Schultern und stieg auf den hinter Carlisle befindlichen Beifahrersitz des schmalen Fahrzeugs. „Nicht unbedingt. Soll die Station vergrößert werden?“

Der Techniker setzte den Kettenwurm in Bewegung. „In frühestens 18 Monaten“, sagte er. „Warum man das auf jetzt vorverlegt hat – keinen Schimmer. Aber wem erzähle ich das. Geht Sie sowieso nichts an.“

Im Laufe der nächsten halben Stunde gelang es Carlisle unter tätiger Mithilfe Kendricks, den Bohrkern einer der acht Bohranlagen in der Nähe der Station gegen den mitgeführten, unbenutzten auszutauschen.

Vera Mleczko und ein anderer Wissenschaftler nahmen den gebrauchten Eisbohrer entgegen und machten sich daran, dessen gefrorenen Kern in einzelne Stücke zu zerlegen, während Carlisle den Kettenwurm wegbrachte und mit einem mittleren Aushebefahrzeug zurückkehrte. Das Fahrzeug war nicht dafür ausgelegt, einen derart riesigen Aushub zu schaffen, sodass Carlisle Recht behalten sollte: als sie die Arbeiten beendet hatten, war es bereits spät am Abend und das allabendliche Gemeinschaftsdiner lange vorüber. Nach der Rückkehr in die Station spürte Kendrick jeden Knochen in seinem Körper; er vermutete, dass man ihm das auch anmerkte, denn Carlisle schaute ihn grinsend an. „Kennen Sie den Spruch ‚das eigene Grab schaufeln'?"

„Ich ziehe einen anderen Spruch vor, nämlich: ‚wer anderen eine Grube gräbt, fällt selbst hinein'", erwiderte Kendrick, während er sich in der Schleuse die Überstiefel auszog. Carlisle lachte, hustete erbärmlich und verschwand ohne weiteren Kommentar irgendwo in der Station.

Kapitel 16

Einen Tag nach ihrer abendlichen Unterredung mit Cheek Lu kehrte Fern von einem Kaperflug zurück. Stomp und sie hatten ganz allein einen kleinen, gar nicht mal so schlecht bewaffneten Motley-Händler überfallen und ausgenommen. Der gute Mann hatte Zeter und Mordio geschrien, nachdem ihm klar geworden war, dass die Piraten gar nicht ihm, sondern ausschließlich seiner Fracht an den Kragen wollten, aber es hatte ihm nicht im Mindesten geholfen. Zwei Container mit wertvollen Gewürzen hatten sie erbeutet – und diese unmittelbar im Anschluss wieder verscherbelt. An einen anderen Motley. Feine Gesellschaft, das! Fern lächelte matt. Während dieses vergangenen Tages war sie kaum zum Schlafen gekommen und so freute sie sich ungemein auf die gemütliche Koje in ihrer Hütte.

Inmitten der Stelle, an der sich die rostigen Wohncontainer, Wellblechhütten und uralten Familienzelte am dichtesten aneinander drängten, stand ihr kleines Zuhause. Es war zwar nur ein großer Iglu aus miteinander heiß verleimten Transportbehältern, aber er war nahezu wasserdicht, im Winter leicht zu wärmen und sie konnte darin aufrecht stehen; außerdem fand sie ihn schick. Niemand sonst wohnte in so etwas! Als sich Fern anschickte, durch den niedrigen Eingang zu kriechen, fiel ihr Blick müde über die Wölbung des Iglus hinweg auf den merkwürdigen, mattschwarzen Schweber, der nur einen Steinwurf weit weg in einer ausgedehnten Schlammpfütze parkte. Die Kanzel war hell erleuchtet, jemand saß darin! Ihr fiel die sprichwörtliche Kinnlade herunter: seit fast einer Woche stand das Fahrzeug dort, keiner wusste, wem es gehörte und wann es angekommen war. Eines Morgens war es einfach da gewesen. Genau genommen nichts wirklich Bemerkenswertes, gab es doch ab und an Neuankömmlinge, die man für gewöhnlich in Ruhe ließ, bis sie sich von alleine hervorwagten. Fern hätte sich auch in diesem Fall an das ungeschriebene Gesetz gehalten, wäre das Fahrzeug nicht wie fabrikneu gewesen: es blitzte wie frisch poliert, die reinste Wohlstandskarosse! So etwas bekam man in Freedom City nur sehr selten zu sehen.

Das Blut wich ihr aus dem Gesicht, als ihr siedendheiß einfiel, dass es eine Ausnahme gab: Ndulu Swift flog das gleiche, teure Modell, wenn auch hellblau statt schwarz lackiert. Konnte das bloßer Zufall sein? Eigentlich hätte ihr das schon viel früher auffallen müssen! Hellwach durch das auf einmal in ihren Adern pulsierende Adrenalin, schlich sie sich im Schutze der Dunkelheit näher an das Fluggerät heran. Als sie entdeckte, dass die Einstiegsluke ein Stück weit offen stand, gab es kein Halten mehr für Fern. Geduckt lief die kleine Frau auf das Heck des Schwebers zu und schmiegte sich eng an die glatte Außenhaut, deren Nachtkälte sie frösteln ließ. Vorsichtig arbeitete sie sich bis zur Tür vor und spähte in den Innenraum, in dem keine Menschenseele zu sehen war.

Der Raum war nicht hell erleuchtet, aber auch nicht vollständig dunkel. In einer Ecke glomm ein rotes Nachtlicht, das gerade so viel Licht spendete, dass man eine schmale, aus der Wandung herausgeklappte Behelfsliege sehen konnte, auf der unordentlich ein leerer Thermoschlafsack ausgebreitet lag. Es gab einen winzigen, halbrunden Klapptisch, der sich bei Bedarf ebenfalls in der Wand versenken ließ; darauf standen zwei große Plastiktassen neben einem kleinen, rechteckigen Gegenstand, bei dem es sich um ein tragbares elektronisches Gerät handelte. Eine Ecke des Raums wurde von einer deckenhohen, sehr schmalen Kabine dominiert, die Fern mit staunender Verwunderung als kleine Nasszelle identifizierte. *Welch verschwenderische Dekadenz*, dachte sie. Links davon führten zwei niedrige Stufen zu einer Tür, hinter der das Cockpit lag. Leise drangen die Geräusche einer mit ruhiger Stimme geführten Unterhaltung durch die Tür. Fern konnte kein Wort verstehen; einen Moment lang erwog sie, einfach in den Flieger hineinzuhuschen und in altmodischer Manier das Ohr an die Tür zu legen, doch sie entschied sich dagegen – zu riskant! Aber das auf dem Tisch liegende Gerät faszinierte sie – nicht aufgrund der Technik, Technik interessierte sie nicht. Nein, des Inhalts wegen! Viele Motleys benutzten Mindmapper und ähnliche Hilfsmittel, um ihr gesamtes Leben zu organisieren und aufzuzeichnen. Das Gerät auf dem Tisch sah ganz nach so etwas aus. Bestimmt gab es in seinen Speicherbänken viel zu entdecken! Mit zwei flinken Schritten stand Fern mitten im Innenraum des geräumigen Schwebers; das Gerät verschwand in der Seitentasche ihrer Hose. Da fiel ihr Blick auf die auf dem Tisch stehenden Tassen.

Beide waren benutzt, die eine offenbar nur einmal, die andere musste schon zahllose Male gefüllt worden sein, denn sie starrte nur so vor braunen Ablagerungen. Fern wollte sich schon abwenden und wieder in die Nacht entschwinden, da fiel ihr auf, dass das schmutzige Trinkgefäß auf einer kleinen E-Folie stand. Sie schob die Tasse beiseite und hob die Folie auf, deren Pigmente zu einem Bild angeordnet waren, dessen brillante Schärfe auch durch einen Knick und ein paar bräunliche Flecken kaum geschmälert wurde. Ein gut aussehender, junger Mann Mitte zwanzig, mit Sturmfrisur, jovialem Lächeln und Schalk in den Gesichtszügen blickte Fern vergnügt an, neben ihm eine vielleicht zwei oder drei Jahre jüngere Frau mit kinnlangem, kastanienbraunem Haar und fröhlich funkelnden Augen, auf deren Ärmel das Proteus-Logo prangte. Motleys! Waren das etwa die Besitzer des Schwebers? Dabei sah der Mann auf dem Foto ganz und gar nicht wie ein Bonze aus, sondern eher wie ein unerfahrener Jüngling. Fern grinste flüchtig. Waren sie das nicht eigentlich alle? Sie steckte das Foto zu dem Mindmapper in ihre Tasche und blickte sich unwillkürlich um.

Hinter der Cockpittür klangen jetzt gedämpfte Stimmen und Schritte auf, die Ferns Pulsschlag sofort in die Höhe trieben. Eilig schlüpfte sie wieder hinaus in die Nacht. Keine Sekunde zu früh: hinter ihr wurde die Tür zum Cockpit mit einem lauten Knall aufgestoßen. Gehetzt warf sie sich hinter einem Zelt außerhalb des aus dem Schweber fallenden Lichtkreises in Deckung und blickte zurück. Sie hielt sich bereit, sofort wieder aufzuspringen, um davonzulaufen, doch es sollte nicht nötig sein. Niemand hatte ihre Anwesenheit bemerkt.

Sie unterdrückte ein Keuchen, als sie den Mann erkannte, der jetzt ausstieg. Es war Ndulu Swift, und er war nicht alleine!

Swift stieß einen dürren, hoch gewachsenen Mann in einem zerknautschten, grauen Einteiler vor sich her, der beim Aussteigen strauchelte, seine Hände aber auf dem Rücken behielt, statt sich an der Außenhülle des Schwebers abzustützen. Fern war sofort klar, dass das nicht der Jüngling von dem Foto war, sondern ein deutlich älterer Mann. Und Swift hatte ihn offensichtlich gefesselt.

Kapitel 17

Fern war Swift und seinem Gefangenen bis hin zu Swifts hellblauem *Capcom* gefolgt und hatte dort, außerhalb des Fliegers, noch geraume Zeit darauf gewartet, dass sich etwas rührte. Als sich jedoch auch nach über einer halben Stunde nichts mehr getan hatte, war sie zu ihrem Iglu zurückgekehrt. Cheek würde sie morgen früh informieren.

Sie entkleidete sich, hängte die Schlamm verkrustete Schlaghose fein säuberlich über den Hocker vor dem Terminal und stopfte ihr verschwitztes Hemd in einen bauchigen Bastkorb. Sie steckte den Zahnreiniger in den Mund und vollführte eine Katzenwäsche aus der Waschschüssel, während das Gerät hinter ihren verschlossenen Lippen summte. Kurz darauf schlüpfte sie in den auf der dünnen Latexmatratze ausgebreiteten Army-Schlafsack, zog die Kapuze über ihrem Kopf zur Hälfte zu und drehte sich auf die rechte Seite. Sie schlief sofort ein.

*

Lange konnte sie noch nicht geschlafen haben, denn sie spürte deutlich die nach wie vor schwer auf ihren Augäpfeln lastende Erschöpfung des vorangegangenen Tages. Schlaftrunken und verwirrt lauschte sie sekundenlang in die Dunkelheit, bis ihre Lider wieder nach unten zu sinken begannen.

Ein elektronisches Schrillen zerteilte die Stille, laut, durchdringend, etwa eine halbe Sekunde anhaltend.

„Was zur Hölle...“, murmelte Fern. Es dauerte ein paar Sekunden, während derer sich der Rufton mehrfach wiederholte, bis sie begriff, woher das Geräusch kam. Sie rutschte auf Knien bis an den Rand der Matratze, langte im Dunkeln nach ihrer über dem Stuhl hängenden Hose und fischte den Mindmapper aus der Tasche, den sie aus dem Flieger entwendet hatte. Als sie das handliche Gerät bereits in der Hand hielt, glomm das Lämpchen wieder auf, und der Piepston gellte erneut durch den Iglu. Eher genervt als aufgeregt tastete Fern an dem Gerät herum und drückte wahllos auf die fünf kleinen Tasten unterhalb des Displays, bis die Anzeige aufflammte und der Signalton endlich verstummte. Stattdessen blinkte am unteren Rand des Displays hektisch ein roter Schriftzug: *Neue Videonachricht. Priorität: hoch.*

Fern hatte nicht viel Erfahrung im Umgang mit technischen Schnickschnack für Leute, die zu viel Geld besaßen, und sie hatte sich auch nie wirklich dafür interessiert. Trotzdem war ihr klar, dass sie die angekündigte Nachricht ohne eine biometrische oder anderweitige Anmeldung wohl nicht würde lesen können. Umso erstaunter war sie deshalb, als sie den Markierungspfeil ohne jede weitere Abfrage auf das Symbol bewegen und *Bestätigung* klicken konnte. Beinahe hätte sie das Gerät vor Schreck fallen lassen, denn auf einmal flackerte ein Video auf dem Display und die Stimme eines Mannes erklang, spröde, kurz angebunden, fast schon gehetzt:

„Magnus, hier ist noch mal John. Sorry, aber ich muss meinen Vorschlag bezüglich unseres Veteranentreffens zurückziehen. Etwas ist dazwischen gekommen. Das Blaueis hat mich gepackt. Packeis sozusagen. Blödes Wortspiel."

Der Mann schwieg, scheinbar peinlich berührt.

Fern betrachtete das winzige Videobild auf dem Display und sah einen Motley mit kantigem Gesicht und tiefen Sorgenfalten um die Augen; dafür, dass er nur ein Motley war, wirkte er erstaunlich attraktiv, fand sie. Um seinen Kopf herum, oder dahinter, tanzten kaum sichtbare Lichtvorhänge wie farbige Bildstörungen. Der Mann sprach weiter.

„Ich werde auf unbestimmte Zeit im Protektorat unterwegs sein und bin auch nicht erreichbar. Mache dir also nicht die Mühe; ich melde mich bei dir, wenn ich zurück bin. Lebewohl."

Bevor das Bild ausflackerte, fiel Ferns Blick auf die eingeblendete Statusanzeige: war es möglich, dass die Nachricht bereits vier Tage alt war? Sie kämpfte mit der Menüsteuerung des Geräts, bis es ihr gelang, das Video neuerlich auf die Anzeige zu rufen. Und in der Tat –

die Videonachricht war wirklich schon vor dreieinhalb Tagen abgeschickt worden!

Neugierig hangelte Fern sich durch die Menüs und rief immer weitere Videos, Sprachnachrichten und Informationen auf. Bald fand sie heraus, dass das Gerät einem Mann namens Magnus Tide gehörte, der sich selbst Freelancer schimpfte. Das klang zwar etwas besser als Motley, aber nicht eben viel.

Die meisten Eintragungen befassten sich mit längst vergangenen Terminen oder stellten unleserlich verkleinerte Inhalte von E-Folien dar. Alles ziemlich unspektakulär, um nicht zu sagen, todlangweilig. Dann jedoch stieß Fern auf Informationsfetzen, die nicht von diesem Magnus Tide stammten, sondern von einem Mann namens Forrester, der in einer Videonotiz, die offensichtlich innerhalb einer Appartementbox aufgenommen worden war, verkündete:

„Forrester hier. Was für ein billiger Mindmapper! Lag unter dem Terminal rum. Ich glaube, den nehme ich mal an mich, ehe jemand drauftritt. Kann mir eh nicht vorstellen, dass Tide diesen Schrott wirklich haben will.“

Toller Kerl – beklaute seine Motley-Freunde! Ein ironisches Grinsen stahl sich auf Ferns Gesicht, das jedoch nach der nächsten, von Forrester aufgenommenen Bemerkung verschwand:

„Aha, die Story mit dem vermissten Fusionsreaktor ist also jetzt offiziell, lese ich hier. Und Swift ist unterwegs.“

Immer interessanter wurden die Daten, je tiefer sie in den Speicher des Geräts vordrang; doch der nächste Audioeintrag ließ sie vor Schreck erstarren. Chi-Tsen würde sich nicht über eine nächtliche Störung freuen, aber sie musste sie über diese Entdeckung informieren. Jetzt sofort!

Cheek war alleine und schlecht gelaunt; Fern vermied es wohlweislich, ihre Freundin nach dem Grund für die üble Stimmung zu fragen. Stattdessen rief sie kommentarlos nacheinander die Sprachnachrichten auf, die sie im Mindmapper gefunden hatte, bis hin zu der letzten, die lautete:

„Swift lässt Bentley nach Kendrick suchen. Und mit diesem vermissten Fusionsgenerator lockt er den Volltrottel. Ich muss Kendrick vorher finden. Wo bleibt Tide?"

„Er nennt Cord einen Trottel!", zischte Cheek wütend. Beinahe hätte sie Fern den Mindmapper aus der Hand gerissen und ihn auf den Boden geschleudert, doch sie beherrschte sich noch einmal. Cord war tatsächlich ein Trottel, zumindest hatten die Jahre und Swift ihn dazu gemacht. Sie blätterte weiter im Archiv. „Hier ist der letzte Eintrag: *‚Dieser Verlierer hat meine ID in den Leser gesteckt!'* Was heißt das? Welcher Verlierer?"

Fern schüttelte den Kopf. „Weiß nicht."

„Und was weißt du, Punk?", flammte Cheek. „Entschuldigung", murmelte sie Augenblicke später und presste die Zähne aufeinander. Fern war die einzige Person, der gegenüber sie dieses Wort überhaupt je freiwillig in den Mund genommen hatte, und Fern war sich dessen bewusst. „Was ist das für ein Fusionsreaktor? Diese Dinger sind unbezahlbar. Wir müssen ihn haben!"

„Der wird vermisst", erinnerte Fern. Cheek winkte ab.

„Swift scheint zu glauben, dass Cord das Teil finden kann. Vielleicht verdächtigen wir Cord zu Unrecht. Freedom City braucht einen solchen Generator. Unbegrenzt Energie aus Meerwasser, stell dir das vor, Fern! Die Freihandelszone gehört uns!"

„So einfach ist das auch wieder nicht. Außerdem, Chi-Tsen, warum hat Cord dir nicht von Anfang an reinen Wein eingeschenkt? Weshalb spioniert Swift die Stadt aus, und aus welchem Grund deckt Cord ihn dabei?"

„Wahrscheinlich müssen wir beide umlegen."

„Was ist das, 'ne Antwort? Hilft uns ja wohl auch nicht weiter!"

„Mir schon, Zwerg! Nicht gleich sofort, aber irgendwann... hör zu, wir müssen mehr über diese Sache herausfinden. Schau dich morgen um, okay?."

Fern nickte. „Gut, ich strecke meine Fühler aus. Wo ist Keiju? Sprichst du mit ihm?"

Cheeks Blick verfinsterte sich noch weiter. „Der? Wo der ist? Was interessiert mich das! Wir sind seit Monaten zusammen, und ich weiß so gut wie nichts über ihn oder sein Leben. Wenn er nicht... bloß nicht so schön wäre! Der verdammte Punk macht mich fertig. Eines Tages..." Cheek schnappte nach Luft und ließ offen, was eines Tages geschehen würde. Schlagartig wurde ihr bewusst, wie unzusammenhängend das geklungen haben musste. „Ja, ich werde mit ihm reden", sagte sie, bereits etwas ruhiger. „Jetzt zieh Leine, Fern, oder ich trete dich raus. Ich muss nachdenken."

Nicht lange nachdem Fern den Container schweigend verlassen hatte, schnappte sich Cheek Lu einen großen, mit Whiskey gefüllten Getränkekarton sowie das altersschwache Nachtsichtgerät, das sie einst aus einem uralten Wrack geborgen hatte, und trat ebenfalls hinaus in die Nacht. Sie war unglücklich und unzufrieden. Manchmal schwieg Fern, wenn sie sich lautstark wehren sollte; sie erschien Cheek in diesen Momenten wie eine verkleinerte Kopie von Lu Mei-Rong, ihrer Mutter. Und dann konnte Cheek sich selbst nicht ausstehen. Sie war ein Miststück, das wusste sie. Im Allgemeinen fühlte sie sich wohl in dieser Rolle. Aber nicht heute Nacht. Sie hockte sich auf das dreckige Metall des siebten Sims und blickte in die Schwärze unter ihr. Ohne hinzuschauen öffnete sie den Whiskeykarton.

Zeit zum Nachdenken würde sie in dieser Nacht allerdings nicht finden, doch das wusste sie noch nicht.

„Ich bin ganz froh darüber, Sie erst einmal aus dem Weg zu haben“, erklärte Dr. Wanganeen Kendrick am nächsten Morgen im Gemeinschaftsraum, in dem sich alle acht Stationsmitglieder zusammengefunden hatten. „Besonders“, fuhr Wanganeen fort, „da Sie helfen, die durch Sie selbst vergeudete Zeit wettzumachen.“

„Trotzdem eine etwas skurrile Situation, Alan, oder etwa nicht?“, warf ein schmalbrüstiger Wissenschaftler ein, der am anderen Ende des Tisches saß. Kendrick wusste von dem Mann lediglich, dass er auf irgendeine Art und Weise mit Vera Mleczko liiert war: jedenfalls teilten sich die beiden zurzeit einen Raum. Der Schmalbrüstige fuhr fort: „Eigentlich müssten wir ihn einsperren, solange wir nicht wissen, was er hier will. Pardon, Mr. Kendrick, meine Meinung.“

Kendrick deutete ein Schulterzucken an. Einige Köpfe nickten und zustimmendes Gemurmel wurde laut. Nur Mleczko schwieg.

„Wir sind Wissenschaftler, keine Gefängniswärter“, entgegnete Wanganeen ruhig, schaute dabei aber nicht den Sprecher an, sondern ließ den Blick wandern. „Außerdem haben wir die Anweisung, Kendrick zuvorkommend zu behandeln. Ihn einzusperren hieße, Probleme heraufzubeschwören. Wollen wir das?“

Einige derjenigen, die kurz zuvor noch anderer Meinung gewesen waren, schüttelten nun den Kopf. „Nein, sicher nicht.“

„Hinzu kommt“, mischte Vera Mleczko sich nun doch ein, „dass es keine Geheimnisse auf Thielstation gibt, die wir beschützen müssten.“

„Von wegen. Das war so – bis gestern“, kicherte Carlisle, der mit einer Hand nach seiner Zigarillopackung fischte und sich anschickte, den Raum zu verlassen.

Diejenigen, die ihn sehen konnten, ohne sich umdrehen zu müssen, starrten ihn fragend an; nur Alan Wanganeen blickte auf seinen Teller und stocherte mit falschem Elan in der schon lange erkalteten Mahlzeit herum.

In den folgenden Tagen nahm das Leben in Thielstation seinen geregelten Lauf. Kendrick konnte nicht beurteilen, ob es dem üblichen Gang der Dinge entsprach oder ob seine Anwesenheit die kleine Gemeinschaft der Wissenschaftler entscheidend durcheinander brachte; es machte jedenfalls nicht den Anschein. Schon am zweiten Tag nach seiner Ankunft schien man ihn weitestgehend in den Arbeitsablauf integriert zu haben. Zwar machte Fred Carlisle weiterhin seine teils mysteriösen, teils unverschämten Andeutungen, und Dr. Wanganeen murmelte gelegentlich etwas davon, dass „Kendrick hoffentlich bald weg" sei, davon aber abgesehen verlief der Arbeitstag scheinbar relativ normal. Die restlichen Wissenschaftler begegneten dem Piloten sogar mit ausgesuchter Höflichkeit, fragten ihn nach seinem Wohlbefinden, wenn sie ihn trafen, oder machten aufmunternde Bemerkungen. Der einzig wirklich irritierende Umstand blieb der, dass niemand auch nur den Versuch unternahm, ihn erneut über die Hintergründe seines Auftauchens in Thielstation zu befragen.

Offenbar erwartete man die Ankunft der „Cops" erst in etwa zwei bis drei Tagen; niemand in der Regierung schien von erhöhter Dringlichkeit auszugehen – was Kendrick indirekt etwas darüber verriet, was Dr. Wanganeen seinen Vorgesetzten berichtet haben musste. Doch Kendrick war sich inzwischen überhaupt nicht mehr sicher. Sein ursprünglicher Plan hatte vorgesehen, dass er die Station mittels eines Versorgungsschwebers verließ, um vom Protektorat in die Distrikte auszureisen. Daran, dass die Regierung des Protektorats aufmerksam werden würde und man Cops entsandte, um die Hintergründe seiner Anwesenheit zu klären – daran hatte er nie gedacht! Für seine mangelnde Voraussicht haderte er mit sich selbst. Nicht auszudenken, was geschähe, wenn das Protektorat die LR4004 in die Finger bekäme! Denn beim Protektorat der südlichen Hemisphäre handelte es sich genauso wenig um einen demokratisch gewählten Staat wie bei den einundsechzig zusammengewürfelten Distrikten der übrigen Welt, die von den Megacorporations beherrscht wurden. Genau genommen handelte es sich beim Protektorat um ein totalitäres Militärregime im Gewand einer sozialistischen Wohlfahrtsgesellschaft. Zwar um ein weitestgehend wohlwollendes Regime, aber das änderte nichts an der Tatsache, dass eine einzelne Diktatur nicht in den Besitz einer ultimativen Waffe gelangen durfte. Entweder alle besaßen sie – oder niemand. Kendrick bezweifelte allerdings, dass man im Protektorat Näheres wusste, denn ansonsten hätte man die Entsendung der Cops nicht so lange hinausgezögert. Keineswegs zweifelte er jedoch daran, dass man seinem Geheimnis mit Hilfe moderner Aufklärungstechnologie rasch auf die Schliche kommen würde, ohne ihm auch nur eine weitere Frage zu stellen. Und das bereitete ihm nicht unerhebliche Bauchschmerzen. Möglicherweise würde er die Flucht nach vorne antreten müssen – mit anderen Worten: Thielstation wieder verlassen, bevor die Cops eintrafen! Doch er wollte noch abwarten, bis er eine endgültige Entscheidung traf; er setzte sich selbst eine Frist bis zur übernächsten Schlafperiode. Sollten bis dahin keine neuen Informationen vorliegen, musste er handeln.

In wenig mehr als drei Stunden würde die Sonne aufgehen, denn die Nacht war zu dieser Jahreszeit nur kurz. Den Getränkekarton mit Whiskey hatte Cheek Lu kaum angerührt; nach einem winzigen Schluck hatte sie ihn wieder verschlossen. Alkohol würde ihr nicht aus dem Zustand dumpfen Brütens heraushelfen – nichts würde ihr helfen. Irgendetwas musste sich ändern, bald, sonst würde sie durchdrehen.

Aus den Augenwinkeln bemerkte Cheek eine Bewegung am Horizont. Als sie die Augen darauf fokussierte, konnte sie jedoch nichts entdecken; der Himmel war schwarzblau und unberührt wie eh und je. Sie schaltete das Nachtsichtgerät ein, das mit einem leisen Pfeifen anlief, und hob es vor die Augen. Weit im Westen bewegte sich etwas am Himmel: ein verwaschener, heller Punkt näherte sich langsam – viel zu langsam, als dass es sich um einen Marschflugkörper oder einen Jet handeln konnte. Mehrere Kilometer außerhalb Freedom Citys sank der Leuchtpunkt schließlich still zu Boden und verschwand. Cheek zoomte näher an die Stelle heran, an der sie ihn zuletzt gesehen hatte, konnte aber, von ein paar undeutlichen, fließenden Schatten abgesehen, nichts erkennen. Das mochte alles Mögliche sein.

Bevor sie sich jedoch weiter mit der Erscheinung befassen konnte, ertönte unter ihr ein verhaltenes Fluchen, dann knallte Metall auf Metall und Schritte hallten knirschend durch die stummen Gassen des Lagers. Sie fuhr herum und richtete das Gerät nach unten. Zunächst sah sie nichts als die bekannten, toten Gassen, doch dann streifte das Objektiv eine Gestalt, die eilenden Schrittes Richtung Osten verschwand und im Sichtfeld lodernd grüne Fahnen nach sich zog. Aus irgendeinem Grund war Cheek sich sofort sicher, dass sie dort Swift sah, der in Richtung von Cords Bungalow marschierte; aber was, fragte sie sich, mochte der Anlass sein, der den Kerl um diese Uhrzeit zu ihrem Vater trieb? Sie wusste, wie ungehalten Cord auf Derartiges reagieren konnte. Sie verfolgte Swift noch mit dem Nachtsichtgerät, bis er im Bungalow verschwand, dann richtete sie das Gerät zurück auf seinen Schweber. Sie grübelte. Fern hatte am Abend beobachtet, wie ein anderer Mann in den Jet gebracht worden war. Forrester hieß der Kerl, wenn sie sich recht entsann, und er musste sich noch an Bord befinden, denn niemand hatte ihn den Flieger wieder verlassen sehen. Forrester wusste über den Fusionsreaktor Bescheid! Zum Teufel mit ihrem Vater und seinem geheimnisvollen Getue; die Gelegenheit war zu günstig, sie würde diesen Punk auf der Stelle dort herausholen und ausquetschen! Und zwar jetzt oder nie!

„Keiju?", Cheek aktivierte ihren Kommunikator und stürmte ins Innere des Wohncontainers, wo sie das Nachtsichtgerät auf einen Sessel warf. Zur Hölle mit ihrem Stolz: sie brauchte das Schlitzauge – jetzt sofort! „Keiju? Wo steckst du?" Es dauerte eine Weile, bis Keiju sich meldete. Cheek kletterte bereits an der Außenleiter des Scythescrapers nach unten, als der Asiat antwortete.

„Bei Dinah." Er klang nüchterner als üblich, fast mürrisch.

Dinah! Cheek spürte einen kurzen Stich der Eifersucht, doch sie ließ sich nichts anmerken. Dinah war noch ziemlich jung, dunkel, unglaublich schön und passte viel besser zu Keiju als sie selbst. „Heb deinen Arsch, Punk, und komm raus. Du musst mir helfen. Bring deine Kanone mit, klar?" Sie umriss die Situation in knappen Sätzen. Ungeachtet seiner seltsamen Laune willigte Keiju ohne jedes Zögern ein, sofort zum Versammlungszelt vor dem Landeplatz von Swifts Gleiter zu kommen. Auf den verdammten Japsenpunk konnte man sich blind verlassen, und darum durfte er, so weit es Cheek betraf, auch rummachen, mit wem er wollte. Sogar mit Dinah. Oder machte sie sich da möglicherweise etwas vor? Verflucht!

Sie tätigte einen weiteren Anruf, während sie bereits losrannte. „Zwerg?"

„Was für eine beschissene Nacht", stöhnte Fern, versprach aber, sofort zu kommen. Cheek klackte die Verbindung weg. Auch auf Fern konnte man sich unbedingt verlassen.

Keine zwei Minuten später erreichte Cheek schwer atmend das Zelt vor dem Graben, von dem aus man Swifts hellblauen Schweber beobachten konnte. Nichts rührte sich, und ohne das Nachtsichtgerät, das sie dummerweise im Scythescraper vergessen hatte, konnte sie auch wenig erkennen. Sie kauerte sich an die Mittelsäule des Zelts, sodass sie durch den Eingang hindurchspähen konnte. Es war sehr dunkel und sehr still, Freedom City wirkte wie ausgestorben. Nicht, dass das Lager je ein brodelndes Nachtleben besessen hätte. Ganz im Gegenteil, kaum dreihundert Meter vom Zentrum entfernt wirkte nach Sonnenuntergang grundsätzlich alles wie eine Geisterstadt bei Nacht. Nur waren die Gespenster anderer Geisterstädte wahrscheinlich erheblich lebendiger...

Cheek zuckte zusammen, als sie ein Geräusch in der Dunkelheit des großen, leeren Zelts hinter sich hörte. Ohne darüber nachzudenken, warf sie sich zur Seite und rollte sich in einer Reflexreaktion über die rechte Schulter ab.

„Chi-Tsen, ich bin's, Fern!", flüsterte eine Stimme. Die kleine Frau war soeben durch denselben Spalt in der hinteren Zeltwand eingedrungen, durch den Cheek eine Minute zuvor hineingekommen war. Fern war vorsichtig genug gewesen, ihrer Freundin nicht zu nahe zu kommen oder sie gar zu berühren; das hätte leicht tödlich enden können. Schließlich kannte sie Cheeks exzellente Reflexe nur zu gut.

„Komm her, Punk", flüsterte Cheek rau. Sie richtete sich wieder auf und klopfte sich den Staub von den Ärmeln, ohne dabei Swifts Schweber aus den Augen zu verlieren.

„Mann, ich bin müde, Chi-Tsen." Fern rückte näher an Cheek heran, die die Erschöpfung deutlich aus der schleppenden Aussprache ihrer Freundin heraushören konnte. Ehe Cheek antworten konnte, machte jemand „Psst!" Die Piratin fuhr herum. Es war Keiju. Der Asiat drückte sich geduckt an der äußeren Zeltwand entlang. In seinem Gefolge befand sich eine kleine, schlanke Gestalt, deren langes, tiefschwarzes Haar selbst bei Finsternis noch alles Restlicht wie ein schwarzes Loch verschluckte. Dinah. *Warum zur Hölle*, dachte Cheek, *bringt er das Mäuschen mit?*

Hinter Dinah tapste schwerfällig eine weitere, massive Gestalt heran: Stomp. Man erkannte ihn nicht bloß an seinen fahrigen Bewegungen und der üppigen Statur: nein, man konnte ihn schon aus mehreren Metern Entfernung eindeutig anhand seines säuerlichen Geruchs identifizieren. Cheek rümpfte die Nase, sagte aber nichts.

Fern nickte den Neuankömmlingen zu und gab Stomp einen kameradschaftlichen Klaps auf den breiten Oberarm. „Stomp! Ich dachte, du wolltest einen trinken gehen?"

Der Angesprochene hob die Hände. „Hab ich, aber Keiju hat mich aus Kerr's rausgezerrt, obwohl..."

„Haltet endlich die Schnauze!", zischte Cheek. Das Geflüster verstummte. Für Stomp und Dinah fasste sie noch einmal die neuen Erkenntnisse und Ereignisse zusammen; sie war es leid und hatte das Gefühl, sich langsam den Mund fusselig zu reden. „Habt ihr das kapiert, Leute?", schloss sie nach ein paar Sekunden. Alle nickten.

„Ja, Cheek." - „Ja, Chi-Tsen."

„Dann hört zu. Swift hat diesen Typen im Flieger verstaut und ist abgehauen. Er ist zu Cord 'rüber. Dinah – du gehst zum Bungalow und gibst Laut, wenn er herauskommt. Auf Keijus Kommunikator. Kannst du das?"

„Klar, Cheek! Du kannst dich auf mich verlassen!"

Cheek wunderte sich über den beflissenen Tonfall in Dinahs Stimme und über die unverhohlene Bewunderung, die das Mädchen ihr offenbar entgegenbrachte. Verdammt, warum konnte Dinah nicht einfach eine verlotterte, aufmüpfige Schlampe sein? Dann würde es jedenfalls weniger schwer fallen, ihr ein paar Gliedmaßen auszureißen und ihre wunderschönen Haare bis auf die Kopfhaut abzuscheren. Verflucht!

Das Mädchen schlüpfte geschmeidig in die Nacht.

„Stomp, kommen wir in den Schweber rein, ohne Krach zu machen?"

Der massige Mann schüttelte den Kopf. „Nee, Cheek. Wenn ich 'n paar Tage Zeit hätte. Aber so, nee. Tut mir Leid."

„Und *mit* Krach?" Cheek bildete sich ein, dass Stomps Augen sichtbar aufleuchteten.

„Fünf Minuten, um das Zeug zu holen. Drei Minuten, um es anzubringen. Eine, bis es durch ist. Dann einen saufen."

„Also los! Bewegung, du Riesenvieh!" Stomp stampfte im Eilschritt davon, dass die Bohlen des Zeltbodens nur so bebten. Cheek, Fern und Keiju blieben zurück.

„Was haben Cord und Swift vor, meine Blume? Und was hat es mit diesem Fusionsgenerator auf sich?", fragte Keiju.

Cheek zog es vor, nicht auf die *Blume* einzugehen. „Keine Ahnung. Frag Fern, sie hat den Mindmapper gefunden. Bist du bewaffnet?" Er nickte. „Gut. Bleib hier und behalte alles im Blick. Wenn Dinah dich anfunkt, gib mir Bescheid und zieh dich sofort wieder zurück. Falls Swift unerwartet auftaucht, leg ihn um. Frag nicht, warte nicht, schieß einfach. Kapiert?“

*

Was Stomp anschleppte, war nicht etwa eine konventionelle Sprengladung, sondern ein dicker, fünf Meter langer Feuerwehrschlauch, der mit einer schweren, flexiblen Masse gefüllt war. Stomp hatte sich den Schlauch wie einen Patronengurt um die breiten Schultern gewickelt und trabte sofort auf den Schweber zu, als er Cheek hektisch winken und verhalten rufen hörte.

„Los, schnell. Dinah hat vor ein paar Sekunden Bescheid gegeben: Swift ist gleich wieder hier, zusammen mit Cord.“ Swift und ihr Vater hatten es Dinahs Bericht zufolge nicht eilig, sondern ließen sich Zeit, um ausführlich miteinander zu reden. Zehn Minuten, lautete die Schätzung des Mädchens, vielleicht zwölf. Keiju mochte keine dummen Frauen, also verließ Cheek sich auf diese Einschätzung.

Der lange Feuerwehrschlauch klatschte lautstark auf den schlammigen Untergrund. Stomp stellte eine schwere Box, die wie ein Werkzeugkasten ausschaute und sicherlich einst einer gewesen war, auf dem Boden ab und öffnete sie. „So mit Nanozeugs“, brummte er, während er ein paar Gegenstände herauszog, die Cheek aufgrund der Dunkelheit nicht richtig erkennen konnte. Sie verstand gleich darauf, als Stomp mehrere Teile des „Nanozeugs“ grob kreisförmig am Rumpf des *Capcom* anbrachte; es handelte sich um Klammern, die mit der Oberfläche des Fliegers nahtlos verschmolzen.

Stomp hob in fliegender Hast das eine Ende des Schlauchs auf und drückte es in die erste Klammer; nach und nach passte er den Rest des Schlauchs mit Cheeks und Ferns Hilfe in die anderen Klammern ein, und schließlich bildete der Feuerwehrschlauch so etwas wie einen annähernd kreisförmigen, einen Meter durchmessenden Wulst auf der Außenhaut. Die ganze Aktion hatte bis hierhin kaum zwei Minuten gedauert. Ab jetzt würde es wirklich kritisch werden: je nachdem, wie nah Swift bereits war, würde er das folgende Feuerwerk sofort hören und im Laufschritt herbeieilen.

Cheek hatte keine Zeit mehr, darüber nachzudenken, dass dies hier zwangsläufig zum absoluten und endgültigen Bruch mit ihrem bisherigen Leben führen musste. Das war keine schwelende Unzufriedenheit mehr, es war offene Rebellion. Danach gäbe es kein Zurück mehr. Nie mehr. Aber sie dachte nicht im Traum daran, die Sache jetzt noch abzubrechen. Keiner ihrer Leute tat das. *Ihre Leute!* Ein undefinierbares Gefühl machte sich in ihrem Magen breit, aber da zündete Stomp auch schon die Ladung.

„Zurück!“, rief er.

Die flexible Masse im Feuerwehrschlauch explodierte nicht mit einem Mal, sondern fackelte lichterloh mit heißer Flamme ab wie ein Tischfeuerwerk. Gleißend helles Licht warf flackernde Schatten auf die Zelte und Hütten der Umgebung, weißer Nebel quoll beißend umher. Ein tosender Lärm machte sich breit: es zischte und krachte, blubberte und fauchte. Cheek schloss geblendet die Augen und wandte sich ab; sie versuchte, möglichst flach zu atmen, wollte aber nicht weiter zurückweichen, damit sie schneller zur Stelle sein könnte, wenn die Schweißladung durch wäre. Die enorme Hitzeentwicklung der Ladung trieb sie jedoch schließlich ein paar Schritte weiter von dem Schweber weg.

Das Spektakel war so schnell vorüber, wie es begonnen hatte. Stomp und Fern husteten in Schwaden weißen Nebels und auch Cheek fühlte den Reiz in ihrer Kehle, doch es gelang ihr, ihn für den Augenblick zu unterdrücken. An der Stelle, an der sich der ringförmige Brandsatz befunden hatte, klaffte jetzt ein fast kreisförmiges Loch im Rumpf des Schwebers, dessen Ränder noch glühten. Es war ein ganzes Stück größer als die ursprüngliche, wulstförmige Ladung. Cheek blinzelte; ihre Augen schmerzten und tränten. Aus was auch immer die Ladung bestanden hatte, der Gesundheit förderlich war es sicherlich nicht.

Der chemische Nebel füllte bereits den ganzen Platz, den Schlammgraben und wallte sogar bis hin zum Versammlungszelt, doch aus dem Innern des Schwebers quoll immer mehr davon. Jemand schrie, hustete und fluchte drinnen. Cheek glaubte, die Silhouette eines Fremden durch das Loch erkennen zu können, der vor den glühenden Rändern zurückschreckte und nicht wagte, hinauszuspringen. Sie kniff die Lider zusammen, rannte auf das Loch zu und langte hindurch. Der Mann schien sie nicht gesehen zu haben, denn sie erwischte fast sofort seinen Arm und zog mit eisernem Griff daran. Stomp stand plötzlich hinter ihr und griff nach dem Unbekannten; er hievte den Mann waagerecht durch das Loch hindurch, warf ihn sich kurzerhand über die Schulter und stampfte in die Richtung zurück, in der er das Versammlungszelt vermutete. Cheek folgte ihm, so gut es eben ging.

Natürlich war die Aktion nicht unbemerkt geblieben; viele Piraten stürmten aus ihren Zelten und Containern, um nachzuschauen, was da draußen wohl vor sich ginge, doch man konnte sie nicht sehen, sondern nur ihre aufgeregt durcheinander schreienden Stimmen hören. Das energetische Keuchen eines Blasters erklang, ein unwirkliches Flimmern illuminierte kurzzeitig die stickigen Schwaden. Jemand schrie: „Keiner bewegt sich!“ – es war Cords Stimme!

In das Versammlungszelt war bislang nur wenig Qualm eingedrungen. Cheek, Fern und Stomp waren geblendet und sahen nahezu nichts. Keiju leitete sie flink zur Rückwand des Zeltes, wo er einen Riss im Stoff auseinander schob und sie im selben Moment hindurchlotste, als vorne ein paar Leute durch den Haupteingang hereinkamen. Auf der Rückseite des großen Zelts war es noch relativ ruhig, und während sich Cheek und ihre Leute in Richtung Scythescraper entfernten, versank der Tumult hinter ihnen, bis das Durcheinander und die Rufe zum Hintergrundgeräusch verebbten. Kurze Zeit später stieß Dinah zu der kleinen Gruppe.

„Du, Cheek“, grunzte Stomp. „Ich kenne den Typen.“

Cheek zog eine Augenbraue hoch. „Ach ja?“

„Ja! Forrester! Kam vor ein paar Tagen mit 'nem schwarzen *Capcom*, da war seine Wunde im Gesicht noch ganz frisch. Konnte kaum noch fliegen, wollte, dass ihn wer nach Cedar Dwellings bringt. Für Bares.“

„Und warum hast du das nicht getan, Riesenvieh?“

„Hab ich doch, Cheek!“, beteuerte Stomp. „Er hat geflucht und mich beschimpft und wollte nicht bezahlen.“

„Bestohlen hast du mich, du hässlicher Freak!“, krächzte Forrester ungefragt dazwischen. „Ausgeraubt!“

„Halts Maul!“, riefen Cheek, Fern und Stomp nahezu gleichzeitig. Forrester presste die Lippen aufeinander, aber seine Augen flammten.

„Also hast du den Kerl wieder hergebracht, oder was?“

„Nein, dagelassen, ich dachte, was sollen wir hier mit ihm?“

„Idiot!“, zischte Cheek. Viele Schwierigkeiten würden ihr erspart bleiben, hätte Stomp nur für einen Zehntelcredit nachgedacht!

Da ging der Ärger auch schon los: der Kommunikator summte; Cords wütende Stimme klang auf.

„Komm her. Sofort. Bring ein paar bewaffnete Männer mit. Irgendwer treibt doppeltes Spiel mit uns.“

Es war bereits nach drei Uhr morgens, als Juno Falls unter Magnus versank. Er hatte erst vor kurzem ein paar Koffeintabletten eingeworfen, die in diesem Moment begannen, seinen Kreislauf über den toten Punkt hinwegzubefördern. In einigen Stunden würde er das bitter bereuen, das wusste er, aber für den Augenblick half es.

Die Bevölkerung des einstmals kleinen Dorfes Juno Falls war in den letzten Jahren beträchtlich angewachsen, die verschworene Gemeinschaft von damals hatte sich zwischenzeitlich zu einer richtigen Ansiedlung gemausert, die man fast schon Stadt zu nennen geneigt war. Und doch: die Stimmung in der Ortschaft schien bedrückt, obwohl Magnus keinen rechten Grund dafür hatte feststellen können. Er dachte an die ebenfalls ungewöhnliche Stimmung, die er bereits in den Distrikten wahrgenommen hatte. Etwas ging vor in der Welt; er konnte sich noch keinen Reim darauf machen, aber was auch immer es sein mochte, es war jetzt bereits bis in die Freihandelszone vorgedrungen.

Eigentlich war Juno Falls ein nettes, relativ sicheres und sich stetig fortentwickelndes Dorf, dem es an kaum etwas mangelte – vor allem zurzeit nicht an Schlamm, aber Magnus bezweifelte, dass dieser für die verschlossenen Gesichter verantwortlich war. Die Bereitschaft, auf Fragen zu antworten, war äußerst gering. Erst als Magnus einem Einwohner in einer Bar ein paar Drinks spendierte, hatte er Antworten erhalten. Ja, einen hellblauen *Capcom* habe man vor einigen Tagen hier gesehen. Ein schweigsamer, dunkelhäutiger Mann habe die Ortschaft mehrfach abgeschritten und sich alle Lokalitäten genauestens angeschaut. Wieso er das tat, wusste man nicht, zumal er die Dorfbewohner rundheraus ignoriert und auch direkte Fragen nicht beantwortet habe. Magnus' Gesprächspartner hatte auch gewusst, wohin der hellblaue *Capcom* als Nächstes geflogen war: nach Freedom City nämlich, dem ständigen „Zeltlager" der Piraten im Fjordsystem nahe des DST-Gebiets.

Magnus kannte Freedom City von früher. Als Kind hatte man ihm und seinen Freunden selbstverständlich strengstens verboten, auch nur in die Nähe des – damals noch recht neuen – Piratencamps zu geraten. Einige der Schauermärchen, die man den Kindern seinerzeit über die Piraten erzählt hatte, stimmten sogar – die meisten waren aber weit übertrieben. Natürlich musste man sich als Jugendlicher über alle Verbote der Erwachsenen hinwegsetzen, das lag einfach in der Natur der Sache; vier-, fünfmal war Magnus dort gewesen, bis die Händlervereinigung der Freihandelszone den ersten, großen Angriff gegen die Piraten geführt hatte und das Lager selbst für die Mutproben Halbstarker ein zu heißes Pflaster geworden war. Von den damaligen Exkursionen wusste Magnus auch, dass es nicht möglich war, ungehindert nach Freedom City einzufliegen; die Piraten holten alles und jeden vom Himmel, den sie nicht hundertprozentig identifizieren konnten. Zu Fuß durch die Fjorde allerdings ließ sich das Lager mit etwas Glück völlig unbemerkt erreichen.

Später hatte Magnus' Gesprächspartner in Juno Falls angedeutet, dass er jemanden kenne, der vielleicht mehr über die Absichten des Schwarzen mit dem blauen *Capcom* wisse; derjenige sei aber im Augenblick unterwegs. „Wird aber was mehr als das hier kosten", hatte der Mann lauernd gesagt und seinen vierten Drink hastig heruntergestürzt. „Ist brandheiß. Saugefährlich." Magnus nahm sich vor, zu einem späteren Zeitpunkt noch einmal nach Juno Falls zurückzukehren, um diesen möglichen Informanten zu treffen.

*

Einige Minuten später senkte sich der Senkrechtstarter etwa drei Kilometer vom Lagermittelpunkt entfernt nieder. Die Pilotenkanzel surrte hoch. Nicht weit entfernt vom Landeplatz plätscherte die See an das steinige Ufer; eine einsame Nachtgrille zirpte ein Stück weiter landeinwärts. Magnus schob Minirailgun und UV-Pulser in Schulter- und Beinhalfter, dann sprang er mit einem gekonnten Satz aus dem Flieger. Draußen verriegelte er die Maschine mit Hilfe der RCU und schaute sich um. Die Gegend war öde und verlassen; das Einzige, was die Nähe der Piratenstadt verriet, war die Silhouette des riesigen Stapels aus Containern oder Appartementboxen, die sich in der Ferne dunkel gegen den Sternenhimmel abzeichnete. Schon vor Jahren hatte Magnus sich gefragt, welchem Zweck diese Anordnung diente. Er zuckte die Schultern und machte sich auf den Weg.

Nach ein paar Minuten stieß Magnus auf einen schmalen Trampelpfad, der vom Meer weg in Richtung Freedom City führte. Zunächst wollte er den Pfad meiden, da er von kleineren und größeren Schlammpfützen übersät war, die sich im Dunkeln nur schlecht ausmachen ließen. Allerdings wäre die Alternative ein Marsch durch das Gras gewesen, das keine fünfzig Meter vom Steinufer entfernt bereits mannshoch wuchs; das wollte er sich ersparen. Trotz des oft tückischen Schlicks, der ihn ein paar Mal ausrutschen ließ, kam er von da an zügig voran.

Freedom City war nun nicht gerade als Zentrum pulsierenden Lebens bekannt, dennoch hätte Magnus mit einigen, wenigen Lichtern gerechnet und vielleicht den nächtlichen Geräuschen einer menschlichen Ansiedlung. Aber auch als voraus die ersten zerfetzten Zelte und baufälligen Hütten auftauchten, blieb es merkwürdig still; einzig das leise Platschen seiner eigenen Schuhe auf dem durchweichten Untergrund hallte von den notdürftigen Baracken wider. Einen Moment lang fragte Magnus sich ernsthaft, ob man die Piraten vertrieben hatte, und sie nun andernorts residierten. Eine Sekunde! Hörte er da etwa eine Stimme? Er hielt inne und lauschte in die Dunkelheit hinein. Nachdem das Geräusch seiner Schritte verklungen war, erkannte er, um was es sich handelte: nicht etwa eine sonore Stimme, sondern ein stotterndes Brummen wie von alten Generatoren, die offenbar einige hundert Meter entfernt fossile Brennstoffe verfeuerten. Außerdem trug der Wind den Geruch frischer Verwesung heran; so roch es nur, wenn ein Ort bewohnt war, nicht, wenn er seit längerer Zeit brach lag.

Als Magnus sich gerade wieder in Bewegung setzen wollte, ertönte ein lautes, bösartiges Fauchen, das wie ein Schweißlaser klang, der sich durch eine dicke Metallwand fräste. Alarmiert drehte Magnus sich einmal um sich selbst, um die Quelle des noch immer anhaltenden Geräuschs zu lokalisieren, während gleichzeitig der UV-Pulser praktisch von selbst in seine rechte Hand sprang.

Nicht weit voraus flackerte ein weißer Lichtschein durch die Nacht, der zunehmend heller wurde, bis er die Zelte gleißend illuminierte und ihre Schatten geisterhaft über den Boden tanzen ließ. Und nun, obwohl auch das Zischen und Krachen kontinuierlich lauter wurde, hörte Magnus zum ersten Mal menschliche Stimmen, die sich schreiend über die Geräuschkulisse hinwegsetzten. Unvermittelt rannte Magnus los, auf den Ort des Geschehens zu, dabei immer auf Deckung bedacht. Zwar war ihm noch völlig unklar, was sich hier abspielte; vielleicht – bestimmt! – war es gefährlich. Aber einerseits hatte seine Neugier ohnehin schon immer über seinen Sinn für Vorsicht gesiegt. Andererseits konnte er diese gute Gelegenheit, sich unter die möglicherweise ebenso verwirrten Piraten zu mischen, nicht ungenutzt verstreichen lassen.

Mit der Wand aus dichtem, weißem Qualm, in die er aus vollem Lauf hineintauchte, hatte er nicht gerechnet. Der Rauch füllte sofort seine Lungen und ließ ihn husten, während seine Augen zu tränen begannen. Magnus stoppte und wich ein paar Meter zurück. Überall um ihn herum tauchten plötzlich Silhouetten von Menschen auf, die ihn entweder nicht sahen oder aber ignorierten. Der ätzende, von hinten grell durchleuchtete Nebel wallte immer weiter zwischen den Zelten umher. Einmal vermeinte Magnus, der seinen Pullover vor die Nase gedrückt hielt und zwischen halb geschlossenen Augenlidern hindurchblinzelte, einen breiten Schweber im Zentrum des Geschehens zu sehen. Das Ding sah aus wie ein fetter Käfer, der sich geduckt auf den Abflug vorbereitete, doch dann schob sich auch schon die nächste Qualmwolke in sein Blickfeld. Magnus zog sich bis auf die Rückseite eines riesigen, heruntergekommenen Zelts zurück, dessen löchriger Stoff leicht flatterte. Nur wenig Rauch drang bis zu der Ecke vor, um die herum er gelegentlich spähte, während sich seine Lungen und Augen erholten.

Das Fauchen wurde jetzt immer leiser, bis es schließlich völlig versiegte; im gleichen Maße steigerte sich das Stimmengewirr. Schuhe platschten durch Schlamm, Namen wurden gerufen und Befehle gebrüllt. Es wurde wieder dunkel; so dunkel, dass für Magnus' Augen, beeinträchtigt durch Qualm und Adaption, die Dunkelheit sekundenlang eine undurchdringliche Wand bildete.

„Keiner bewegt sich!", schrie eine sich überschlagende Stimme auf der anderen Seite des Platzes, auf dem nach wie vor die Rauchschwaden wallten. Magnus warf noch einen Blick um die Ecke, bevor er sich zurückzog. Er zweifelte nicht daran, dass er hier den gesuchten, hellblauen LR612 *Capcom* gefunden hatte. Dummerweise war ihm wohl jemand zuvorgekommen.

Während er noch darauf wartete, dass sich seine Augen erholten, hörte er ganz in der Nähe Stimmen, die halblaut miteinander sprachen. Magnus duckte sich und zog die Waffe erneut, die er vorhin, als er auf den Qualm gestoßen war, im Halfter hatte verschwinden lassen.

„Fern. Stomp. Hierher!“

„Keiju?“

„Ja. Wo ist Chi-Tsen?“

„Hinter mir.“

„Habt ihr ihn?“

„Ja, Mann.“

„Okay. Hier lang. Schnell.“

Ein paar Schritte seitlich von Magnus Standort bewegte sich etwas in dem großen Zelt. Eine Sekunde später teilten sich die Stoffbahnen, und dunkle Schatten von Menschen traten heraus. Jemand schubste einen anderen vorwärts, der sich halb umdrehte. Sehen konnte Magnus nichts Genaues, aber plötzlich zuckte er zusammen.

„He, was soll das, du Trampel! Hast du nichts Besseres zu tun?“, rief der, dem man zuvor den Schubs versetzt hatte.

Magnus erkannte die Stimme sofort: Forrester!

„Halt's Maul, Punk!“, zischte eine raue Frauenstimme, die zuvor noch nicht gesprochen hatte. „Oder willst du wieder zurück?“

Magnus versuchte angestrengt, die Dunkelheit zu durchdringen, aber es wollte ihm nicht recht gelingen. Er hörte Forrester sagen, dass er nicht zurückwolle und jemand sagte befriedigt: „Na also, Mann.“

Die Gruppe bewegte sich fast lautlos zwischen den Zelten hindurch. Magnus folgte ihr in gebührendem Abstand, bis vor ihm ein riesiger Schatten in die Höhe wuchs. Das musste dieses seltsame, aus Containern errichtete Bauwerk sein; obwohl er es von früher kannte, war er noch niemals zuvor so nahe herangekommen.

Ein Kommunikator summte, und Befehle wurden geblafft; die Frau mit der leicht rauen Stimme sagte etwas zu ihren Kameraden, das Magnus nicht verstand. Sie drehte sich um und lief flink durch die Zeltreihen dorthin zurück, wo sie soeben hergekommen war. Im letzten Moment konnte Magnus sich hinter einen halbhohen Kunststoffiglu ducken.

Die Frau, die mit forschen Schritten an ihm vorübereilte, war groß, schlank und bewegte sich mit der gefährlichen Geschmeidigkeit einer Raubkatze, mehr konnte er nicht erkennen. Als sie fort war, setzten die anderen sich wieder in Bewegung.

In unmittelbarer Nähe des Containergebäudes wurde es heller, da einige schwache Lampen dessen Basis beleuchteten.

Jetzt konnte Magnus auch zum ersten Mal einen richtigen Blick auf die Piraten erhaschen, bevor er sich schnell wieder hinter einer wackeligen Wellblechhütte verbergen musste: da war eine relativ kleine Frau mit langen, dunklen Haaren, die der Stimme nach noch ein Mädchen sein musste; ein Asiat, den die anderen Keiju nannten; ein Riese von einem Mann, dessen Name noch nicht gefallen war, sowie eine weitere Frau mit dem seltsamen Namen Fern, die in unsäglicher, sackähnlicher Kleidung steckte, deren Hosenbeine schon im Dämmerlicht schlammverkrustet wirkten. Magnus erinnerte sich daran, dass er bei Anbruch der Dämmerung auch nicht viel anders aussehen würde. Der Letzte im Bund war Forrester. Magnus fragte sich, wann der Kopfverband des Wissenschaftlers abhanden gekommen war; die Brandwunde glänzte schwarz und rosa im Halbdunkel.

Mit ein paar Worten und einem begleitenden Klaps scheuchte der Hüne Forrester nun eine Sprossenleiter an der Außenwand des Containergebäudes hoch und trieb ihn damit zur Eile an, dass er ihm unverzüglich hinterher kletterte. „Los, Mann, los, ein bisschen hurtig, bis ganz nach oben. Wird's bald!"

„Langsam! Ich habe Höhenangst! Wollt ihr mich umbringen?"

Ein Klatschen ertönte, gefolgt von einem empörten Schnaufen, dann klackerten Stiefel die Leiter hinauf und Forrester schwieg. Der Asiat namens Keiju legte den Kopf in den Nacken und schaute den in der Dunkelheit oberhalb des Lampenscheins verschwindenden Silhouetten einen Moment nach. „Ich muss zu Chi-Tsen", sagte er. „Dinah, Schwesterherz, du kommst mit mir. Fern, bist du bewaffnet?"

Ein Schnauben. „Was denkst du?"

„Gut. Du und Stomp, ihr bewacht den Kerl in Chi-Tsens Gemächern. Ich glaube aber nicht, dass er abhauen möchte. Und, mein ungeschlüpfter Schmetterling..." – er lächelte die Frau in der sackähnlichen Kleidung aus schrägen Augen und rundem Mondgesicht an –

„Ruhe bewahren. Es wird Suchtrupps geben, aber keiner wird es wagen, Chi-Tsens Container zu durchsuchen."

Die Angesprochene nickte bloß und machte sich daran, ebenfalls die Leiter hinaufzuklettern, wobei sie viel flinker und geschickter vorging, als die beiden vorangegangenen. Der Asiat und das Mädchen verschwanden in der Dunkelheit.

Kapitel 22

Magnus ließ ein paar Sekunden verstreichen, bevor er sein Versteck verließ. Wenn er Forrester wirklich befreien wollte, dann musste er es *unverzüglich* tun, jede Minute, die er länger verweilte, würde die Gefahr, von einer aufgehetzten Piratenmeute entdeckt zu werden, nur vergrößern. Im Grunde genommen widerstrebte es ihm, seinen Hals für einen Kerl wie Forrester zu riskieren. Aber ohne Forrester kein Mindmapper und ohne den wiederum keine Info über John Kendricks Wohlergehen. Also gut. Für einen ausgefeilten Plan blieb keine Zeit. Die Lösung hieß also *Überraschungsmoment* – und war bestenfalls noch für ein paar Sekunden gültig, nämlich so lange, bis diese Fern und ihr Riesenkalb Stomp sich oben in voller Aufmerksamkeit postiert hatten. Ohne lange darüber nachzudenken, trabte Magnus zu der Sprossenleiter hinüber, die den Containerturm hinaufführte. Unter seinen Händen spürte er die Erschütterungen, die von den Stiefeln Forresters und der beiden Piraten über ihm verursacht wurden. Sekunden später versiegten die Erschütterungen; weit oben klappte eine Tür auf und zu.

Magnus beeilte sich aufs Äußerste; einmal rutschte er mit dem rechten Fuß von der Sprosse ab und konnte sich nur mit Mühe festhalten. Schließlich erreichte er den obersten Rand der Leiter. Er hatte die Sprossen nicht gezählt, schätzte aber, dass es sich hier um den sechsten oder siebten Absatz der Pyramide handelte. Hier hatte man zwei Container um 90 Grad gedreht und sie dann nebeneinander auf die vier darunter liegenden gestapelt, die wiederum auf acht weiteren lagen. Durch die Ritzen von Rollläden, die hinter einem in das Metall geschnittenen Fenster herabhingen, fiel fahler Lichtschein nach draußen. Magnus kauerte sich neben eine Tür aus Wellblech und verharrte für eine Sekunde, um zu Atem zu kommen. Von drinnen drangen gedämpfte Stimmen nach außen, auch die von Forrester; Schritte klopften gegen Metall, als klettere innen jemand eine Leiter hinunter.

Magnus zog die RCU hervor und hielt den Druckknopf beim Einschalten gedrückt, anstatt ihn sofort loszulassen; die Kontrolleinheit quittierte dies mit einem Klicken, das man nur mit den Fingerspitzen spüren konnte, und ließ anstelle des Hologramms ihr winziges Behelfsdisplay aufleuchten. Wie lange würde der Senkrechtstarter bis zu dieser Position unterwegs sein? Drei Kilometer? Vierzig Sekunden? Sechzig? Vielleicht. Magnus stellte eine Verzögerung von zwei Minuten ein und drückte den Startknopf. Er hoffte inständig, dass die Piraten zurzeit andere Dinge zu tun hatten, als den Luftraum nach fremden Fliegern abzusuchen.

„Ach, was solls!", murmelte Magnus und ließ die RCU in der Jacke verschwinden. Irgendetwas kribbelte in seinem Magen, aber es war keine Angst, sondern Aufregung. Gedanken würde er sich eben später machen!

Er richtete sich auf und zog die Minirailgun aus dem Rückenhalfter; ohne zu Zögern schaltete er die Waffe ein und entsicherte sie. Die anlaufende Förderkette der Munitionszufuhr verursachte einen Höllenlärm, der aber sofort in dem noch viel lauteren Rattern der mit Hochgeschwindigkeit ausgespuckten Nadeln unterging. Die haarfeinen Geschosse prasselten mit vielfacher Schallgeschwindigkeit in die Tür; mit derart hoher Geschwindigkeit sogar, dass die Mikronadeln schon auf der relativ kurzen Strecke zwischen Lauf und Ziel durch die enorme Luftreibung zum Glühen gebracht wurden und wie ein einziger, roter Strahl wirkten, der von einer bläulichen Aura ionisierter Luft umgeben wurde. Das Schauspiel dauerte nur einen Sekundenbruchteil, dann tropfte die Tür dünnflüssig aus den Angeln. Magnus nahm den Finger vom Abzug, ließ aber die Förderkette weiter laufen. Das laute Kreischen der Waffe forderte Respekt ein – niemand, der nicht im Umgang mit solchen Waffen trainiert war, konnte sich der Furcht einflößenden Wirkung des Lärms entziehen.

Mit vorgehaltener Waffe duckte er sich vorsichtig durch die Überreste der Tür hindurch. Die Frau, von der er wusste, dass sie Fern hieß, blickte ihn völlig entgeistert an. Sie stand in der Mitte des Raums und war offenbar soeben auf dem Weg zu dem Durchgang in den anderen Container gewesen; jetzt schien sie vor Schreck erstarrt. Magnus winkte mit der Waffe; während er das tat, stürmte der Riese Stomp eine Leiter hinauf, die von unten hinaufführte. „Was zur..." Er sah die Minirailgun und erbleichte; dann wanderte sein Blick weiter, an

Magnus hoch, und er machte Anstalten, auf diesen loszustürmen.

Magnus tippte den Auslöser kurz an und fetzte ein Loch in den Fußboden, etwa zwei Meter vor den Füßen des Riesen, der sofort stehen blieb.

„Forrester!“, rief Magnus über das Kreischen der im Leerlauf rotierenden MRG hinweg. „Magnus Tide hier! Kommen Sie raus!“

Mit bleichem, verängstigtem Gesicht tauchte Forrester aus dem Nebencontainer auf. „Wollen Sie, dass die mich kaltmachen, Tide?“

Magnus grinste flüchtig und deutete ein vages Nicken an.

„Und jetzt, Mann?“, rief der Riese, der auf Magnus den Eindruck machte, als habe er sich bereits wieder gefasst und plane einen neuerlichen Angriff. „Wie willst du hier rauskommen? Was?“

„Lass das mal meine Sorge sein, Gorilla. Kümmere dich lieber um das Weibchen im Kartoffelsack. Ich glaube, es friert. Los, Forrester.“

Durch die zerschossene Tür drangen jetzt Stimmen, die sich von unten schreiend erkundigten, was denn vor sich ginge. Magnus, der die Minirailgun mit der rechten Hand führte, um die beiden Piraten in Schach zu halten, zog den UV-Pulser mit der Linken. Zwar hatte er keineswegs vor, Forrester damit zu bedrohen, doch der Wissenschaftler schien es so aufzufassen. Eingeschüchtert befolgte er Magnus' Aufforderung, durch die zerschmolzene Tür hinaus auf den Vorsprung zu treten. Mit den Waffen in beide Richtungen sichernd, zog Magnus sich vorsichtig zurück, ohne die Piraten aus den Augen zu verlieren.

„Schön cool bleiben“, sagte er grinsend. „Bin ja gleich weg. Danach trinkt ihr euch einen und vergesst die Sache am besten, okay? Nichts für ungut. Und danke für die Gastfreundschaft.“ Dann stand er draußen in der Nacht. Noch immer sirrte und kreischte die MRG im Leerlauf; ohne sie auszuschalten, sicherte er sie und schob sie in sein Rückenhalfter. Noch nie zuvor hatte er eine eingeschaltete Railgun auf dem Rücken getragen; die Vibrationen, die durch sein Schulterblatt fuhren, schmerzten; das Nerven zerfetzende, mechanische Gebrüll direkt unterhalb seines rechten Ohrs drohte ihn taub zu machen.

Die RCU in seiner Beintasche vibrierte – der Senkrechtstarter hob ab! Noch vierzig, vielleicht sechzig Sekunden! Unten machte sich eine Meute von Piraten in diesem Augenblick daran, die Sprossen hochzudrängen. Sie würden kaum eine halbe Minute benötigen; es würde mächtig knapp werden! Gehetzt blickte Magnus sich um, da fiel ihm die Sprossenleiter auf, die bis auf das Dach des obersten Containers hinaufführte. „Da rauf!“, brüllte er Forrester an und deutete auf das Dach. Der Mann machte ein hilfloses Gesicht, als wolle er „wozu?“ sagen, kam dem Befehl aber nach und begann zu klettern. Oben angekommen, steckte Magnus den UV-Pulser wieder weg und zog erneut die Minirailgun aus dem Rückenhalfter. Er schaute nach unten; der Gorilla und die Frau standen am Fuß der Leiter und blickten nach oben. „Hey, ihr verzieht euch lieber!“, rief er und richtete die MRG auf die Sprossenleiter. Die beiden Piraten sprangen in heller Panik davon. Die Leiter verging im Schauer gebündelter Mikronadeln.

„Und jetzt, Tide? Und jetzt?“, schrie Forrester, dem das Entsetzen ins Gesicht geschrieben stand. „Das ist ganz allein Ihre Schuld. Hirnverbrannter Mist! Die bringen uns um, die machen uns fertig!“

„Ja, aber nicht heute. Immer mit der Ruhe, alles cool!“

„Alles cool nennen Sie das? Verdammter Mist, dann möchte ich nicht in Ihrer Nähe sein, wenn mal *nicht* alles cool ist! Sie sind doch nicht mehr recht bei Sinnen!“ Die Stimme des Wissenschaftlers überschlug sich beinahe.

Magnus ignorierte ihn einfach und schaute sich beunruhigt um. Wo blieb der Senkrechtstarter? Von hier oben konnte man weit hinaus in die Nacht schauen, aber nirgends sah er die sich nähernden Scheinwerfer seines Fliegers. Vielleicht würde er die Props hören, wenn er die MRG ausschaltete; aber das wagte er nicht. Inzwischen erreichten die nächsten Piraten den obersten Sims der Containerpyramide. Sie gestikulierten wild mit ihren Waffen und blickten nach oben aufs Dach; Magnus gab einige Präventivsalven ab. Bald würde er gezielt auf die Leute schießen müssen; der Gedanke gefiel ihm nicht, denn ungepanzerte Menschen hatten einer MRG absolut nichts entgegenzusetzen. Sie mochten Piraten sein, aber niedermähen wollte er sie trotzdem nicht.

Plötzlich flammte grelles Licht auf; Magnus ließ sich sofort auf die Knie fallen, doch dann begriff er, dass dies Scheinwerfer waren – die Scheinwerfer eines Fliegers. Aufgeschreckt warf er einen Blick nach oben: vertikale Propeller, Landekufen, Turbinen – der Senkrechtstarter! Die Maschine stieg von oben vertikal herab und hatte soeben erst die Scheinwerfer eingeschaltet. Hören konnte man sie erst jetzt; obwohl die Props eigentlich sehr laut waren, durchdrang ihr Arbeitsgeräusch kaum das Kreischen der Minirailgun. Ohne weitere Aufforderung sprang Forrester auf die Kufen und hechtete kopfüber in die sich öffnende Kanzel hinein. Magnus gab eine letzte Salve ab und tat es ihm gleich. Noch bevor die Kanzel sich wieder senkte, zog Magnus die Maschine steil hoch. Keine Sekunde zu früh, denn ein gleißender Feuerstrahl fuhr schräg nach oben in die Nacht und brachte den Flieger durch einen heißen Schwall Luft ins Wanken. Ein Zweiter folgte, diesmal besser gezielt, doch der Turboprop war bereits außerhalb der effektiven Reichweite eines Handlasers; der Strahl leckte den Bauch des Fliegers, verpuffte aber ansonsten wirkungslos.

Der Lärm im Cockpit war unerträglich. Erst Minuten später entsann sich Magnus der Minirailgun und schaltete sie ab. Stille senkte sich über das Cockpit, die jedoch wider Erwarten nicht vollkommen war: da war dieses Fiepen gepeinigter Hörnerven, das jede Verständigung erheblich erschwerte.

Auf dem Radar erschien ein vereinzelter Leuchtpunkt, dem erst im Abstand von etwa dreißig Sekunden weitere Blips folgten.

„Cool“, sagte Magnus. Forrester, der entweder das Radar noch nicht gesehen hatte oder aber nicht wusste, wie man die Anzeigen deute-te, blickte ihn fragend von der Seite an. „Alles in Ordnung“, bekräftigte Magnus. „Wir leben. Noch.“

Den nächsten Satz kostete er so gut aus, wie es unter den gegebenen Umständen nur möglich war: „Und jetzt mal meinen Mindmapper an die Sonne, Freundchen. Aber fix!“

Forrester wurde bleich um die Nase.

Kapitel 23

Nach und nach fand sich ganz Freedom City ein. Die meisten Menschen standen in einer großen Gruppen in der Nähe des noch immer qualmenden *Capcom* zusammen; viele liefen umher und riefen nach ihren Bekannten, Freunden oder ließen ihrem Entsetzen oder ihrer Freude – je nachdem – freien Lauf. Zwischen all den Menschen wuselten einige Kinder umher, die all das weniger bedrohlich als aufregend fanden. Der beißende Qualm verzog sich nur langsam; immerhin waren seit dem Ereignis kaum fünfzehn Minuten vergangen. Plötzlich erhob sich über den Lärm, den die Menschen verursachten, ein mechanisches Kreischen und Rattern; zwar gedämpft durch die Entfernung, aber laut und fremdartig genug, dass sich alle nach der Quelle des Geräuschs umdrehten.

So auch Cheek, Bentley und Swift. Fast augenblicklich wurden ihre Blicke von einer intensiven Leuchterscheinung angezogen, die aus Richtung des Scythescrapers kam. Der oberste Container des Gebäudes schwebte weit über Freedom City und zeichnete sich deutlich gegen den Sternenhimmel ab, besonders deshalb, da auf seiner rechten Seite ein gleißendes Leuchten tanzte. Eisiger Schreck durchzuckte Cheek. Ihre Gedanken rasten ungeordnet, bevor es ihr gelang, sich wieder zu fassen. Cord Bentley, sonst wortgewaltig und schnell zur Hand mit Flüchen und Verwünschungen, starrte offenen Mundes und mit verständnislosem Gesichtsausdruck nach oben. Nur Ndulu Swift reagierte nahezu unverzüglich: er zog seine Waffe und rannte augenblicklich los, dabei stieß er Piraten, die in seinem Weg standen, rücksichtslos zur Seite. Keine Sekunde später folgte ihm Cheek, die ihren Vater kommentarlos stehen ließ. Die ersten Piraten erreichten den Scythescraper, noch bevor Ndulu Swift und Cheek ankamen. Oben ratterte es bösartig. Cheek kannte den Klang zwar nicht, aber es bestand kein Zweifel daran, dass es sich um eine Waffe handelte. Sie ahnte Schlimmes.

Auf der Sprossenleiter gab es ein rechtes Gedränge. Vor Cheek kletterten zwei Männer nach oben, die sie nur vom Sehen kannte; vor diesen befand sich Swift, der wiederum von langsameren Männern aufgehalten wurde, die vor ihm die Leiter hinaufhasteten. Swift fluchte und griff nach den Beinen der Männer; offenbar wollte er sie auf Höhe des dritten Sims von der Leiter ziehen, doch die Piraten ließen sich das nicht gefallen und traten nach unten hin aus. Swift blieb nichts übrig, als seine Geschwindigkeit anzupassen.

Schließlich auf dem siebten Sims angelangt, sah Cheek das Ausmaß der Verwüstung: die Tür zu ihrem Container war geschmolzen, ein Blick in den Wohnraum hinein zeigte ihr großflächige Löcher mit qualmenden Rändern, die jemand vor kurzer Zeit in den Boden hineingeschossen haben musste.

„Deckung, Cheek!“, schrie eine vertraute Stimme. Stomp! Der Riese sprang zur Seite; keinen Augenblick zu früh. Von oben herab klang wieder das mechanische Rattern, diesmal so laut, dass es in den Ohren schmerzte. Als es verstummte, tropften die verglühenden Überreste der Leiter die Seitenwand des Containers herab. Cheek hielt ihre Waffe am ausgestreckten Arm und zielte nach oben, doch sie konnte kein klares Ziel erkennen. Wer auch immer dort oben war, er gab gelegentliche Schüsse nach unten ab, blieb aber die meiste Zeit in der Deckung des Dachs. Sie senkte den Blaster wieder und schaute sich nach Stomp um. „Was ist passiert?“, zischte sie dem Hünen ins Ohr, nachdem sie ihn gefunden hatte.

„Motley mit MRG hat den Typen rausgehauen, aber wir kriegen ihn“, raunte Stomp zurück.

Auf einmal spürte Cheek, dass jemand mit eiserner Faust nach ihrem linken Oberarm griff. Es war Swift.

„Ich sollte dich sofort erschießen, Schlampe!“

Mit einem scharfen Ruck, auf dessen Plötzlichkeit Swift nicht vorbereitet war, befreite sie ihren Arm und rammte dem überrumpelten Mann in einer fließenden Bewegung den Ellbogen in die Magengrube. Swift taumelte zurück.

„Fass mich noch einmal an und ich breche dir das Genick, Punk!“, zischte Cheek. Swift warf ihr einen hasserfüllten Blick zu und wandte sich kommentarlos ab.

Cheek schaute sich nach einer Möglichkeit um, auf das Dach des Containers zu gelangen. Sie war gerade bei dem Gedankengang angelangt, von Stomps Schultern nach oben zu klettern, da flammten oben Scheinwerfer auf und Propeller flappten laut durch die Nacht. Gleichzeitig versiegten die Salven von oben. Kurz darauf hob sich ein seltsames Fluggerät in die Luft, das sich ganz offenbar im Schutze der Dunkelheit von oben herab genähert hatte. Ein paar Piraten zielten auf den höher steigenden Flieger. Cheek hoffte, dass sie ihn nicht treffen würden, denn es wäre besser, wenn der Gefangene und sein Befreier zunächst einmal entkämen, damit Swift und Cord nicht noch weiter Verdacht schöpfen konnten! Aber wie sollte sie das ihren Leuten klarmachen, während Swift alle ihre Aktionen beobachtete? In Kürze würde man hier in alle verfügbaren Maschinen springen und dem Flüchtling nacheilen! Es gab nur eine sinnvolle Möglichkeit: sie musste die Erste sein, musste die anderen Flieger anführen. Sie wusste, dass niemand ihrer Leute ihr einen Abschuss streitig machen würde; niemand würde versuchen, ihr zuvorzukommen, dessen war sie sich sicher. Vielleicht gelänge es ihr auf diese Weise, den Turboprop auf halbwegs plausible Weise entkommen zu lassen. Swift, natürlich, würde sie nicht täuschen können. Wie es aussah, war Swift aber zurzeit das geringste Problem, da er keinen flugfähigen Jet mehr besaß!

Während ihre Leute noch Löcher in die Nacht schossen, ohne etwas auszurichten, hechtete Cheek bereits nach unten, wo ihre Maschine seit zwei Tagen geduldig auf sie wartete. Sie war bereits mehr als eine halbe Minute unterwegs, als sie auf dem Radar den nächsten Flieger starten sah.

Kapitel 24

„Hallo, Proteus HQ? Ihr seid noch da?“

Magnus beobachtete den Radarschirm mit einem Auge, während er den Kommunikator bediente. Eben war das Trägersignal noch in voller Stärke hereingekommen, jetzt war es auf einmal komplett verschwunden, als habe Proteus alle terrestrischen Relais ausgeschaltet.

„Achtung!“, rief Forrester, der offensichtlich doch in der Lage war, auf dem Radar etwas zu erkennen. Der Wissenschaftler hielt sich deutlich zurück, seitdem das urplötzliche Signal von Proteus ihn vorerst vor der Beantwortung von Magnus’ Frage nach dem Mindmapper bewahrt hatte.

„Cool bleiben. Der ist noch fast 700 Meter entfernt, würde mich wundern, wenn er auf die Strecke...“ – Ein Feuerstrahl aus einer der Kanonen des Verfolgers fauchte durch die Nacht und strafte Magnus Lügen. Zwar war der Strahl bereits mächtig aufgefächert, doch reichte seine Gewalt noch immer aus, um den kleinen Senkrechtstarter umherzuwirbeln wie ein loses Blatt. Normalerweise hätte Magnus versucht, den Piraten auf irgendeine Weise vor die Bugkanone zu locken, doch mit der Turboprop war ein solches Manöver aussichtslos. Stattdessen zwang er die Maschine in eine enge Rechtskurve und ließ sie gleichzeitig mit der Nase voranfallen; G-Kräfte drückten ihn unsanft gegen die harte Verschalung der Innentür. Aus den Augenwinkeln bemerkte er, dass Forrester sich mit weißem Gesicht in seinen Sitz duckte und verzweifelt versuchte, irgendwo festen Halt zu finden. Der Wissenschaftler sah krank aus, sehr krank, doch Magnus hatte keine Zeit für ihn. Wie lange der Senkrechtstarter noch durchhalten würde, wusste Magnus nicht, aber er befürchtete das Schlimmste. Alles rappelte und brauste in den höchsten Tönen, die Vibrationen der auf Hochtouren laufenden Props pflanzten sich durch Gurte und Boden fort und fraßen sich in die Gliedmaßen der beiden Insassen. Magnus richtete seine volle Aufmerksamkeit auf das Gelände vor ihm; die Maschine fegte mit mörderischer Geschwindigkeit in kaum mehr drei Metern Höhe über dem Boden dahin. Ständig tauchten Hindernisse im grellen Lichtkegel der Scheinwerfer auf: hohe Sträucher, Bäume, Felsen, gelegentlich eine zerfallene Hütte. Ein Fehler und es würde sie zerlegen!

Plötzlich zuckte der zweite Blitz durch die Dunkelheit. Er kam von schräg oben, offenbar wagte der Verfolger es nicht, so niedrig zu fliegen, wie Magnus es tat. Wie durch ein Wunder spritzte der Strahl an dem Senkrechtstarter vorbei; die auflodernde Feuerblume verpuffte im Bruchteil einer Sekunde und blieb weit hinter der Maschine zurück. Wieder änderte Magnus den Kurs und versuchte, einen Haken nach links zu schlagen. Als habe der Verfolger es geahnt, setzte er den nächsten Schuss ein paar Meter weiter voraus, und so pflügte die rechte Tragfläche mitten durch die feurige Energieentladung hindurch. Ein Schlag wie mit der Eisenstange eines Riesen folgte; das Chassis der Maschine dröhnte, aber Magnus nahm es nicht wahr, da sein Kopf so heftig herumgeschleudert wurde, dass in seinem Genick etwas schmerzhaft knirschte. *Gute Nacht, Freelancer*, ging es ihm durch den Sinn, als der Senkrechtstarter fast komplett um die Achse gewirbelt wurde: eine Drehung um 360 Grad, die sich zur qualvollen Ewigkeit dehnte, während sich die getroffene Tragfläche langsam dem Boden entgegenlehnte. Ein kreischendes Geräusch durchbrach Magnus' Benommenheit. Wie automatisch zog er an den Steuerhebeln, doch der rechte Prop schien etwas abbekommen zu haben; jedenfalls reagierte er nur träge, verlangsamte die Neigebewegung der Tragfläche nur minimal. Magnus reduzierte die Leistung des linken Props – diesmal quittierte die gepeinigte Maschine es damit, die linke Tragfläche abzusenken, was den Flieger zwar dem Boden noch näher brachte, aber zumindest das Fluggleichgewicht wieder herstellte. Kurz darauf bekam die Steuerelektronik die Kreiselbewegung in den Griff und der Flieger flog wieder geradeaus, langsamer als zuvor zwar, aber wenigstens hielt er sich in der Luft! Das kreischende Geräusch allerdings blieb. Es war Forrester.

„Schnauze, Mann!", schrie Magnus, was er gleich darauf bereute. Sein Nacken und Hals schmerzten von der vorhergegangenen Schleuderpartie. Forrester hielt die Luft an, doch nun sah es so aus, als würden ihm jeden Moment die Augen aus dem Gesicht quellen.

Wieder blitzte es hinter ihnen. Der Pirat hatte auf 150 Meter aufgeholt. Deutlich zeichneten sich die *Wyrm* Luft-Luft-Raketen unter den

Tragflächen des gegnerischen Jets ab, Magnus erkannte sie sofort nach einem Blick auf das rückwärtige Videofeld. Mündungsflammen blitzten auf; schon sah Magnus die *Wyrm* auf sich zukommen, doch dann realisierte er, dass man hinter ihm mit kleinkalibriger Vollmunition feuerte. Geschosse klackerten gegen die Hülle des Senkrechtstarters, doch Magnus zog den Flieger zur Seite, und der Kugelhagel ging ins Leere. Einem modernen Jet aus Fullerenstahl hätte man mit Derartigem nicht beikommen können, der betagte Turboprop jedoch würde den Geschossen nicht lange standhalten können. Magnus fragte sich, ob der Pilot hinter ihm das wusste und nun, da er nah genug herangekommen war, teure Munition sparen wollte.

Urplötzlich flackerte das Signal für die Trägerwelle auf. Eine Frau in Proteus-Uniform erschien auf dem Videofeld. „Proteus HQ hier. Freelancer Tide, Sie erhalten Verstärkung. Unsere LR2937 erreichen Sie in genau 2:35 Minuten. Ende."

„Äh, Moment!", rief Magnus. Die Trägerwelle blieb zwar jetzt stabil, aber Proteus HQ antwortete nicht mehr. Ja, er hatte Proteus um Unterstützung bitten wollen, als er das HQ vorhin nicht erreicht hatte! Aber wieso wusste man dort, was vor sich ging?

„Tide, verflucht, Mr. Tide!", rief Forrester.

„Keine Zeit", erwiderte Magnus. Inzwischen hatten auch die restlichen Piraten aufgeholt. Sie hielten sich zwar respektvoll hinter dem Jet, der Magnus zuerst verfolgt hatte, aber sie breiteten sich flächig aus; egal was er tat, er würde ihnen nicht entkommen. Es sei denn, Proteus' LR2937 wären rechtzeitig zur Stelle.

Ein paar Kilometer voraus zeichnete sich die Steilklippe Sanction Bays gegen das geringfügig weniger dunkle Meer ab. Wenn er der Küstenlinie Richtung Rhodes' Islands folgte und dann direkten Kurs auf Berezan nahm, sollte die Unterstützung von Proteus die Sache mit den Piraten bald übernehmen können. Falls diese den Senkrechtstarter nicht vorher vom Himmel holten. Salven kreischten durch die Luft, Vollmunition und Energie gleichermaßen. Seltsamerweise schien der Verfolger schlechter zu treffen, je näher er an sein Ziel herankam. Die Waffen der anderen Verfolger schwiegen noch immer.

„Tide!", schrie Forrester erneut. „Nicht Proteus, nicht!"

„Was? Was soll das heißen?"

„Die knüpfen uns auf!“

Die Tragflächen knarzten bedenklich, als Magnus die Maschine nach oben zog, um einem weiteren Feuerstoß zu entgehen.

„Sie vielleicht“, erwiderte er trocken, ohne wirklich bei der Sache zu sein. „Mich werden sie bloß zu Tode kitzeln.“

Die Klippe raste auf sie zu, obenauf stand, von innen heraus beleuchtet, das Holzhaus, das Magnus schon vor ein paar Tagen gesehen hatte: *Sanction Inn.* Gleich musste er die Maschine steil nach unten ziehen, mitten in die Bay hinein.

„Sehr witzig, Tide! Sie stecken mit drin. Sie haben die *Pantheon* versenkt!“

Magnus starrte Forrester mit offenem Mund an. Wie konnte der Kerl etwas davon wissen?

Dieser winzige Augenblick der Unachtsamkeit genügte: im gleichen Moment, in dem Magnus die Maschine über die Klippe trieb und nach unten durchsacken ließ, krachte eine Salve Vollmunition aus der Bordkanone seines Verfolgers mit brachialer Gewalt durch Prop, Tragfläche und hinteres Leitwerk. Wie ein welkes Blatt zerbröckelte der Senkrechtstarter; Metall- und Glassplitter spritzten umher, der Treibstofftank zerplatzte und fing Feuer, Luft krachte Ohren betäubend durch das plötzlich offene Cockpit. Sirrend flog die Schneide eines Propellers vorbei, bohrte sich knirschend in das geborstene Material der Tür. Trudelnd stürzten die brennenden Trümmer, die noch vor einem Lidschlag eine Turbopropmaschine gewesen waren, dem weit unten gelegenen Hafenbecken entgegen.

Oben auf der Klippe drängte eine bunte Schar Schaulustiger auf die Veranda in der ersten Etage von *Sanction Inn*, angelockt durch den lauten Donnerhall der Waffen und Explosionen, der noch immer von den Felsen widerhallte. Die Ersten der Schaulustigen sahen noch, wie etwas, das möglicherweise einmal ein Flugzeug gewesen war, lodernd auf der Wasseroberfläche aufschlug. Dabei fuhr eine sengende Stichflamme in die Höhe, deren Hitze sie selbst siebzig Meter darüber noch deutlich in ihren Gesichtern spürten. Diejenigen, die erst etwas später auf der Veranda eintrafen, bekamen lediglich eine dunkelrot fackelnde Treibstofflache zu sehen, die sich auf den schaukelnden Wellen allmählich ausbreitete und nach wenigen Minuten erlosch. Bald darauf erreichte eine Wolke aus Ruß und stechendem Kerosingestank das Gebäude; man zog sich hustend zurück und schloss Türen und Fenster, um das Ereignis aufgeregt bei einem Pint kühlen Dweezle's zu diskutieren.

Weit unten versanken die letzten Bruchstücke des Senkrechtstarters.

TEIL ZWEI

Der Schütze ist das neunte Zeichen des Tierkreises. Das Sternbild des Schützen ist auch als Archer *(engl.) sowie als* Sagittarius *(lat.) bekannt.*

Kendrick verspürte eine wachsende innere Unruhe. Nach der Mahlzeit blieb er noch etwas im Aufenthaltsraum, um nachzudenken, doch die Ruhe war nur von kurzer Dauer. Carlisle gesellte sich ungefragt zu ihm.

„Ein ganzer Trupp kommt hier runter“, sagte der Mechaniker, nachdem er Kendrick zunächst mit belanglosem Geschwätz gelangweilt hatte. „In zwei Tagen“, fuhr er fort, „mit schwerem Bergungsgerät, mehreren Leuten, und wissen Sie, was das Beste ist?“

Kendrick schüttelte bedächtig den Kopf. „Und?“

„Eine Habitatröhre“, verkündete Carlisle triumphierend. „Jetzt wissen wir auch, wozu wir gestern die Grube ausgehoben haben. Von wegen ‚18 Monate'. Und wieso das Ganze, was?“

„Sie werden es mir bestimmt gleich sagen.“

„Weil Sie hier irgendetwas Wichtiges zerlegt haben. Ich tippe auf einen Kampfjet. Na?“

„Carlisle, Sie haben es erraten. Ich habe einen Kampfjet zerlegt, mitten in der antarktischen Tundra. Genau nach Aufbauplan: Baugruppe für Baugruppe; fein säuberlich einzeln auf dem Boden aufgereiht. Gratuliere.“ Kendricks Tonfall triefte vor Sarkasmus, doch Carlisle hustete lang anhaltend und vergnügt.

„Schöne Geschichte Kendrick, aber es gibt hier keine Tundra. Ihnen werden die Scherze schon noch vergehen, was. Hören Sie, ich gehe jetzt pennen. Wir reden morgen weiter.“

Kendrick winkte ab: „Kein Interesse. Lieber rede ich mit einem von Dr. Mleczkos Goldfischen.“

„Tropenfische.“

„Mit denen auch.“

Carlisle verschwand, und Kendrick zog sich kurz darauf ebenfalls in die Kabine zurück. Trotz seiner äußerlichen Gelassenheit konnte er in dieser Nacht nicht schlafen; aber er wollte es auch gar nicht. Sein Plan drohte zu scheitern, nein, viel schlimmer: war bereits gescheitert!

Spät in der Nacht fällte er seine Entscheidung. Er musste hinaus, zurück zur LR4004. Sein Plan – nach dem Verrat durch Forrester und Xing ohnehin nur als Notlösung gedacht – war auf ganzer Linie fehlgeschlagen. Es gab nur noch eins, das er tun konnte, und damit musste er möglichst bald beginnen: Er würde die LR4004 vernichten, doch dazu benötigte er die RCU.

Am nächsten Morgen, während des gemeinsamen Frühstücks im Aufenthaltsraum, erkundigte sich Dr. Mleczko wie gewohnt nach Kendricks Wohlergehen, doch diesmal schaute sie sorgenvoller als üblich. „Sie haben Ringe unter den Augen, John."

Irgendwie kam es Kendrick vor, als habe die sympathische Wissenschaftlerin sich bereits vollends an seine Anwesenheit in Thielstation gewöhnt. Sie behandelte ihn nicht anders, als jedes andere Besatzungsmitglied der Station auch. Es tat ihm schon jetzt Leid, dass er die Gutwilligkeit dieser Frau würde ausnützen müssen, doch er konnte es nicht ändern. „Ich habe schlecht geschlafen", antwortete er, „aber meiner Haut geht es dank Ihrer Behandlung schon viel besser."

Mleczko strahlte; Wanganeen, der in diesem Augenblick zu seiner Kollegin hinüberblickte, zog ein missmutiges Gesicht. „Vera ist eine fast ebenso ausgezeichnete Ärztin, wie sie Geologin ist. Möglicherweise zu gut", sagte er.

Nach dem Frühstück versuchte Kendrick, dem geschwätzigen und nach Rauch riechenden Fred Carlisle zu entgehen, was ihm auch gelang, da der Mechaniker wieder außerhalb zu tun hatte. Als Vera Mleczko Kendrick bat, ihr bei einer lästigen, aber einfachen Laborarbeit zu helfen, sagte er sofort zu. Den Rest des Vormittags verbrachte er damit, eine Unzahl dünner, in Scheiben gesägter Eiskerne zu sichten und durch das Massenspektrometer zu schieben, während Vera Mleczko simultan Auswertungen des Computers überprüfte, bewertete und katalogisierte. Schnell fiel Kendrick auf, dass Mleczko ein sehr einnehmendes Wesen besaß; bei ihr mischten sich eine herzliche Art der Mütterlichkeit mit einem seltenen, positiven Humor und einer gewissen Hemdsärmeligkeit. Nach einigen Stunden schien es, als habe sie völlig vergessen, dass er ein ungebetener Gast war, der die Station schon am nächsten oder übernächsten Tag wieder verlassen würde. In Wirklichkeit jedoch vergaß sie es keinen Augenblick, wie sich rasch herausstellte. „John, ich habe so ein Gefühl, dass Sie ein guter Kerl sind“, sagte sie einmal unvermittelt, ohne von ihrer Arbeit aufzublicken.

„Das ehrt mich, aber woher nehmen Sie die Gewissheit, Doktor?“

Jetzt lächelte sie ihm unter den Gläsern ihrer Brille aufmunternd zu. „Nur so ein Gefühl, wirklich. Sie haben nichts Schlimmes getan, wie Fred Carlisle es behauptet, John, nicht wahr?“

Kendrick arbeitete ein paar Sekunden konzentriert weiter, schob die Kühlröhre mit Eiskernscheiben, dessen Untersuchung er soeben beendet hatte, sorgfältig zurück in die Gefriereinheit. Er machte es sich nicht leicht mit seiner Antwort, und das musste sich auf seinem Gesicht widergespiegelt haben, denn Mleczko unterbrach ihre Tätigkeit und legte ihm die Hand auf den Unterarm. „Carlisle jedenfalls hat kein messbares Gewissen“, sagte sie scheinbar zusammenhanglos. Kendrick legte einen Handballen an die Stirn und lachte.

„Doch, doch, hat er“, sagte er, „oder zumindest einen Platzhalter aus Pappmache an der Stelle, wo es sich befinden sollte.“ Wieder ernst werdend, fügte er hinzu: „Vielleicht habe ich tatsächlich etwas Schlimmes getan - um etwas noch Schlimmeres zu verhindern. Ich sollte nicht darüber sprechen.“

„Und ich sollte nicht neugierig sein. Entschuldigen Sie.“

Eine ganze Weile herrschte Schweigen. Dann sagte sie: „Ich weiß nicht, was Sie über das Protektorat der südlichen Hemisphäre gehört haben, John. Ich habe den Eindruck, dass sie ganz bestimmte, nun, Vorstellungen darüber haben. Aber es ist keine Diktatur, sondern ein Rechtsstaat. Jedenfalls im Großen und Ganzen – also keine Sorge.“

„Waren Sie schon mal in den Distrikten, Vera?“

Sie schüttelte den Kopf. „Nein. Das Protektorat ist so groß...“ Schulterzucken. Niemand, der recht bei Sinnen war, wollte einen der 61 Distrikte besuchen.

„In den Distrikten herrscht Anarchie. Hey! Was zur...“ Eine Kühlröhre hatte sich verhakt, und Kendrick benötigte ein paar Sekunden, um sie zu lösen.

„Im Protektorat lehrt man den Kindern, dass die Distrikte eine föderative Staatengemeinschaft bilden“, warf Mleczko ein, während Kendrick noch mit dem Mechanismus kämpfte.

„Coniunctivus irrealis“, sagte er mit einem Lächeln. Sie schaute ihn fragend an. „Wäre der Siebentagekrieg anders verlaufen“, erläuterte er, „und hätten sich seinerzeit nicht DST und Freihandelszone aus UCC und Freischärlern formiert, dann, ja, dann wären die Verträge vielleicht die Fixierfolie wert, auf der sie verewigt wurden. So aber...“ Er ließ den Rest im Raum stehen. Vera Mleczko nickte zustimmend.

„Ich schätze, dass sich das Rad der Geschichte schon bald weiterdrehen wird. Und das wird wehtun. Merken Sie es nicht auch, John? Grenzstreitigkeiten, Übergriffe von Staatenlosen, Ressourcenknappheit. Drohgebärden von DST. Sogar Proteus, die doch sonst immer strikt neutral sind. Ich bin froh, hier stationiert zu sein, fernab von allem.“

Kendrick fand, dass Mleczko eine redliche Frau war, freundlich und hilfsbereit. Vielleicht war es angesichts seiner Lage ja irrational, aber es widerstrebte ihm ungemein, sie von sich enttäuschen zu müssen – vor allem, da sie ihm scheinbar so viel unverdientes Vertrauen entgegenbrachte. Es wäre nur fair, ihr ein paar Schritt weit entgegenzukommen.

„Vera, ich weiß, dass Sie mich niemals drängen würden, Informationen preiszugeben“, sagte er ernsthaft. Vera Mleczko hielt eine Sekunde inne, um ihm einen überraschten Blick zuzuwerfen, dann deutete sie mit einem kurzen Nicken an, dass sie zuhörte, und fuhr mit ihrer Arbeit fort. „Möglicherweise muss ich in Kürze Dinge tun“, sprach Kendrick weiter, „die Ihnen unverständlich erscheinen werden. Ich möchte, dass Sie wissen, dass es für alles einen guten, einen sehr guten Grund gibt.“

Mleczko runzelte die Stirn, arbeitete aber konzentriert weiter. „Sie müssen wieder zurück ins Eis, John, nicht wahr? Sie können es sich nicht erlauben, auf die Cops zu warten.“

Jetzt war es an Kendrick, überrascht zu sein. „Ja, mit der Protektoratspolizei hatte ich nicht gerechnet. Ich muss wieder zurück zu... hören Sie, Vera.“ Er holte tief Luft und schaute sich um; keiner der anderen Wissenschaftler war in der Nähe. „Ich bin Testpilot. Ich habe das Vorserienmodell eines sehr gefährlichen Kampfjets entwendet.“ Verwundert stellte er fest, dass ihm das Geständnis so selbstverständlich über die Lippen kam, als wäre es kaum der Rede wert, nicht mehr als ein Kavaliersdelikt. Angespannt wartete er auf die Reaktion der Wissenschaftlerin.

Es war Vera Mleczko anzumerken, dass sie nicht begierig darauf war, diese Informationen zu erhalten; letztendlich lastete Kendrick ihr damit genau jene Bürde auf, die Stationsleiter Wanganeen von den Bewohnern Thielstations fernzuhalten versuchte.

„Ich verstehe nicht. Weshalb haben Sie das getan?“

„Sehen Sie, Vera, eine derart gefährliche Waffe in der Hand eines einzigen Konzerns würde das Gleichgewicht der Mächte für immer zunichte machen.“

Sie überlegte lange Sekunden. Kendrick wartete geduldig. „Wie gefährlich?“ fragte sie schließlich.

„Einzeln extrem gefährlich. Als Staffel unbesiegbar.“

„Wollen Sie damit sagen, dass eine Armee mit unbesiegbaren Kampfjets die ganze Welt ins Chaos stürzen würde, wenn Sie nicht diesen Prototyp entführt hätten?“

Kendrick nickte. „Innerhalb von Jahresfrist, ja.“

Jetzt unterbrach die Wissenschaftlerin ihre Arbeit, um sich in ihrem Stuhl zurückzulehnen. Sie war kreidebleich. „Ich will das alles gar nicht wissen“, flüsterte sie. „Aber ich muss es erfahren, wenn ich Ihnen helfen soll, John. Was für ein Kampfjet ist das genau?“

Kendrick beugte sich ein Stück vor und senkte die Stimme. „Es handelt sich um ein Verbundwaffensystem, das zum großen Teil mit Verfahren der molekularen Nanotechnologie und MEMS hergestellt wurde. Stellen Sie sich eine fliegende Festung vor, ultraleicht und wendig wie eine Mücke, aber nahezu unverwüstlich und mit den verheerendsten, heute bekannten Waffen bestückt.“

„John, was hatten Sie mit der Maschine vor?“

„Ich wollte den Prototypen und die Pläne allen Konzernen zur Verfügung stellen; das hätte das Gleichgewicht wieder hergestellt. Leider bin ich verraten worden, bevor es soweit kommen konnte. Also musste ich sie verstecken und dem Zugriff von... von verschiedenen interessierten Parteien entziehen.“

„Und deshalb sind Sie jetzt hier.“

Er nickte. „Ja.“

„Was wollen Sie nun unternehmen?“

„Ich brauche die RCU. Damit werde ich hinausgehen und die Maschine aus dem Gletscher herausholen, in dem ich sie versteckt habe.

Dann werde ich sie vernichten und hierher zurückkehren. Danach werde ich das Protektorat um politisches Asyl ersuchen." Jetzt lächelte er schwach, doch sie ging nicht darauf ein. „Ich baue darauf, dass das Protektorat diesen Zwischenfall in allen Einzelheiten bekannt machen wird, und der Nachbau der Maschine somit verhindert wird."

Mehrere Minuten herrschte Stille, während der die Wissenschaftlerin wieder Eiskerne unter das Spektroskop schob. Plötzlich lehnte sie sich erneut zurück. Sie schob ihre altmodische Brille von der Nase auf die Stirn, um ihn mit wasserblauen, seltsam unfokussierten Augen anzuschauen. Dann nahm sie sie ab, um die Gläser zu reinigen. „Wissen Sie was, John? Sie sehen ein bisschen so aus wie mein ältester Sohn."

Erleichtert lachend schüttelte Kendrick den Kopf und wandte sich wieder dem noch immer beachtlich hohen Stapel Eiskernscheiben zu, den er noch zu bearbeiten hatte. Mit einer solchen Bemerkung hätte er nie gerechnet, aber vermutlich war das einfach ihre Methode, die Anspannung zu zerstreuen. „Ich glaube, selbst für ihren ältesten Sohn bin ich zu alt, Vera."

Die Wissenschaftlerin setzte die gereinigte Brille wieder auf. „Tatsächlich", sagte sie trocken, „jetzt sehe ich es auch." Sie blies sich eine Strähne aus dem Gesicht. „John, ich danke Gott dafür, dass Sie zur rechten Zeit an der richtigen Stelle waren. Nein, ich danke *Ihnen* dafür, von ganzem Herzen!", sagte sie ernst. „Ich weiß, wo Alan Ihre Kontrolleinheit verbirgt. Sagen Sie mir nur, wann Sie sie benötigen!"

Kapitel 27

Als die Explosivladungen die Pilotenkanzel mit einem scharfen Ruck aus dem Chassis des auseinander fallenden Senkrechtstarters katapultierten, schickte Magnus ein Stoßgebet an den Himmel. Über ihm knallten die Bremsfallschirme in den Sturm und rissen die Kanzel mit den beiden Insassen schwankend aus dem Regen brennender Bruchstücke heraus, der mit fauchenden Geräuschen über dem Hafenbecken niederprasselte. Rechts neben Magnus kreischte Forrester wie ein Mädchen, aber zum Glück ging seine Stimme fast vollständig im Lärm der Explosionen und in einem tosenden, von oben kommenden Knattern unter. Magnus legte den Kopf in den Nacken und blickte nach oben; irgendetwas war mit den Bremsfallschirmen nicht in Ordnung! Gegen das Dunkel der Nacht ließen sich die schwarzen Fallschirme nur schwer ausmachen, aber Magnus hatte den Eindruck, dass sich einer der drei Schirme nicht richtig öffnen wollte und stattdessen wild im Wind flatterte. Dieser Eindruck verstärkte sich noch, als er wieder nach unten schaute und bemerkte, dass das Flammenmeer, das sich jetzt auf der Wasseroberfläche auszubreiten begann, viel schneller näher kam, als es ihm lieb war.

„Können Sie tauchen, Forrester?“ Als der Wissenschaftler nicht mit Schreien aufhörte, langte Magnus unter Mühen zu ihm hinüber und verpasste ihm zwei kräftige Ohrfeigen.

„Ich, nein, ich...“

„Dann lernen Sie es genau jetzt! Wir müssen sofort springen, sonst verbrennen wir im Kerosin.“

„Aber... nein, nein!“

„Bewahren Sie die Ruhe, wenn Sie unter Wasser sind. Augen aufhalten, unter der Oberfläche schwimmen, bis über Ihnen keine Flammen mehr sind. Klar?“

„Sie werden das noch bereuen, Tide!“

Magnus hieb auf einen Hebel auf der linken Seite seines Sitzes und griff mit beiden Händen nach dem Gestänge des Cockpitchassis. Das Gurtgeschirr schnarrte blitzschnell zurück, Magnus lehnte sich über

Forrester hinweg und löste dessen Gurt auf dieselbe Weise. Das Chassis schwankte und rüttelte wie verrückt, Fahrtwind brauste vorbei nach oben, und es war nahezu unmöglich, sich koordiniert zu bewegen. Die Flammen auf dem Wasser kamen näher und wuchsen gleichzeitig in die Höhe. Schnell wurde es glühend heiß. Forrester klammerte sich panisch an das Gestänge, doch Magnus zögerte nicht lange. Mit kurzen, harten Schlägen auf die Fingerknöchel löste er den Griff des Mannes und nutzte das Überraschungsmoment, den Wissenschaftler aus dem Chassis zu stoßen. „Augen auf und unter Wasser bleiben", rief er dem kreischenden Mann hinterher. Dann sprang er selbst.

Magnus krümmte sich im Flug zu einer Kugel zusammen und umschlang die angezogenen Beine mit den Armen. Er holte noch einmal tief Luft und presste sodann die Augen fest zu, doch auch ohne es tatsächlich zu sehen, spürte er, wie das Flammenmeer rasend schnell näher kam, denn es drängte sich durch die geschlossenen Lider, versengte Haut und Haare, wollte ihn verzehren. Dann schlug er hart auf die Wasseroberfläche auf, und die Hitze verschwand sofort.

Er musste sich dazu zwingen, die Augen im salzigen Wasser weit aufzureißen. Es dauerte eine geraume Weile, bis er sich orientiert hatte und wusste, wo oben und unten war. „Oben" war dort, wo sich hellroter Schein abzeichnete, „Unten", wo kaltes Schwarz nach seinem Körper griff. Seine Lungen verlangten bereits jetzt nach Luft; er musste sich beherrschen! Magnus zwang seine, vor Sauerstoffmangel kribbelnden Glieder in gleichmäßige, starke Schwimmbewegungen. Schuhe und Kleidung versuchten ihn nach unten zu ziehen und machten jede Bewegung doppelt so anstrengend, doch schließlich blieb das grelle Feuerlohen über ihm zurück. Mit letzter Kraft schob er sich noch zehn, fünfzehn Meter weiter nach vorne, dann durchbrach er die Wasseroberfläche und sog keuchend Luft ein. Die Flammen des brennenden Kerosins breiteten sich noch immer aus; Magnus spürte ihre wachsende Glut auf seinem Gesicht und den beißenden Gestank des Flugbenzins in seinen Lungen. Irgendetwas schlug fünfzig Meter entfernt klatschend in das Flammenmeer: das Chassis mit den Bremsfallschirmen! Es fing sofort Feuer und ging auflodernd unter.

Nach ein paar Sekunden hatte Magnus' Atem sich so weit beruhigt, dass er sich von seinen Schuhen befreien konnte, um besser schwimmen zu können. Die Klippen des natürlichen Hafenbeckens ragten unendlich hoch vor ihm auf; er wusste nicht, ob es hier eine gefährliche Brandung gab oder Unterwasserfelsen. Aber darauf würde er es ankommen lassen müssen.

Durch das Plätschern des Wassers und das Prasseln der Flammen hindurch vermeinte Magnus, weit entferntes Stimmengewirr von den Felswänden widerhallen zu hören. Es klang, als riefen mehrere Stimmen durcheinander, aber natürlich konnte Magnus kein Wort verstehen. Er blickte nicht zurück, um die Quelle zu ergründen: sicherlich standen oben auf der Klippe die Gäste des Wirtshauses auf der Veranda und gafften auf das lodernde Inferno unter ihnen. Es war zu bezweifeln, dass man einen einsamen Schwimmer in der Dunkelheit würde sehen können, und es gab nichts, womit Magnus die Leute hätte aufmerksam machen können. Vielleicht war das auch gut so, dachte er.

Nach ein paar weiteren Minuten, die seine Arme fast erlahmen ließen, veränderte sich die Brandung. Das Wasser wurde spürbar wärmer und es schwappte weniger träge an Magnus vorbei. Nicht weit voraus erklang das rhythmische Platschen von Wellen, die sich an Felsen brachen.

Einige Minuten später kroch er erschöpft auf allen Vieren über einen schmalen, steinigen Uferstreifen aus dem Wasser heraus. Sein Atem rasselte, seine Augen brannten und seine Gliedmaßen schmerzten vor Anstrengung, aber er lebte! Bevor er noch einen klaren Gedanken fassen konnte, ertönte unartikuliertes Gebrüll, jemand stürzte sich auf ihn, und kalte, klamme Hände legten sich um seinen Hals. Forrester hatte den Absturz offensichtlich ebenfalls überstanden, und jetzt war er außer sich vor Angst und Wut. „Du hast mich fast umgebracht! Du hast mich fast umgebracht!“, rief er immerzu.

Durch den Aufprall glitten Magnus' Hände und Knie von den glitschigen Steinen ab, was ihn ein Stück in Richtung Wasser zurückrutschen ließ. Forrester, der keine Anstalten machte, loszulassen, wurde mitgezogen, wodurch sich sein – ohnehin schon kraftloser – Griff noch weiter lockerte. Magnus rappelte sich auf und zwang die Arme des Mannes auseinander. Es dauerte eine halbe Ewigkeit, bis Forrester seinen Hals loslassen musste. Doch anstatt den sinnlosen Kampf aufzugeben, krallte sich der Wissenschaftler an Magnus' Arm fest und versuchte, mit der freien Hand auf den Freelancer einzudreschen.

Keuchend rangen die Männer miteinander; Gliedmaßen schabten schmerzhaft über Steine, erstes Blut floss.

„Aufhören, Forrester!“, schnaufte Magnus. „Das ist doch zwecklos!“

„Die Maschine soll verrotten! Kendrick soll verrecken!“, krächzte Forrester, als habe er Magnus nicht gehört. Er versuchte, Magnus den rechten Ellebogen in den Magen zu rammen, doch dieser parierte rechtzeitig, sodass der Schlag ins Leere ging und die Faust auf einen Felsen prallte.

„Cool – bleiben!“, schnaufte Magnus abgehackt. Endlich gelang es ihm, Forresters Arm ausreichend fest zu packen und zu verdrehen. Der Wissenschaftler wand sich, doch es half ihm nicht: wenn er sein Schultergelenk nicht auskugeln wollte, musste er sich auf den Bauch drehen.

„Was ist mit Kendrick, was, hm?“, presste Magnus angestrengt zwischen den Zähnen hindurch, während er Forresters Arm auf dessen Rücken drehte und sich dann mühselig aufrichtete, um ein Knie in das Rückgrat des Mannes zu stemmen. Forrester stöhnte. „Du hättest mich fast umgebracht!“, sagte er neuerlich, diesmal jedoch mit nur noch geringer Überzeugung.

„Das hätte ich mal besser getan“, knurrte Magnus. „Sind wir jetzt cool?“ Als Forrester nicht antwortete, verlagerte Magnus noch mehr Gewicht auf sein Knie. Forrester murmelte etwas Unverständliches. „Was war das?“, hakte Magnus nach.

„Ja, verdammt, ja! Lassen Sie mich jetzt los, Sie Bruchpilot!“

„Logo. Sobald ich Ihnen den Arm ausgekugelt habe, Forrester. Es sei denn, Sie reden.“

„Reden – über was denn?“

Demonstrativ begann Magnus, an Forresters Handgelenk zu drehen. Der Wissenschaftler kreischte, mehr vor Schreck als aus Schmerz, und lenkte augenblicklich ein.

„Schon gut! Kendrick ist mit der *LR4004 Archer* verschwunden und wird von Lobos gesucht! Ich habe keine Ahnung, wo er sich zurzeit befindet!“

„Was ist die LR4004?“ Stures Schweigen. „Ein Kampfjet?“

„Besser, wenn Sie das nicht wissen, Tide.“

„Forrester, ist Ihnen klar, dass Sie die Klippe dort mit einem ausgekugelten Arm nicht hinaufkommen werden?“

„Ich will da sowieso nicht rauf", trotzte der Mann wie ein kleines Kind. Der Tonfall ließ Magnus schwach grinsen.

„Ach so. Na denn." Wieder machte er Anstalten, das Handgelenk des Wissenschaftlers zu drehen.

„Halt! Ich bin ein Agent von Lobos!", schrie Forrester eilig. „Ich soll Kendrick und die Maschine wiederfinden."

„Ach, ist das so? Und Sie denken, dass ich etwas über Johns Verbleib weiß?"

Forrester nickte mit mühsam angehobenem Kopf. „Ja!"

Magnus glaubte ihm kein Wort. Er drückte sein Knie noch härter in den Rücken des Mannes. „Jetzt raus mit der Sprache. Ich bin's wirklich Leid."

„Ja!", schrie Forrester atemlos. „Die *LR4004 Archer* ist der neue Kampfjet von Lobos Robotics! Und Ihr dämlicher Freund Kendrick hat den Prototypen geklaut!"

„Cool! Einfach beim Verlassen des Werksgeländes im Handtäschchen mitgehen lassen, wie? Was erzählen Sie mir da für einen Unsinn? Wie sollte das vor sich gehen? Lobos ist eine der am schärfsten bewachten Technikschmieden überhaupt. Nichts und niemand kann da einfach mit einem Jet unterm Arm rausmarschieren!"

„Major Kendrick hatte Hilfe. Und jetzt lassen Sie mich los."

„Nein. Selbst wenn er Hilfe hatte, warum sollte er das getan haben? John ist kein... kein Gangster."

Forrester wand sich wie ein Wurm unter Magnus' Griff, konnte seine Position aber um keinen Zentimeter verbessern. „Ihr Freund John Kendrick ist ein verfluchter Spinner, ein bescheuerter Idealist. Er ist der Ansicht, die LR4004 würde das Kräftegleichgewicht gefährden. Kendrick ist ein Hohlkopf! Er hätte die Kohle absahnen und untertauchen sollen."

„So wie Sie es vorhaben."

„Und wenn schon."

Jetzt erst begann Magnus zu begreifen. Ja, John hatte etwas von einem Idealisten, etwas Derartiges war ihm zuzutrauen. Nur dass jetzt die ganze Welt hinter ihm her sein dürfte. So hatte er sich das sicherlich nicht vorgestellt. Forrester hatte von Anfang an Recht gehabt: Kendrick steckte in großen Schwierigkeiten! Jemand musste ihm helfen; und *Pantheon IV* hin oder her, das würde er, Magnus sein. Denn auf wen sonst konnte Kendrick jetzt noch zählen?

„Eines wäre noch zu klären. Was ist mit meinem Mindmapper?"

„Himmel! Ihr schrottiger Mindmapper! Der liegt in meinem Flieger. Oder Swift hat ihn, oder was weiß denn ich! Sie können das wertlose Ding gerne wiederhaben, sobald wir zurück in Freedom City sind."

„Ihr Jet steht in Freedom City?"

„Ja, verdammt! Rede ich etwa undeutlich? Waschen Sie sich mal die Ohren, Tide!"

Magnus seufzte; der Wissenschaftler hatte sich ganz offensichtlich von seinem Schock erholt und wurde nun wieder unerträglich aufmüpfig. „Nun gut", sagte er deshalb einfach. „Sind wir jetzt cool?"

„Ich bin die Ruhe in Person, Sie verfluchter Irrer!", murmelte Forrester angestrengt. Magnus nahm vorsichtig sein Knie aus dem Rückgrat des Mannes und ließ dessen Arm los. Misstrauisch beobachtete er, wie Forrester sich langsam aufsetzte und seine schmerzenden Gelenke rieb.

„Sind Sie jetzt zufrieden, Tide? Hat es Ihnen Spaß gemacht?"

„Sehr. Jederzeit wieder. Bock?"

Forrester warf ihm einen vernichtenden Blick zu, schwieg aber. Er schien völlig vergessen zu haben, wer wen zuerst angegriffen hatte. Magnus drehte sich kopfschüttelnd um und blickte zurück auf die Bucht. Noch immer schlugen dort die Flammen in die Höhe, aber sie wurden allmählich kleiner. Vom Senkrechtstarter war nichts mehr zu sehen, von einigen vereinzelten Bruchstücken, die auf dem Wasser dümpelten, abgesehen. Weit oben auf der Klippe stand *Sanction Inn* hell erleuchtet, und wie es ausschaute, drängelten sich nach wie vor Schaulustige an der Balustrade, aber aus dieser Entfernung ließen sich keine Einzelheiten ausmachen. Magnus stand ächzend auf und bemerkte jetzt erst, wie wackelig er auf den Beinen war. Mit etwas Glück mochte es gelingen, die Steilwand entweder zu umgehen oder aber einen Weg zu finden, um an ihr hinaufzuklettern. Das würde ziemlich anstrengend werden, aber sie mussten sich auf den Weg machen, denn am Horizont tauchte der erste Schimmer des neuen Tages auf.

„Kommen Sie, Forrester. Wir müssen los. Oder wollen Sie wirklich hier bleiben?"

„Wenn Sie nicht wieder versuchen, mich umzubringen, Tide, dann komme ich mit.“

Magnus lachte. „Ich scheine ja nicht der Einzige zu sein, der das versucht. Wie geht’s eigentlich Ihrer Laserwunde?“

„Ach, lassen Sie mich doch in Ruhe!“

Nach dem Abendessen und einer kurzweiligen Stunde im Gemeinschaftsraum, während der sich erstmalig die Gelegenheit ergab, mit allen Bewohnern der Station ein richtiges, gemeinsames Gespräch zu führen, zog Kendrick sich recht früh in die Kabine zurück. Vera Mleczko hatte seinen Vorschlag, ihr Gemach zu räumen, freundlich, aber entschieden abgelehnt. Es gehe nicht an, erklärte sie, dass er als Gast in einem Schlafsack auf dem Tisch schlafe; sie und ihr Kollege verstünden sich ausgezeichnet und könnten die Kabine durchaus noch ein paar Tage miteinander teilen. Sie blinzelte ihm unauffällig zu; da wusste er, dass sie verstanden hatte. Kendrick bedankte sich artig, wünschte allen eine gute Nacht und zog sich zurück.

Im Schlafraum aktivierte er das in den Schreibtisch eingelassene Terminal und rief eine Landkarte der näheren Umgebung Thielstations aufs Videofeld, die er sich genau einprägte. Er benötigte nur drei Minuten, dann schaltete er das Gerät wieder aus, ließ das Licht ausblenden und streckte sich, Schuhe und Kleidung anbehaltend, rücklings auf dem Bett aus. Er widerstand der Versuchung, die Steppdecke über sich zu ziehen, denn seine Erschöpfung war nach wie vor gegenwärtig und er befürchtete, wider Willen einzuschlafen. Stattdessen konzentrierte er sich auf die Geräusche der Station: sich öffnende und schließende Türen, Fußschritte, leise Stimmen. Die Wissenschaftler waren disziplinierte Leute; wohl wissend, dass jeder neue Tag ein anstrengender Tag werden würde, ließen sie ihre Abende nie allzu lange ausklingen. Bald schon verstummten deshalb die von draußen hereindringenden Geräusche. In fast völliger Lautlosigkeit lag Kendrick nun auf dem Bett und starrte in die grünlich illuminierte Dunkelheit. In Gedanken ging er wieder und wieder all das durch, was er zu tun beabsichtigte. Er begann, bewusst flach und effizient zu atmen. Müdigkeit und Erschöpfung wichen nun wieder von ihm, was vermutlich dem langsam ansteigenden Adrenalinlevel zu verdanken war.

Als nach seinem Zeitgefühl mindestens eineinhalb Stunden seit dem letzten Geräusch auf dem Flur vergangen waren, richtete er sich lautlos auf, ging zur Tür hinüber und horchte angestrengt durch diese hindurch. Stille. Ganz langsam drückte er mit der linken Hand die Klinke hinunter, während er mit den Fingern der Rechten den Abstand zwischen Tür und Rahmen langsam vergrößerte. Verlassen lag der Gang vor ihm. Man hatte die Tagesbeleuchtung bis auf ein dämmriges Minimum reduziert, um Strom zu sparen. So geschmeidig und leise wie es ihm möglich war, schritt er die Gänge der Station entlang, deren Aufbau so simpel war, dass er sich ihn schon längst eingeprägt hatte. Einen Moment später ließ er den Dom hinter sich und bog in den Labortrakt ein. Jetzt bewegte er sich ein wenig forscher, da er die Wahrscheinlichkeit, dass sich einer der Wissenschaftler während der Schlafperiode ins Labor verirren würde, für einigermaßen gering erachtete. Sollte allerdings wider Erwarten doch jemand darin arbeiten, wollte er sich mit Schlaflosigkeit herausreden.

Die Laboratorien waren unverschlossen; auch hier herrschte das Dämmerlicht der nächtlichen Sparbeleuchtung. Kendrick schaute sich vorsichtig in den angrenzenden Räumen um: niemand arbeitete noch, alles war still und verlassen. Er betrat den Raum, in dem er tagsüber mit Vera Mleczko die Untersuchungen an den Eisproben vorgenommen hatte. Auch hier herrschte eine eindringliche, fast unheimliche Ruhe. Hinter der Scheibe des Spektrometers wölbte sich ein flacher, rechteckiger Schatten, der, wie Kendrick wusste, nicht dort hingehörte. Der Pilot öffnete die Tür des Geräts vorsichtig und griff hinein. Was seine Finger ertasteten, ließ sein Herz schneller schlagen.

Die Kontrolleinheit!

Er zog das kleine Gerät hervor und umklammerte es, wie ein auf dem Atlantik treibender Schiffsbrüchiger eine Planke umklammern mochte. Doch trotz des momentanen Triumphs blieben seine Gefühle der RCU gegenüber, wie immer, ambivalent, denn sie war beides gleichermaßen: Erlösung und Verdammnis.

Verdammnis und Erlösung.

Vom Ausflug in das Eis wusste Kendrick noch genau, wo sich die Kälteausrüstung befand; innerhalb des schmalen Ausrüstungslagers entledigte er sich seiner eigenen Kleidung und streifte Isolationsunterwäsche, Thermoanzug und Schneestiefel über. Das Schuhwerk gab Geräusche zusammenschnurrenden Kunststoffs von sich und passte sich der Größe seiner Füße an. Er schob die RCU in die Schutztasche am Bein und verließ das Lager. Vor der Schleuse, hinter der eine metallene Rampe hinauf in das ewige Eis führte, hielt Kendrick noch einmal inne. Für einen Moment dachte er daran, Vera Mleczko eine letzte Nachricht zu hinterlassen und ihr zu danken. Doch das Risiko, die herzensgute Wissenschaftlerin damit in Schwierigkeiten zu bringen, war viel zu groß. Er gab sich einen Ruck, trat in die Schleusenkammer und ließ das äußere Tor auffahren. Zügigen Schrittes stapfte er die metallene Rampe empor.

Oben begrüßte ihn ein eisiger Hauch aus Osten und das nimmermüde Flackern der Aurora.

Kapitel 29

Der Aufstieg dauerte fast drei Stunden; mindestens viermal so lange, wie Magnus benötigt hätte, wäre er alleine, unverletzt und ausgeruht gewesen – und hätte er Schuhe angehabt. Als sie schließlich den oberen Rand der Klippe erreichten, war soeben ein helllichter, sonnendurchfluteter Morgen in der Freihandelszone angebrochen. Die Steilküste Sanction Bays beschrieb einen Bogen, auf dessen gegenüberliegenden Seite sich das Wirtshaus befand, hunderte von Metern von den beiden Männern entfernt. Einige Schweber stiegen gerade zum Ort des nächtlichen Unglücks im Hafenbecken hinab, andere tummelten sich bereits dort und fuhren emsig umher, auf der Suche nach Spuren. Das Wasser im Becken schimmerte ölig und dunkel, ein paar verschmorte Trümmer trieben träge auf die Felsen zu. Dichter, chemischer Geruch lag in der Luft.

Eigentlich hatte Magnus Widerspruch von Forrester erwartet, als er verkündete, dass sie nicht zu *Sanction Inn* hinübergehen, sondern zu Fuß zur Crippen-Farm marschieren würden, doch Forrester schien damit einverstanden. Magnus wusste inzwischen, dass Forrester so viel Dreck am Stecken hatte, dass er auf keinen Fall Begegnungen mit Personen irgendwelcher offizieller Stellen riskieren konnte.

Die beiden unfreiwilligen Weggefährten wechselten kaum ein Wort, aber einmal sagte Magnus, dessen Gedanken rotierten: „Diese *LR4004 Archer*... Was halten Sie davon: ich helfe Ihnen, den Jet zu finden. Dann geben wir ihn Lobos Robotics zurück. Damit müsste allen gedient sein, und für mich steckt noch eine dicke Prämie drin.“ – *mit der ich die* Pantheon IV *heben kann,* hätte er beinahe gesagt, aber das ging diesen arroganten Menschen nun wirklich nichts an.

Forrester tippte sich mit dem Zeigefinger an die Stirn. „Sie spinnen. Lobos wird nicht einmal bereit sein, *zuzugeben*, dass sie die LR4004 gebaut haben. Immerhin hat man damit einen Angriffskrieg geplant.“

Magnus machte große Augen. „Einen Angriffskrieg? Warum glaube ich Ihnen das nicht?“

„Weil Sie den IQ eines Toastbrots haben, Tide.“

Danach herrschte wieder angestrengtes Schweigen.

Nach zwei zermürbenden Stunden des Marsches durch die stetig zunehmende Gluthitze des Vormittags schimmerte endlich das Hauptgebäude der Crippen-Farm über dem flirrenden Wüstensand. Als Kind hatte Magnus hier so viel Zeit verbracht, dass Marge und Tom Crippen, das Ehepaar, das die Farm betrieb, sich zu so einer Art Großelternersatz für ihn entwickelt hatten. Marge, eine resolut ausschauende, leicht rundliche Frau in ihren Mittsechzigern, mit schwieligen Händen und einem Gesicht, das ständig vor Lebensfreude strahlte, öffnete die Tür.

„Magnus! So eine Überraschung! Kommst du uns auch mal wieder besuchen! Wie lange ist das wohl her? Drei Jahre? Komm herein, Junge!“ Sie stutzte, als sie sah, dass Magnus keine Schuhe trug. „Du siehst nicht gut aus, Magnus. Was ist geschehen? Wo ist dein Fahrzeug? Nein!“ Sie hielt entsetzt die Hand vor den Mund, als sie sich der Neuigkeiten des heutigen Morgens entsann. „Du hast doch nicht etwa irgendwas mit dem Unfall unten am Bay zu tun, Junge?“

„Doch, Marge. Piraten haben meinen Jet abgeschossen.“

„Wir müssen die Bürgerwehr unterrichten! Und Proteus! Und José!“ Marge machte Anstalten, zum Terminal hinüberzulaufen, doch Magnus hielt sie zurück. Die alte Dame ließ sich nur schwer beschwichtigen, und er musste ihr zunächst mehrfach versichern, dass er in keine illegalen Aktivitäten verstrickt war, bevor sie sich beruhigte.

„Nun gut“, sagte sie, noch immer nicht vollständig überzeugt. „Du und dein Freund, ihr seht halb verhungert aus. Und seid schmutzig. Magnus, du weißt ja, wo die Nasszelle ist. Geht, während ich die alten Schuhe von Tom hole. Die wirst du brauchen. Danach wird gegessen.“

Die versprochene Mahlzeit war mehr als gut und reichhaltig; Magnus und Forrester machten sich mit Heißhunger darüber her. Tom sei seit mehreren Tagen unterwegs, erzählte Marge, die den beiden Männern in der geräumigen Küche beim Essen zusah. Vor der nächsten Woche würde er nicht zurückkehren, da er in langwierigen Verhandlungen mit Free Tubes, Inc. stand, die einen großen Teil des Grundbesitzes der Crippens aufkaufen wollten, um eine neue Fertigungsanlage aufzuziehen.

„Ihr wollt die Farm aufgeben, Marge?“, erkundigte sich Magnus erstaunt. Sie nickte.

„Die meisten Flächen liegen schon seit Jahren brach. Und Tiere haben wir nur noch wenige. Wir werden älter, Junge, und wollen noch ein bisschen was von der Welt sehen, bevor es zu spät ist."

„Es ist nie zu spät."

Marge lächelte verschmitzt. „So viel Weisheit!", sagte sie unbestimmt.

Magnus kicherte mit ihr; sie hatte schon immer einen leichten Hang zu Ironie besessen, so lange er sich zurückerinnern konnte.

„Sag mal, Marge, besitzt ihr noch den alten Sprühflieger, mit dem ihr früher immer die Felder bestäubt habt?"

„Hm. Ich habe mich schon gewundert, dass du so lange brauchst, um danach zu fragen, Junge." Sie lachte gutmütig und erhob sich. „Seitdem wir Schädlinge biologisch bekämpfen, steht die Maschine in der Scheune. Ich glaube, das ist gut fünf oder sechs Jahre her. Kommt mit."

Das große Tor knarrte erbärmlich, als der Elektromotor es winselnd aufzog. Drinnen roch es muffig und leicht modrig. Eine vom Dachbalken herabhängende Bogenlampe blitzte zwei-, dreimal auf und erlosch dann mit einem brutzelnden Geräusch.

Marge drehte sich mit einem entschuldigenden Grinsen zu den beiden Männern um. „Hier war schon lange keiner mehr drin. Aber wir haben Licht. Moment." Sie tastete an der Wand neben dem Tor entlang. „Irgendwo war er... ah, hier!" Knirschend fuhr oben die Abdeckung der verdreckten Dachluke beiseite, bis die im Zenit stehende Mittagssonne das Innere der Scheune notdürftig erhellte. Vielerlei Gerät stand umher: halb zerlegte, mit Staub und Dreck bedeckte Motoren oder Generatoren, Feldmaschinen, Rohrwerk. Es gab auch ein paar mehr oder weniger traditionelle Werkzeuge der Feldbearbeitung, garantiert hundert oder mehr Jahre alt, dem Anschein nach aber noch nie benutzt. Die Scheunenmitte jedoch wurde von dem Bestäubungsflieger eingenommen: einem kleinen Schweber, der statt Tragflächen zwei lange Ausleger besaß, an denen die Düsen der Sprühvorrichtung befestigt waren. Man sah deutlich, dass der Schweber schon seit Jahren nicht mehr in Benutzung stand; die Staubschicht auf Pilotenkanzel und Chassis sprach eine deutliche Sprache.

„Oh nein!", meinte Forrester. „Schon der Anblick macht mich krank!"

Magnus warf ihm einen tadelnden Blick zu. „Immer cool bleiben, Forrester. So was Ähnliches könnte man von Ihnen immerhin auch behaupten."

„Sehr witzig“, zischte der Wissenschaftler. Beleidigt spazierte er aus der Scheune hinaus, als interessiere ihn all das nicht mehr. Marge machte ein fragendes Gesicht.

„Was hat er?“

„Flugangst, Paranoia, nervöses Lidzucken und noch ein paar andere Nervenkrankheiten. Fliegt der Jet noch?“ Magnus legte seine Hand auf die Nase des Schwebers und strich über die staubige Oberfläche, während er um ihn herumging. Marge folgte ihm.

„Bestimmt. Was sollte auch daran kaputt gegangen sein? Vielleicht sind die Bestäuberdüsen verharzt. Aber du willst ja nichts bestäuben, Magnus, wie?“

Magnus verneinte lächelnd. „Bis wann braucht ihr ihn zurück?“

„Ach...“ Sie zuckte mit den Schultern. „Wir müssen doch noch so vieles schätzen lassen. Das kann noch Monate dauern. Lass dir Zeit.“

Marge weigerte sich beharrlich, Dank anzunehmen, bestand aber darauf, dass Magnus sie wieder besuchen käme, sobald Tom zurückgekehrt war. Magnus versprach es.

„Bevor ich es vergesse“, sagte Marge, während der kleine Schweber schon mit summenden Gravistats auf den Abflug wartete und Forrester auf dem Copilotensitz zusehends ungeduldiger wurde, „was ist eigentlich aus diesem hübschen Mädchen geworden, mit dem du damals einmal bei uns warst? Die von Proteus. Das war doch eine Nette!“

Magnus wusste sofort, auf wen Marge anspielte: noch vor der *Pantheon*-Affäre war er einmal mit Sarah McDavid hier gewesen, um ihr Sanction Bay und Juno Falls zu zeigen. Ein Besuch bei den Crippens war natürlich obligatorisch gewesen. „Sarah? Oh, die wächst und gedeiht!“

„Wächst und gedeiht, Magnus? Du bist und bleibst ein Spinner!“ Marge zwinkerte belustigt. „Aber ein lieber. Bring Sarah doch mal wieder mit!“ Bevor Magnus noch etwas sagen konnte, umarmte sie ihn herzlich. „Bis bald! Und halte dich von den Piraten fern!“

Magnus klopfte ihr auf den Rücken, bis sie von ihm abließ. „Bis bald, Marge, und grüße Tom von mir!“ Er winkte zum Abschied und stieg zu Forrester in den Flieger. Die Kanzel fuhr hinunter, dann hob die Maschine ab.

Kapitel 30

Einige Männer schauten sich neugierig um, als die verwegen aussehende, hoch gewachsene Frau die Bar betrat. So mancher Blick wurde wie magnetisch von dem Tribal auf dem flachen Bauch der Frau angezogen, und man konnte die Gedanken förmlich rattern hören. Es geschah nicht allzu häufig, dass sich Neue hierher verirrten, und wenn, dann handelte sich meist um Händler mittleren Alters mit kantigen, schlecht rasierten Gesichtern und nicht um junge, exotische Frauen.

Cheek Lu fing den besonders intensiv-neugierigen Blick eines dunkelhäutigen Jünglings ein, der an der Jukebox stand und sich an ihrem Anblick offenbar nicht satt sehen konnte. Sie starrte kalt und durchdringend zurück, bis die Wangen des jungen Manns noch dunkler wurden, er endlich die Augen niederschlug und die Auswahltasten der Jukebox drückte. *If you don't want me, don't spare this pirate's life*, kreischten Augenblicke später die *Død Ponks* den Auftakt ihres populären Songs aus den Lautsprechern. Beinahe hätte sich ein Grinsen auf Cheeks Gesicht verirrt. So sehr sie auch die gierigen Blicke der Männer verachtete, für guten Musikgeschmack war sie schon mal geneigt, ein paar Extrapunkte gutzuschreiben. Außerdem, rief sie sich selbst zur Ordnung, war der „Exoteneffekt" genau das, auf was sie hier zu bauen beabsichtigte.

Der übergewichtige Barmann in seinem bunten, halb offenen Hawaiihemd schaute sie ebenfalls an, jedoch weniger gierig, als ganz allgemein interessiert. *Für alles andere ist der fette Punk sowieso zu alt,* dachte Cheek verächtlich. Sie orderte einen Al Kassar und legte den schwarzen Strohhalm beiseite, der in dem hohen Becher mit dem starken, alkoholhaltigen Getränk stak, das nach einer Minute serviert wurde. Sie nahm einen tiefen Schluck, wischte sich mit dem Handrücken über die Lippen und lehnte sich mit dem Rücken an die Bar, sodass sie den Raum überschauen konnte. An einigen Tischreihen saßen sich Männer gegenüber, die entweder intensiv miteinander diskutierten, aßen und tranken oder sich auf alterstrüben E-Folien mehr oder minder konzentriert durch irgendwelche Texte hindurchklickten.

Eine ältere, resolut wirkende Dame mit hoch gestecktem, grauen Haar und einem zierlichen Blaster im Gürtel redete auf einen quirligen Jungen mit roter Schirmmütze ein. „Søren, jetzt benimm dich!“, hörte Cheek die alte Lady enerviert schimpfen; als diese bemerkte, dass sie im Begriff stand, laut zu werden, senkte sie ihre Stimme sofort wieder. Cheek presste die Lippen zu einem Strich zusammen; sie konnte die Aufmüpfigkeit des Jungen gegenüber seiner stocksteifen Gouvernante ganz gut nachvollziehen.

Am Billardtisch spielten ein klobiger, grobschlächtiger Motley in zerschlissener Kleidung und ein dürrer Kerl in ölverschmierter Latzhose eine Partie gegeneinander, die bereits recht weit vorangeschritten war. Beide hatten das Interesse an Cheek schon nach dem ersten, prüfenden Blick verloren, um sich wieder ihrem Spiel zu widmen. Cheek erwog, zu den beiden Männern hinüberzugehen, um ihnen ein Match gegen den Gewinner anzubieten, doch sie entschied sich dagegen; es bestand keine Notwendigkeit, jemandem ein Gespräch aufzudrängen. Sie wusste, dass einige der Anwesenden hier bereits in den Startlöchern saßen, um sie anzusprechen. Sie sollte sich nicht irren – wenn auch die erste Annäherung aus einer ganz anderen Ecke kam, als sie es erwartet hätte.

„Guten Tag! Hallo! Darf ich Sie mal was fragen?“, stotterte eine helle Stimme. Leicht verdutzt blickte Cheek zu dem Sprecher hinunter, der ihr gerade einmal bis zu den Schultern reichte. Es war der Junge mit dem roten Käppi, der sich offenbar vor ein paar Augenblicken von der grauhaarigen Dame befreit hatte – die in diesem Moment geflissentlich versuchte, woanders hinzuschauen. Seine Wangen waren hektisch gerötet, seine Augenlider flackerten unstet.

„Geh weg“, sagte Cheek, nachdem sie sich von ihrer Überraschung erholt hatte, „geh spielen!“

Der Junge ließ sich nicht beirren. „Sie sind eine Piratenbraut!“

„Nein.“

„Ich habe eure Flieger gestern Nacht gesehen.“

„Kleine Jungs sehen überall Gespenster. Nun geh endlich zu deiner Oma, Kiddo!“

Der Junge dachte eine Weile darüber nach. „Ich heiße Søren“, sagte er schließlich, „und Sie?“

Sie seufzte. „Jeanne“, sagte sie, „Jeanne d’Arc. Hör mal, Kleiner, wie kann ich dich wieder loswerden?“

„Gar nicht. Ich weiß nämlich, weshalb Sie hier sind.“ Søren schaute die mindestens doppelt so alte Frau herausfordernd an, die sich gerade vor ihrem inneren Auge vorstellte, wie sie dem vorlauten Jungen eine gepfefferte Ohrfeige verpasste.

„Nun?“, fragte sie mühsam beherrscht.

„Sie wollen herausfinden, ob die beiden Leute in dem Flieger noch leben!“

„Ich habe keinen Schimmer, von was du sprichst. Welche beiden Leute?“ *Verdammt!* Hinter ihrer ablehnenden Maske brodelte Wut. Wie hätte sie auch ahnen können, dass der kleine Stinker am Ende doch etwas wusste, das sie interessierte? Sie beschloss, das Versteckspiel bis zum Ende durchzuziehen. Der Junge mochte hyperaktiv und aufmüpfig sein, aber immerhin war er bloß ein dummes Kind, das gegen die rhetorischen und schauspielerischen Fertigkeiten eines Erwachsenen keine Chance hatte! Genau das begann sich in diesem Moment zu zeigen; Søren zog ein langes Gesicht.

„Ehrlich?“ fragte er lang gezogen. „Sie haben den Unfall gestern Nacht nicht gehört oder gesehen? Ganz wirklich?“

Cheek verneinte im überzeugendsten Tonfall, den sie hinbekam. Sie gab sich mäßig interessiert. „Nein, da habe ich bestimmt schon geschlafen. Was ist denn geschehen?“

Jetzt, da die Frau ihn endlich Ernst zu nehmen schien, sprudelten die Ereignisse des gestrigen Abends ohne Punkt und Komma aus Søren hervor: wilde Verfolgungsjagd, Schießerei, Absturz über der Klippe, eine Hand voll Piraten, die unter dem Mantel der Nacht verschwanden, die Explosion der getroffenen Maschine unten im Hafenbecken, zwei schwarze Fallschirme im Dunkeln. Allerdings, fügte er sofort atemlos hinzu, wolle ihm keiner der Erwachsenen glauben, dass er Piraten und Fallschirme gesehen habe. Niemand benutze mehr Fallschirme, so etwas gebe es doch nur noch in den alten Holos, hatte seine Großmutter gesagt. Alle anderen hatten gelacht und waren zu ihren wilden Spekulationen zurückgekehrt.

„Aber ich habe sie gesehen, ganz bestimmt!“, schloss der Junge triumphierend. „Glauben *Sie* mir denn, Miss d’Arc?“ Er betonte das *Sie*, als sei Cheek seine letzte Hoffnung.

„Nö, du“, sagte Cheek genüsslich, „Niemand benutzt Fallschirme. Gibt’s doch nur in alten Holos.“ Sie leerte den Rest des Al Kassar mit einem langen Zug, stand auf und ließ den verdutzten Jungen einfach stehen.

In alten Holos und in sehr alten Maschinen, dachte sie. Dämliche Motleys.

*

„Cord tobt noch immer“, sagte Dinah, als Cheek sie anrief, um sich nach dem Stand der Dinge in Freedom City zu erkundigen. „Du und Fern, ihr braucht euch hier wohl vorerst nicht blicken lassen. Keiju ist scheinbar auch in Deckung gegangen, jedenfalls ist er hier nirgends aufzutreiben. Ist er bei dir?“

„Nein“, knurrte Cheek, der der besorgte Tonfall des Mädchens Übelkeit verursachte. Keiju konnte ganz gut auf sich selbst aufpassen und würde früher oder später schon wieder aus dem Rattenloch hervorkommen, in das er sich verkrochen hatte. „Was ist mit Swift?“, wollte sie wissen.

Dinah zuckte mit den Schultern. „Weiß nicht. Der hat sich Forresters Jet genommen und ist weg. Cord tobt.“

„Du wiederholst dich. Wie ist die Stimmung bei den anderen?“

„Cheek, niemand ist glücklich über das, was geschehen ist. Viele machen Swift dafür verantwortlich, dass es so weit kommen konnte. Und manche meinen, dass es Cord war, der Swift überhaupt erst an Bord geholt hat. Was ja stimmt.“

„Ich glaube nicht, dass Cord die Wahl hatte“, meinte Cheek nachdenklich. Dieser Gedanke war in den letzten zwei Tagen in ihr herangereift. Sie trug Dinah auf, ihre Leute erst einmal zu beruhigen und sie von voreiligen Aktionen abzuhalten. Das Mädchen wandte ein, dass niemand auf sie hören werde, aber Cheek winkte ungeduldig ab und unterbrach die Verbindung. Als Nächstes sprach sie mit Fern, die sich zurzeit in Juno Falls aufhielt.

„Swift ist vor zwei Wochen hier gewesen“, berichtete Fern, „jedenfalls der Beschreibung nach müsste er es gewesen sein. Und vor ein paar Tagen erst ein Typ, bei dem es sich um Tide handeln könnte. Hat komische Fragen gestellt, komische Antworten bekommen und ist wieder abgezogen."

Cheek sah Ferns Abbild auf der Videoprojektion an, dass da noch etwas war. „Und?"

Die kleine Frau zuckte die Schultern und zog ihr typisches *Ich-weiß-nicht*-Gesicht. „Er hatte wohl vor, noch einmal wiederzukommen, um einen weiteren Informanten zu treffen, aber das hat sich ja nun erledigt."

„Vielleicht auch nicht. Forrester und dieser Tide leben möglicherweise noch, wenn der kleine Stinker Recht hat – wovon ich ausgehe."

„Welcher kleine Stinker, Chi-Tsen?", wunderte Fern sich.

Cheek informierte sie über die neuen Erkenntnisse, die sie während ihres Besuchs in *Sanction Inn* gewonnen hatte. „Hey, dieser Punk Tide hat Forrester mitten aus der Stadt rausgehauen und dabei den halben Scythescraper zersägt. Ich traue ihm ohne Weiteres zu, den Absturz überlebt zu haben", schloss sie.

„Aber er trägt nicht etwa ein rotes Cape zu blauen Klamotten, oder?"

„Äh - nein. Wieso sollte er?" Cheek verstand nicht, auf was ihre Freundin hinauswollte. Manchmal sprach Fern in Rätseln.

„Nur so. Vergiss es, Chi-Tsen", winkte Fern ab. „Ich denke, ich schaue mich noch einen Tag in Juno Falls um; vielleicht taucht dieser Informant noch auf."

„Ja. Oder Swift. Und – oh! Fern?"

„Hm?"

„Weißt du wo Keiju steckt?"

„Ist er nicht bei Dinah?"

„Dinah, Dinah! Ich kann diesen Drecksnamen bald nicht mehr hören!", rief Cheek in einem plötzlichen Ausbruch merkwürdiger Emotionen, die sie eigentlich im Griff zu haben geglaubt hatte. „Nein", fügte sie heiser hinzu. „Da ist er nicht. Halt die Augen auf, klar?"

Fern nickte; sie zögerte einen Moment. Irgendetwas ging in Cheek vor, und es war nicht alleine die Sorge um Keiju oder die Eifersucht auf Dinah; auch nicht Angst vor einer drohenden Konfrontation – soweit sie es beurteilen konnte, kannte Cheek so etwas wie Furcht ohnehin nicht. Nein, es musste tiefer sitzen, viel tiefer. „Alles in Ordnung mit dir, Chi-Tsen?", fragte sie deshalb vorsichtig.

„Mir ging's nie besser, Zwerg", blaffte die Piratin aggressiv zurück und schaltete den Kommunikator ohne jedes weitere Wort aus.

Mit sehr leise surrenden Gravistats senkte sich der Bestäubungsflieger auf den großen, zentralen Dorfplatz von Juno Falls nieder. Der Vorteil von reinen Schwebern lag darin, dass sie fast lautlos waren und außer Strom keine Betriebsstoffe wie Kerosin oder Ähnliches benötigten. Das war zwar schön; trotzdem sehnte Magnus sich nach etwas, das einen machtvollen Motor und waffenstarrende Tragflächen besaß. So etwas wie die *Pantheon IV* oder... er wagte nicht, diesen Gedanken zu Ende zu bringen. Besser, wenn er auf dem Boden erwiesener Tatsachen bliebe.

„Na endlich“, murrte Forrester, kaum dass die Kufen den Boden berührten. „Dieses Teil ist ja noch langsamer als der schrottige Senkrechtstarter. Was glotzen die so?“ Einige Passanten warfen dem niedergehenden Flieger neugierige Blicke zu, blieben aber nicht stehen. Man sah zwar nicht alle Tage Sprühflieger hier, inmitten der Ortschaft, aber allzu ungewöhnlich war der Anblick denn dann wohl doch nicht.

„Wollen wahrscheinlich ein Autogramm von Ihnen, Forrester, bevor es zu spät ist!“

Der Wissenschaftler murmelte etwas Unverständliches, bevor er sich durch den entstehenden Spalt der sich öffnenden Kanzel zwängte. Magnus folgte ihm ruhiger und schaute sich um. Der Dorfplatz war ein nahezu kreisrundes Stück Wüste mit einem Durchmesser von hundert Metern, in dessen Mitte sich ein gewaltiges, metallenes Gerüst mit ausladenden Armen auftürmte, das einstmals ein Strommast gewesen sein musste, der aber sicherlich schon seit Jahrzehnten nicht mehr in Benutzung stand. Stattdessen hatte man zahlreiche Richtantennen, Parabolspiegel und andere Instrumente daran angebracht, von denen allerdings einige ebenfalls so wirkten, als seien sie seit Äonen außer Betrieb. Die Peripherie des Platzes wurde von zahlreichen Appartementboxen, Bungalows und einigen Holzgebäuden im Westernstil gesäumt, hinter deren flachen Silhouetten sich der Rest des Ortes verbarg.

Es gab drei Dinge, die Magnus vordringlich zu erledigen gedachte: zunächst musste er Forrester loswerden – zumindest für ein paar Stunden; danach wollte er sich nach seinem Informanten umschauen. Als Drittes galt es, einige Videogespräche abzuhalten: mit Cinnamon Hawler in Cedar Dwellings, mit Leuten aus dem direkten Umfeld von Proteus sowie möglicherweise auch mit Nadya Santini und ihren Kollegen von *FSV Bergungen*. Sich Forresters zu entledigen, erwies sich als wesentlich einfacher, als zunächst befürchtet: Magnus trug dem Wissenschaftler auf, sich um eine Übernachtungsmöglichkeit zu kümmern. Forrester schien zwar einerseits nicht sonderlich begeistert von dem Gedanken, alleine durch Juno Falls zu streifen. Andererseits war er offenbar ebenso froh, Magnus eine Weile nicht sehen zu müssen, wie es umgekehrt der Fall war.

Die Suche nach dem Informanten gestaltete sich hingegen schwieriger. Magnus hatte den Mann vor ein paar Tagen in einer kleinen Bar mit dem bezeichnenden Namen *Spelunke* getroffen, wo er ihm unter Aufwendung einiger Drinks die Informationen bezüglich Freedom Citys und der Entführung Forresters mehr oder minder aus der Nase gezogen hatte. Magnus' Informant hatte überaus vorsichtig zu verstehen gegeben, dass er nahezu jeden Tag nach getaner Arbeit ein, zwei Stunden hier verweilte und dass er möglicherweise jemanden kenne, der gegen ein wenig Geld weitere Informationen preiszugeben vermochte.

Während Magnus sich vorsichtig durch die nicht zu dünn gesäte Schar der Gäste der *Spelunke* fragte, bemerkte er aus den Augenwinkeln, wie eine Person, die ihm sofort sehr bekannt vorkam, das Dämmerlicht der Kneipe betrat. Es war Fern, die kleinwüchsige Frau aus dem Piratenlager! Alarmiert griff Magnus nach seinem UV-Pulser und öffnete sicherheitshalber das Halfter. Sie hatte ihn noch nicht gesehen, aber sicher war sicher... Mit nur noch halber Konzentration sprach Magnus einen weiteren Gast an, einen bulligen, wild ausschauenden Arbeiter mit gewaltigen Muskeln und Tattoos auf oberschenkelstarken Armen, der ihm unfreundlich und mürrisch anriet, sich doch gefälligst zu „verdünnisieren“. Nach dieser abschlägigen Antwort orderte Magnus ein großes Glas Kiba an der Theke und ließ sich in Ermangelung eines anderen Sitzplatzes am gleichen Tisch nieder, an dem der bullige Arbeiter weiterhin an seinem Dweezle's schlürfte und eine riesige Portion Haifischsteak mit Seetanggemüse in sich hineinschaufelte. Magnus warf dem Mann einen entschuldigenden, leicht ironischen Blick zu und zuckte mit den Schultern. „Sorry. Alles cool." Der Arbeiter grunzte etwas Vernichtendes, verzog die Mundwinkel zu einem grimmigen Strich und beschäftigte sich alsdann weiter mit seiner Mahlzeit.

Für einen kurzen Moment hatte Magnus Fern im Gewimmel der Gäste aus den Augen verloren, doch jetzt hielt die kleine Frau zielstrebig auf ihn zu, ebenfalls aus Richtung Theke kommend. Sie knallte einen Teller mit einer undefinierbaren, rosafarbenen Masse auf den Tisch und stellte ein Henkelglas dampfenden Kaffees daneben. Überrascht starrte Magnus sie an und zog langsam die Hand von seinem UV-Pulser zurück.

„Hier noch frei?"

Ungeniert begann sie zu essen, ohne auch nur die Antwort abzuwarten. Dem Riesen entrang sich ein Stöhnen, das aus tiefster Kehle zu kommen schien. „Steht da etwa: ‚suche neue Freunde' auf meiner Stirn?", erkundigte er sich mit vollem Mund.

„Immer cool bleiben!", sagten die Frau und Magnus genau gleichzeitig. Überrascht trafen sich ihre Blicke; beide grinsten breit.

„Ich bin Fern."

„Inwiefern?", grinste Magnus. Natürlich entsann er sich des ungewöhnlichen Namens noch.

„Nicht lustig. Das ist mein Name. Du bist Tide. Wir sind uns begegnet."

Magnus war nun sicher, dass Fern nicht rein zufällig hier aufgetaucht war; sie hatte ihn gesucht und gefunden. Und da sie ihn nicht sofort umgelegt hatte, sondern ganz friedlich eine Portion Labskaus aß, ahnte Magnus, dass sie nicht gekommen war, um ihm Schwierigkeiten zu bereiten, sondern eher, um zu verhandeln. Magnus beschloss, gleich aufs Ganze zu gehen. „Ich weiß, ich weiß. Sorry. Fern, möglicherweise bin ich völlig bescheuert, aber ich habe so ein Gefühl, das wir einander brauchen. Vielleicht kannst du mir bei ein paar Schwierigkeiten helfen."

„Ein paar Schwierigkeiten?" Fern lachte so hart, dass sie sich beinahe an einem Bissen ihres Essens verschluckt hätte. „Tide, wenn ich du wäre, würde ich zum Rand der Welt laufen und runterspringen." Sie kaute sorgfältig und fügte dann hinzu: „Wie man bei uns in Freedom City so sagt."

Der riesige Arbeiter stutzte irritiert, dann säbelte er bedächtig an einem Stück seines zähen Haifischsteaks weiter, gerade so, als habe er das Letzte nicht mitbekommen. Fern fuhr fort: „Für nen Motley bist du ein ganz netter Kerl. Besonders, weil du uns gewarnt hast, bevor du mit deiner MRG die Leiter weggesprengt hast. Hätte nicht jeder getan."

„Jetzt frag ihn schon, ob er dich heiraten will, Mädchen", knurrte sarkastisch der Arbeiter, der nicht recht wusste, was er von diesem seltsamen Treffen, dessen Zeuge er zufällig geworden war, halten sollte. Mit dem Piratenpack aus Freedom City wollte er jedenfalls nach Möglichkeit nichts zu tun haben. Aber den Tisch räumen? Niemals!

„Ach ja, ich wollt mir die Schweinerei ersparen", sagte Magnus, den Einwurf des Arbeiters völlig ignorierend. „Aufwischen und so. Dafür hättet ihr *mich* bald aufwischen können. Ihr habt meinen Senkrechtstarter beschossen. Während ich drin saß. Aber ich war gut, was?"

„Du warst ziemlich cool, Mann", gab Fern mit einer Spur Bewunderung in ihrer Stimme zu, von der Magnus nicht annahm, dass sie ernst gemeint sein könnte. „Sogar Chi-Tsen war beeindruckt von dir, und das kommt verdammt selten vor."

Ferns ausdrucksstarke, grüne Augen hielten Magnus gefangen. Vielleicht war die Bewunderung doch irgendwie ehrlich gemeint? „Wer ist Chi-Tsen?", fragte er in die entstehende Stille hinein.

„Chi-Tsen ist genial", antwortete Fern leise, und lauter: „Und du glaubst wirklich, dass Forrester dein Freund ist? Glaubst du das, Tide?"

Magnus ließ sich Zeit mit seiner Antwort. „Ich glaube", erwiderte er schließlich, „dass Forrester eine ziemlich linke Bazille ist, und ein Ekelpaket obendrein, aber das heißt noch lange nicht, dass ich ihn zum Abschuss freigebe. Klar?"

„Das hat auch keiner verlangt, Mann", erwiderte Fern, „aber schau mal hier." Sie langte in ihre Hosentasche und brachte ein kleines, silbernes Gerät zum Vorschein, das sie zwischen sich und Magnus auf den Tisch legte.

„Das da haben wir bei ihm gefunden." Ohne Magnus eines weiteren Blicks zu würdigen, beschäftigte sie sich mit dem rosaroten Brei, der ihre Mahlzeit darstellte. Scheinbar ungerührt nahm Magnus das Gerät in die Hand, drehte es um, begutachtete die Unterseite, die den Aufkleber mit der Seriennummer trug, und steckte es dann mit einem leichten Nicken in seine Innentasche. In ihm arbeitete es; vom Diebstahl des Mindmappers bis zur Zerstörung des Senkrechtstarters führte eine direkte Ereigniskette! Fern hielt einen Moment inne, um Magnus über den Löffel hinweg zu beäugen; doch dann aß sie weiter. „Na – und?“, wollte sie wissen.

„Hätte ich geahnt, dass er den Mindmapper so schnell aus der Hand gibt, hätte ich ihn ihm gar nicht erst geliehen.“

„Du hast ihn ihm geliehen? Du machst wohl Scherze!“

„Sehe ich aus wie jemand, der Scherze macht?“

Fern winkte kopfschüttelnd ab. „Oh, nein, ganz und gar nicht. Entschuldige die Frage! Einen Moment...“ Sie wandte sich dem Arbeiter zu, der noch immer wie angegossen auf seinem Platz saß und an der winzigen Pfütze Bier in seinem Glas nibbelte. „Hör mal zu, du Ochse, wie wäre es, wenn du jetzt mal deiner Wege ziehst. Irgendwo da draußen muss doch ein Farmer sein, der dich vermisst, und deine Kollegen im Gespann warten auch schon. Also?“

Instinktiv bereitete sich Magnus auf einen plötzlichen Gewaltausbruch seitens des Arbeiters vor, doch nichts dergleichen geschah. Zwar zog der Riese seine Augenbrauen kurz zusammen und knurrte gekränkt, doch das Gewitter verzog sich ebenso schnell, wie es aufgekeimt war. Der Mann erhob sich, beugte sich zu Fern hinüber und machte ihr in rascher Folge drei Angebote nicht gesellschaftsfähiger Natur, die sich im Besonderen auf anatomische Größenunterschiede bezogen und die Magnus die Röte ins Gesicht trieben. Nicht so Fern; die Piratin lächelte amüsiert. „Jederzeit“, erwiderte sie ungerührt. „Aber ich glaube nicht, dass du in meinem Appartement aufrecht stehen kannst...“

„Also Schluss mit dem Gewäsch“, bestimmte Fern energisch, als sie schließlich allein am Tisch waren. „Dein Mindmapper ist vollständig gelöscht, bis auf ein paar Videos. Du bekommst die Daten zurück, wenn du mit uns kooperierst.“

Magnus gab zu Bedenken, dass er auf die Daten nicht angewiesen sei. Fern winkte ungeduldig ab. „Schon klar. Ich habe aber ein paar

Dinge in Erfahrung bringen können, die dich auf jeden Fall interessieren werden."

„Und die wären?"

„Dein toller Freund Forrester hat einen Fusionsreaktor geklaut, den Lobos gerne zurück hätte."

„Forrester?", echote Magnus mit ehrlicher Überraschung in der Stimme. Welche Geschichte hatte die Piratin sich auftischen lassen? „Einen Fusionsreaktor?

„Jepp. LR4004. Chi-Tsen will ihn haben."

Magnus zog die Augenbrauen zusammen. Dass die Piraten einen Fusionsreaktor suchten, und keinen Kampfjet, konnte für ihn nur von Vorteil sein. Den Zahn mit Forrester wollte er Fern allerdings schleunigst ziehen. Sie hörte seinen Ausführungen aufmerksam zu und nickte dann.

„Langsam begreife ich. Schau dir das Video auf deinem Mindmapper an, Tide." Sie legte ihre Gabel auf den Tellerrand ab.

Magnus zog den Mindmapper wieder hervor und tat, wie ihm geheißen. Während der unverschämten Kommentare Forresters über den leichtfertigen Diebstahl des Geräts verzogen sich seine Lippen zu einem ärgerlichen Strich, doch er sagte nichts. Danach kamen die Nachrichten, die Kendrick hinterlassen hatte. Mehr als nur aufschlussreich war jene, die aus zunächst unerfindlichen Gründen erst mit mehrtägiger Verspätung ausgeliefert worden war:

„Magnus, hier ist noch mal John. Sorry, aber ich muss meinen Vorschlag bezüglich unseres Veteranentreffens zurückziehen. Etwas ist dazwischen gekommen. Das Blaueis hat mich gepackt. Packeis sozusagen. Blödes Wortspiel. Ich werde auf unbestimmte Zeit im Protektorat unterwegs sein und bin auch nicht erreichbar. Mache dir also nicht die Mühe; ich melde mich bei dir, wenn ich zurück bin. Lebewohl."

„Ich fasse zusammen", sagte Fern und nahm die Gabel wieder auf, um damit in den Resten ihrer Mahlzeit herumzustochern, „Kendrick und Forrester machen gemeinsame Sache und klauen einen Reaktor von Lobos, um ihn zu verscherbeln. Irgendetwas läuft schief. Kendrick verschwindet im Protektorat, Forrester kommt nach Freedom City."

Magnus nickte. Vom vermeintlichen Fusionsreaktor abgesehen stimmte alles. „Richtig! Irgendwer schießt auf Forrester, der danach bei mir auftaucht, weil ich der Letzte war, der mit John Kendrick Kontakt hatte, und er annimmt, dass ich weiß, wo er sich befindet."

„Und, weißt du's?", wollte Fern neugierig wissen. Magnus zuckte die Schultern.

„Kann sein. Aber warum sollte ich dir das erzählen?"

„Weil Kendrick dein Freund ist und du ihm helfen willst?"

Wieder zuckte Magnus die Schultern, schwieg aber. Fern zog ein ärgerliches Gesicht und sprach weiter: „Lobos hat also Ndulu Swift zu uns geschickt, um Forrester zu finden und schließlich den Reaktor zurückzubekommen. Chi-Tsen hat Recht: Swift muss weg."

„Swift – ist das ein hochgewachsener Schwarzer mit komischen Klamotten und einem hellblauen *Capcom*?", wollte Magnus wissen, der sich an Hawlers Beschreibung desjenigen Mannes erinnerte, der in seine Appartementbox eingebrochen und Forrester entführt hatte. Fern nickte.

„Genau. Tide, hilf uns den Reaktor zu finden!"

„Was habt ihr mit John Kendrick vor, falls wir ihn finden?"

„Falls, Tide? Kendrick interessiert uns nicht. Wenn er vernünftig ist, können wir ihm vielleicht helfen, unterzutauchen."

Magnus erinnerte die Piratin daran, dass Kendrick bereits erfolgreich untergetaucht war. Sie schüttelte ungeduldig den Kopf. „Unwichtig. Also, wo ist er?"

„Ich weiß es nicht genau, aber ich weiß, wer es mit ziemlicher Sicherheit rausfinden kann. Und wir werden Ausrüstung, Jets und Sprit benötigen. Ich bin pleite, also bezahlt ihr das." Das stimmte zwar nicht ganz, aber es schrammte doch nahe genug an der Wahrheit entlang. „Wir haben einen Deal, wenn du deinen Leuten erst dann Bescheid gibst, wenn wir Kendrick und den Reaktor gefunden haben. Zu seiner Sicherheit – ich traue euch nicht über den Weg. Klar?"

Fern machte ein zweifelndes Gesicht. „Wie soll ich Chi-Tsen Kohle aus der Tasche locken, wenn ich ihr nicht einmal sagen darf, wohin die Reise geht? Kommt nicht in Frage. Gib mir einen Tipp; woher soll ich sonst wissen, ob du mich nicht reinlegst?"

„Was weißt du über mich?"

„Dass du ein Loser bist?“

„Besten Dank. Vielleicht sollten wir doch gleich heiraten? Ich stehe auf Frauen, die sagen, was sie denken.“

„Du warst nie im Knast, hast keine Vorstrafen und bist auch sonst nie bei etwas Illegalem erwischt worden. Du hast ein paar teure Jets völlig sinnlos zersägt, aber das zählt nicht; irgendein Hobby hat ja jeder. Also gut, Tide.“ Sie nahm ihren Teller auf und erhob sich. „Ich schaue zu, was ich tun kann.“ Auf dem Weg zur Theke drehte sie sich noch einmal um. „Was ist? Kommst du nun mit oder glaubst du mir aufs Wort, dass ich meinen Leuten nichts über unseren kleinen Deal verrate?“

Kopfschüttelnd stand Magnus ebenfalls auf. Sie musste ihn für einen debilen Idioten halten. Es war an der Zeit, dass er etwas Schlaf bekäme; die Aufputschmittel, die er in den vergangenen Tagen zu sich genommen hatte, begannen ihren Tribut zu fordern.

Aber Schlaf sollte er so schnell nicht bekommen.

Kapitel 32

Für einige wenige Momente kam die winzige Antarktissonne über den Horizont gekrochen und schickte ihre blassen Strahlenfinger tastend über Kendricks Gesicht. Er hob die Hand und blinzelte; nicht so sehr des schwachen Lichts wegen, als aufgrund des frostigen Luftzugs aus Osten, der vereinzelte Eiskristalle mit sich führte und immer schneidender biss. Die Thermokleidung, die er aus der Station mitgenommen hatte, schützte zwar um einiges besser, als die dürftige Kleidung, mit der er hier eingetroffen war; Wunder allerdings vollbrachte auch sie nicht. Ihn fröstelte.

Nun befand er sich bereits seit zwei Stunden außerhalb der Station und sollte sein Ziel eigentlich in Kürze erreichen. In der Thielstation würden bald die Ersten der Wissenschaftler aufstehen, um sich auf ihren Arbeitstag vorzubereiten, allen voran Carlisle. In spätestens einer weiteren Stunde würde man beginnen, ihn zu vermissen, nämlich dann, wenn er nicht zum gemeinsamen Frühstück erschien und auch nirgends aufzutreiben war. Wahrscheinlich würde man sogar nach ihm suchen. Darauf wollte er es nicht ankommen lassen; Kendrick hatte nicht vor, sich bis dahin noch in der Nähe der Thielstation aufzuhalten.

Der kurze Gastauftritt der Sonnenscheibe war nun vorüber; fast schon eilig stürzte das Gestirn hinter die bedeckte Linie des ewigen Eises. Das einheitliche Grau des kurzen, antarktischen Tages wich der dunkleren Schattierung der langen, einsamen Nacht. Kendrick rückte seine Kapuze mit steif gefrorenen Handschuhen zurecht und setzte sich wieder in Bewegung. Nach ein paar Schritten schaltete er die kleine Lampe wieder ein, die von einem Haken am Brustteil des Thermoanoraks herabbaumelte, und die er ausgeschaltet hatte, als die Sonne sich gezeigt hatte. Nicht, dass das Licht ihm viel über seine Umgebung verraten hätte; aber zumindest bewahrte es ihn davor, in Eisspalten zu stürzen, die sich unmittelbar vor seinen Füßen auftaten. So marschierte Kendrick eine geraume Weile; wie automatisch setzte er einen Fuß vor den Nächsten, während ihn aufgrund des gleichmäßigen Trittrhythmus und der Monotonie der Wahrnehmung das Zeitgefühl zunehmend verließ. Erst als ihm ein plötzlich einsetzender, aber alsdann ausdauernd anhaltender Luftzug die kalten Nadeln eisiger Schneekristalle ins Gesicht trieb, erwachte er aus diesem tranceähnlichen Zustand.

Das vom grau durchfluteten Himmel herabrieselnde Eisgestöber war nicht einmal ansatzweise so dicht wie das Schneetreiben, das man in Bitterfeld ganzjährig oder andernorts im Winter zu Gesicht bekam. Doch die winzigen Eiskristalle waren hart und scharf; sie kratzten unbarmherzig über die wenigen Stellen von Kendricks Gesicht, die der Gesichtsschutz frei ließ. Gespenstisch und lautlos verstärkte sich auf einmal der Wind und ließ den Piloten schaudern. Die Zehen seines rechten Fußes schmerzten und froren erbärmlich; der Schaft des Thermostiefels rieb eisig über die unterste Schicht der Wärmekleidung an seinen Beinen. Den linken Fuß konnte er hingegen nicht spüren; also war hier noch alles in Ordnung. Er zitterte und erschauerte unwillkürlich. Kendrick hielt inne. Hätte er nicht schon längst am Ziel sein müssen? Wie lange war er jetzt bereits unterwegs? Sicherlich befand sich die große, künstliche Schmelzgrube, die von der LR4004 erzeugt worden war, ganz in der Nähe. Vielleicht wäre es endlich an der Zeit, die Maschinen zu aktivieren, denn das würde ihm den Weg zeigen; weit konnte es ja nicht mehr sein. Er zog die RCU aus der Schutztasche an seinem Bein hervor. Das Gerät würde ihn entweder durch sein Stimmmuster oder anhand des genetischen Fingerabdrucks seiner Haut identifizieren.

„John Kendrick“, flüsterte er heiser. Die Kontrolleinheit blieb stumm. Vermutlich strich der scharfe Wind über das Mikrofon des Geräts und verhinderte so, dass es ihn erkannte. Aus diesem Grund führte er die RCU näher an seinen Mund heran und wiederholte seinen Namen erneut, diesmal lauter und mit klarerer Stimme. Wiederum blieb die Funktionsleuchte auf der oberen Schale des Gerätes dunkel.

Verwirrt hielt Kendrick die RCU in das weiße Licht der kleinen Lampe. Der kurz aufflammende, Furcht einflößende Gedanke, dass es sich hier möglicherweise doch nicht um seine eigene, auf ihn persönlich geeichte RCU handelte, bestätigte sich nicht. Klar und deutlich zog sich der Schriftzug von Lobos Robotics über die Geräteschale, darunter die Typenbezeichnung *LR4004 Archer*.

„Jetzt mach schon!“, murmelte er, während er das Gerät herumdrehte, bis der kleine, metallisch schimmernde Fleck auf der Unterseite sichtbar wurde: der Biosensor. Wenn eine Stimmidentifikation nicht erwünscht oder möglich war – zum Beispiel wegen starker Umgebungsgeräusche – legte man hier einen Finger auf; das Gerät konnte seinen Besitzer genetisch anhand weniger Hautpartikel erkennen. Das würde auch mit jeder beliebigen anderen Körperstelle funktionieren, es musste nicht notwendigerweise der Finger sein.

Ungeschickt durch die klobigen, wenig flexiblen Handschuhe zog Kendrick den Mundschutz hinunter; sofort biss sich die Kälte in sein Gesicht. Er presste den Biosensor der Kontrolleinheit zunächst auf seine Wange, als sich nach wie vor nichts tat, auf seine Lippen, die sofort daran festfroren. Immer und immer wieder versuchte er es, bis die Haut in Fetzen von seinen Lippen hing, seine Gesichtshaut vor Taubheit schmerzte und seine Lunge rasselte. Verzweifelt schüttelte er das Gerät, schluchzte seinen Namen, fluchte und tobte, doch nichts half. Die RCU blieb tot.

Mittlerweile frischte der Ostwind immer weiter auf und trug eine Welle winziger Eisnadeln nach der anderen heran. Notdürftig zupfte Kendrick den Gesichtsschutz schließlich wieder zurecht; das Material war kalt, hart und mit einer dünnen Schicht Raureif bedeckt, die aus der Luftfeuchtigkeit seines Atems kondensiert war. Er musste zurück nach Thielstation. Warum auch immer die RCU nicht funktionierte – ganz egal, was der Grund sein mochte – hier draußen würde er in Kürze erfrieren. Warum hatte er die Kontrolleinheit zuvor nicht wenigstens überprüft? Darauf gab es keine Antwort.

Nach einem letzten, vergeblichen Versuch schob er das Gerät zurück in die Beintasche, drehte sich um und marschierte gegen den stärker werdenden Widerstand des Sturms in das entsetzliche Schneegestöber hinein.

Kapitel 33

Obwohl alt und verlassen, widerstanden die massiven Überreste der Festung noch immer den nagenden, wechselhaften Witterungsverhältnissen der Südsee. Einst ein Umschlagplatz für verbotene Güter und Sklaven, hatten bereits im frühen 17. Jahrhundert Schiffe Ihrer Majestät, die unweit der Fjorde im offenen Meer vor Anker lagen, mit mächtigen Kanonen Breschen in die trutzigen Befestigungen geschlagen, alsdann Landungstruppen in das Innere der Burg geschickt und dem finsteren Treiben der Menschenhändler und Piraten ein für allemal Einhalt geboten. Später waren die beschädigten Schutzwälle wieder aufgebaut worden, was die Festung aber nicht davor bewahrt hatte, für lange Zeit vollends in Vergessenheit zu geraten.

Heutzutage benutzte eine Kolonie stattlicher Seemöwen den Innenhof der Festung als Nistplatz, und das wohl schon seit Urzeiten, wenn man nach der Menge der Exkremente und dem durchdringend scharfen Geruch ging. Misstrauisch und aufgeregt beäugten die Tiere den Eindringling, der sich in diesen Momenten vorsichtig und langsam an der äußeren Wand des Innenhofs entlangdrückte. Noch herrschte keine regelrechte Panik bei den Vögeln: viel zu lange schon waren sie von Menschen verschont geblieben. Aber sie waren hellwach und aufmerksam. Cheek Lu verspürte großen Respekt vor den Möwen. Als Kind hatte sie sich mitunter an diesem Ort versteckt, oft für Tage, manchmal sogar für Wochen. Sie wusste genau, was geschehen würde, wenn sie sich dem Brutplatz der Vogelkolonie zu sehr näherte. Diesen Fehler hatte sie einst begangen; die Narben auf ihrem Rücken und an ihren Schenkeln waren zwar mittlerweile ausgewachsen und größtenteils verblasst, aber manchmal sah sie sie selbst heute noch im Spiegel oder auf einem Foto weiß blitzen.

Dass Keiju sich ausgerechnet hier versteckt hielt, war kaum verwunderlich. Obwohl Lärm und Geruch der Seemöwenkolonie bis in die oberen Stockwerke der einstigen Garnison vordrangen, waren die Räumlichkeiten dort doch einigermaßen bewohnbar – sofern man sich nicht vor Fledermäusen, Spinnen oder Ungeziefer ängstigte.

Natürlich fürchtete sich Keiju vor nichts und niemandem, ebenso wie Cheek Lu selbst; das war eine der Eigenschaften, die der Piratin an dem gut aussehenden Asiaten ausnehmend gut gefiel. Während sie die offenen Steinstufen nach oben stieg, schweifte ihr Blick über den Hof und die Mauern, deren roh behauene Quader aus einstmals hellem, jetzt jedoch altersgrauem Stein ganz alleine den blauen, unbewölkten Himmel darüber zu tragen schienen. Oft schon hatte Cheek mit dem Gedanken gespielt, die Möwen zu vertreiben und die einstige Garnison auszubauen, sie gar in eine kleine Stadt zu verwandeln; eine, die mit Piraterie und Freedom City nicht in Verbindung zu bringen war – selbstverständlich auch nicht mit den Motleys! Die Familien mit Kindern könnten hier leben, ohne die ständig drohende Gefahr, ihre Habe und ihr Leben bei einem Angriff zu verlieren. Der Fusionsreaktor würde die Stadt mit Energie versorgen... Cheek schnaubte. Was war mit ihr los? Seit wann interessierte es sie, wie es anderen Leuten ging? Freedom City war ein guter Ort, niemand litt wirklich Not, und das sollte doch wohl eigentlich genügen!

Bevor sie noch die Bohlen des ersten Stockwerks erreicht hatte, knisterte der in die Kontrolleinheit eingebaute Kommunikator. Sie hatte das größere Gerät in ihrem außerhalb der Festung gelandeten Jet so eingerichtet, dass es hereinkommende Nachrichten auf die RCU weiterleitete. Sie nahm die Kontrolleinheit in die Hand und wollte schon antworten, da sie die Rufnummer auf dem Display als die Ferns erkannte, doch dann hielt sie verwundert inne.

„Wir werden Ausrüstung, Jets und Sprit benötigen. Ich bin pleite, also bezahlt ihr das", hörte sie die ihr unbekannte Stimme eines Mannes sagen. Im Hintergrund murmelten mehrere Leute durcheinander wie auf einer Party, dazu gab es abgedämpfte Gesprächsfetzen, durchmischt mit dem Klirren und Klappern von Geschirr und Gläsern. Ferns Stimme klang auf:

„Wie soll ich Chi-Tsen Kohle aus der Tasche locken, wenn ich ihr nicht einmal sagen darf, wohin die Reise geht? Kommt nicht in Frage. Gib mir einen Tipp; woher soll ich sonst wissen, ob du mich nicht reinlegst?"

Auf einmal wurde Cheek klar, was vor sich ging: Fern wollte sie über etwas informieren, ohne dass ihr Gesprächspartner davon

Wind bekam, also hatte sie heimlich ihre Rufnummer auf dem Kommunikator gewählt. Jedoch schien die Unterhaltung schon eine ganze Weile im Gange zu sein, denn sie näherte sich wohl bereits ihrem vorläufigen Ende. Aus Ferns Antworten konnte Cheek entnehmen, dass der Mann, mit dem sie sprach, Magnus Tide war und dass dieser scheinbar wusste, wo sich Kendrick und der Reaktor befanden. Konzentriert ging Cheek neben einem der glaslosen Fenster des ersten Stocks in die Hocke und lauschte aufmerksam dem Rest des Gesprächs, bis die Verbindung abrupt unterbrochen wurde.

„Meine zarte Rose!“, sprach jemand aus dem hinteren, im Halbdunkel liegenden Teil des Raums, kaum dass Ferns letzter Satz verhallt war. Cheek zuckte zusammen, entspannte sich aber sofort wieder. Sie ließ die schmale Kontrolleinheit in ihre Innentasche gleiten und richtete sich auf.

„Weißt du, Schlitzauge, manchmal kann ich mich des Eindruckes nicht erwehren, dass du mich auf den Arm nehmen willst.“ Eigentlich hatte sie sich vorgenommen, Keiju mindestens einen Finger zu brechen, wenn nicht gar den Arm, aber jetzt brachte sie es nicht über sich, ihn anzugreifen. Er trat aus dem Dämmerlicht hervor; die uralten Holzdielen knarrten unter seinen schweren Stiefeln.

„Nicht doch“, sagte er halb spöttisch, halb ernst. Aus Erfahrung endlich klug geworden, unternahm er gar nicht erst den Versuch, Cheek zu umarmen. Dies war nicht der rechte Ort und nicht die rechte Zeit; so gut kannte er sie mittlerweile. Außerdem lag etwas vor ihm, das zu sagen und zu tun ihm ganz und gar nicht behagte. Danach würde sie ihn vermutlich nie wieder umarmen wollen. „Ich habe mit Cord gesprochen“, begann er und machte eine Pause, um die Bedeutung seiner Worte einsinken zu lassen. Cheek starrte ihn atemlos vor Überraschung an.

„Du hast – was?“, keuchte sie. Übelkeit stieg rasend in ihr auf, bildete einen Klumpen in ihrem Magen und presste ihre Kehle zusammen.

„Er glaubt, dass sich die Missverständnisse zwischen euch beiden klären lassen, wenn du nach Freedom City zurückkehrst.“

Cheek spürte, wie die Enttäuschung ihr einen eiskalten Stich mitten durch das Herz versetzte; fast schwindelte ihr. Mit allem hätte sie gerechnet, nicht aber damit! Keiju hatte sich von Cord umdrehen lassen? Das konnte, durfte nicht sein! Er liebte sie – abgöttisch sogar, nicht wahr? – und sie liebte ihn! Ihr lag bereits eine empörte, verletzte Schmähung auf den Lippen, als ihr klar wurde, dass jedwede verbale Antwort in eine Diskussion münden würde, die zwangsläufig und letztendlich vergebens sein musste. Sie reagierte bereits, bevor ihr die Bedeutung dieser Erkenntnis noch vollends bewusst geworden waren. Der Blaster sprang ihr förmlich in die Hand und sie drückte ohne zu zögern ab. Der Energiestrahl hätte Keiju auch tatsächlich niedergestreckt, doch dazu sollte es nicht kommen: Ein harter, von hinten ansetzender Schlag traf ihren Arm, sodass der Schuss verrissen wurde und in die Decke fuhr; eine Hand voll Schutt rieselte von oben herab. Bevor sie herumfahren oder erneut abdrücken konnte, traf sie ein weiterer, möglicherweise noch heftigerer Schlag in den Nacken, der ihr nahezu das Bewusstsein raubte und sie in die Knie gehen ließ.

„Das Fräulein Lu“, keuchte eine zwischen den Zähnen hervorgepresste Stimme hinter ihr.

Swift! Cheek stützte sich benommen mit einer Hand auf dem Boden ab und hob seltsam schwerfällig die andere, mit der sie die Waffe umklammerte. Keiju bückte sich rasch, um ihr den Blaster zu entringen, was ihm problemlos gelang, während Swift brutal mit dem Fuß Cheeks Arm wegstieß, mit dem sie sich abstützte. Als sie zusammengekrümmt auf dem Boden lag spürte sie, wie ihr die Arme unsanft auf den Rücken gedreht wurden. Ein lautes Zischen ertönte und etwas Heißes, Wachsähnliches schlang sich um ihre Handgelenke, fixierte diese eng aneinander. Sie sah Sterne, aber ein Teil ihrer Orientierung kehrte zurück. Bevor man noch auf die Idee kam, sie in die Aufrechte zu zwingen, drehte sie sich mit einem Schwung auf die Seite, richtete sich auf die Knie und erhob sich dann schwankend. „Das wirst du noch bereuen“, stieß sie mit schwerer Zunge hervor, ohne dass daraus ersichtlich wurde, ob sie Keiju oder Swift meinte. Swift hob die Hand, um sie zu maßregeln, doch der Asiat fiel ihm in den Arm. Er schüttelte stumm den Kopf.

„Wir kehren jetzt nach Freedom City zurück“, sagte er mit spröder, merkwürdig unglücklicher Stimme.

Cheek hob das Kinn und schaute ihm gerade heraus in die Augen. Er versuchte nicht, ihrem Blick auszuweichen, sondern hielt diesem stand. Dieser Moment dauerte ein, zwei Sekunden. Keiju wollte soeben etwas sagen, als Cheek ohne jede Vorwarnung in einer fließenden

Bewegung einen Schritt nach vorne tat, aufsprang, das Bein hochriss und ihm mit aller Gewalt ins Gesicht trat. Etwas krachte erbärmlich; Cheek konnte es selbst durch die groben Stollen ihrer Stiefel hindurch deutlich spüren. Vollständig überrumpelt taumelte Keiju zurück, stieß dabei einen erstickten Laut aus, bevor er hart gegen die im Halbdunkel hinter ihm befindliche Wand prallte, an der er mit unnatürlich geweiteten Pupillen zu Boden sank. Hellrotes Blut quoll aus seiner zerschmetterten Nase, und er schnappte nach Luft wie ein Fisch auf dem Trockenen. Dann übergab er sich.

Selbst nach wie vor benommen von dem vorangegangenen Schlag in ihr Genick und dieser plötzlichen, anstrengenden Bewegung, fuhr Cheek herum, ohne wirklich damit zu rechnen, Swift auf ähnliche Weise überwältigen zu können, wie es ihr bei Keiju soeben gelungen war. Ein unvermittelter, stechender Schmerz in ihrem Hals machte ihr unmissverständlich klar, dass das Spiel vorbei war. Rasend begann eine kalte Taubheit von dem Fleck auszustrahlen, den sie aufgrund ihrer gefesselten Hände nicht einmal erreichen konnte. Hass erfüllt spuckte sie nach Ndulu Swift, der die fingerlange Röhre des Betäubungsnadlers soeben wieder wegsteckte, doch der Speichel verfehlte ihn.

„So“, sagte Swift mit einem abscheulich zufriedenen Ausdruck auf seinen dunklen Gesichtszügen, „das Fräulein Lu ist also sehr biegsam. Das gefällt mir!“

Das taube Gefühl erreichte Cheeks Arme, Schließmuskel, Knie, und nach oben hin, ihre Gesichtsmuskulatur, die Augenlider und schließlich das Gehirn. Sie hatte das Bewusstsein bereits verloren, als ihr Körper wie der eines Schlachttiers beim Abdecker auf den Boden aufschlug.

Kapitel 34

Schon vor einer Weile hatte Magnus verwundert festgestellt, dass er Fern mochte. Merkwürdig, wenn man bedachte, dass sie einander vor nicht allzu langer Zeit mit Waffen in den Händen gegenüber gestanden hatten. Zwar war Fern nicht hübsch, aber ihre intensiven, grünen Augen luden immer wieder zum Hinschauen ein. Außerdem geriet fast jeder Satz, jede Bemerkung, die Fern und er austauschten, zu einem kleinen, sportlichen Wettstreit – was ihm gut gefiel, denn selbstverständlich waren seine Argumente stets die Besseren! Forrester hingegen schien Fern von ganzem Herzen zu hassen. Nicht, dass Magnus das wunderte: Hasste Forrester nicht alles und jeden, außer sich selbst? Fern machte sich ununterbrochen über den Wissenschaftler lustig und trieb den ohnehin schon zu Wutausbrüchen neigenden Mann langsam zur Weißglut.

In diesem Moment war der kleinwüchsigen Piratin aber ganz eindeutig nicht nach Scherzen zumute; Sorge zeichnete sich auf ihren Gesichtszügen ab. Magnus hockte auf einer niedrigen Seitenverstrebung des riesigen Gerüsts im Zentrum des Dorfplatzes von Juno Falls, die Hände auf die Schenkel gestützt, und blinzelte gegen die tief stehende Sonne zu Fern hinüber.

„Seltsam. Ich kann Chi-Tsen nicht erreichen, und auch sonst niemanden.“ Sie lehnte an der Hülle ihres Schwebers, den sie vor wenigen Momenten neben Magnus' Bestäubungsflieger auf dem Dorfplatz gelandet hatte. Die Maschine warf einen langen, klobigen Schatten, der unmerklich langsam auf Magnus Füße zukroch. „Ich werde es später noch einmal versuchen.“

„Vielleicht gibt es F-City ja schon gar nicht mehr?“

„Du solltest niederknien und zu Blubb beten, Tide, dass das nicht so ist. Freedom City ist dir näher als deine Unterhose.“

Magnus schabte nachdenklich an seinem Kinn. "Ich habe mit Nadya Santini von *FSV Bergungen* gesprochen. Sie könnten spontan eine Expedition zu unserem Ziel ausrüsten, Langstrecken-SAR und so weiter, wollen uns aber mit der Ausrüstung nicht alleine ziehen lassen.

Wir bekämen einen Babysitter zugeteilt.“ Er verzog die Lippen zu einem schwachen Grinsen. „Das wäre dann Nadya Santini *herself*. Hoffe ich.“

„Unser Ziel! Meine Fresse!“, schnaubte Fern, da nach wie vor nicht fest stand, um welches Ziel genau es sich handelte. „Tun die es auch auf Pump?“

„Wenn ich dafür bürge, ja.“

„Sie werden Ihr Geld nie wieder sehen, Tide“, wandte Forrester hämisch ein, der auf dem Copilotensitz des Bestäubungsjets saß und dem Gespräch bislang schweigend gefolgt war. Er wandte den Kopf und schaute schräg über die Schulter zu Magnus hinüber. Dieser schlug mit den Händen auf seine Schenkel und zuckte die Schultern.

„Fern ist cool. Ich hab so ein Gefühl, dass ich ihr vertrauen kann.“

Forrester lachte krächzend. „Dass sie eine *Piratin* ist, das ist Ihnen aber schon aufgefallen, oder?“

Magnus seufzte. „Ich kann das Wort ‚Pirat‘ langsam nicht mehr hören, okay! Also los jetzt. Meiner oder deiner, Fern?“

„Beide. Ich fliege doch nicht in einem Bestäuber.“

*

„Monsieur Tíde! Ich hätte nicht gedacht, dass Sie kommen so schnell wieder hierher!“ Michel Le Clerc, schmächtig, fast schon hager, und auf den Spitznamen „Vermin“ hörend, hielt Magnus die Hand hin. „Schön Sie zu sehen!“ Magnus schüttelte die dargebotene Hand. Während er seine Begleiter mit kurzen Worten vorstellte, kam Nadya Santini aus dem weiß lackierten Wellblechgebäude, das dem Unternehmen als Hauptquartier diente.

„Hey, der zweifach verrückte Magnus Tide ist wieder da! Freut mich! Was können wir diesmal gegen Sie tun?“

Grinsend reichte Magnus auch ihr die Hand. „Gegen Naturkatastrophen kann man überhaupt nichts tun.“

„Wie wahr! Kommen Sie doch alle mit rein. Wenn ich's richtig verstanden habe, ist Eile geboten. Lassen Sie die, hm, Fahrzeuge ruhig hier stehen. Die würde ohnehin niemand klauen wollen.“

„Pah. Du würdest dich wundern“, murmelte Fern, die dafür einen fragenden Blick der Ingenieurin einfing.

„Wir suchen eine Person auf dem antarktischen Kontinent“, eröffnete Magnus wenig später. Alle hatten sich um einen ausgedehnten Konferenztisch versammelt, an dessen Kopfende sich das Firmenzeichen von *FSV Bergungen* auf einer großflächigen Projektion drehte. Fern, die Magnus' Erläuterungen gespannt erwartet hatte, ließ sich mit einem empörten Schnaufen in ihren Sessel zurücksinken. Ihrem Gesichtsausdruck nach schien sie unschlüssig, ob sie Magnus gleich jetzt für wahnsinnig erklären oder ihn zumindest noch ausreden lassen sollte. Sie entschied sich für Letzteres, da sowohl Santini als auch Forrester Magnus seltsamerweise ernst zu nehmen schienen.

„John Kendrick ist der Name. Wir müssen ihn finden, ehe ihm etwas geschieht. Offenbar will man ihm den Diebstahl eines Fusionsreaktors mit der Bezeichnung LR4004 anhängen, und...“ Forrester hob die Hand und schickte sich an, etwas einzuwenden. Der Wissenschaftler war noch nicht darüber informiert, dass die Cover-Story über den Fusionsreaktor auch weiterhin aufrechterhalten werden musste. Magnus warf ihm einen scharfen Blick zu; erstaunlicherweise schaltete Forrester sofort und schwieg.

„...und ich bin mir ziemlich sicher, dass er nicht ins Protektorat, sondern zum Südpol geflüchtet ist“, fuhr Magnus fort. „Wo genau er sich dort allerdings aufhält“, schloss er, „kann ich nicht einmal erraten.“

Nadya erkundigte sich, wieso Magnus so sicher war, dass Kendrick ausgerechnet zum Südpol flüchten würde. „Es gibt eine Aufzeichnung, auf der man etwas im Hintergrund erkennen kann“, erläuterte Magnus, „und das lässt wenig andere Erklärungen zu.“

„Die Videonachricht im Mindmapper“, murmelte Fern, deren Gesichtsausdruck sich langsam zu klären begann. Sie beugte sich angespannt vor.

Magnus zog das kleine Gerät aus seiner Beintasche hervor. „Yup. Der Mindmapper.“ Er ließ Santini das Videobild auf die große Projektionsfläche des Konferenzraums umleiten. John Kendricks sorgenvolles Gesicht erschien in Überlebensgröße, seine Stimme erklang aus unsichtbaren Lautsprechern:

„...hier ist noch mal John. Sorry, aber ich muss meinen Vorschlag bezüglich unseres Veteranentreffens zurückziehen. Etwas ist dazwischen

gekommen. Das Blaueis hat mich gepackt. Packeis sozusagen. Blödes Wortspiel. Ich werde auf unbestimmte Zeit im Protektorat unterwegs sein und bin auch nicht... "

„Halt!", rief Le Clerc plötzlich. „Zehn Sekunden zurück die Video, dann stopp." Magnus nickte und ließ die Aufzeichnung rückwärts laufen. Der Frankophone sprang auf und lief zur Projektionsfläche.

„Da? Sehen Sie? Was ist das hier? Sehen Sie? Vorwärts, langsam!"

John Kendrick saß ganz offensichtlich in einem Jet, denn die Verstärkungsstreben einer Pilotenkanzel aus Glasmetall ließen sich im Hintergrund erkennen. Neben Kendricks Kopf, im Nachtdunkel, in welchem das Video aufgezeichnet worden war, flackerte etwas. Ein farbiger Schleier, ein Halo, ein hauchdünner Nebel aus Farben, der so schnell seine Form änderte, dass der in Zeitlupe vorbeitickende Film beinahe noch zu schnell war, um dem Auge Zeit für die Erkenntnis zu lassen, dass die Konturen völlig nahtlos ineinander übergingen, in einem unablässigen und hypnotischen Rhythmus.

„Ist kein Bildrauschen!", triumphierte Le Clerc. „Sie sehen?"

„Verflucht will ich sein", sagte Forrester heiser.

Fern blickte den Wissenschaftler fragend an.

„Wieso? Was zur Hölle soll das sein? Aurora Borealis?"

„Nordlicht? Möglich", antwortete Nadya Santini an Stelle Forresters. „Oder es ist die Aurora Australis. Hey! Sind das Sterne da oben, Vermin?"

„Oui! Sind!"

„Wir wissen aufgrund der Statuszeile, wann genau das Video aufgezeichnet wurde. Und wir können ungefähr schätzen, wo die Horizontlinie ist. Also müsste es doch möglich sein, hm. Allerdings..." Die Ingenieurin stockte.

„Anhand von die Aurora können wir vielleicht finden heraus die Himmelsrichtung wegen die Magnetfeldlinien", half Le Clerc aus. „Ganz gut, nicht?"

Endlich verstand Forrester, worauf Le Clerc und Santini hinauswollten. „Sie können den Computer berechnen lassen, an welcher Stelle zu diesem Zeitpunkt diese Sternbilder sichtbar waren! Und schon haben wir Kendrick gefunden! Das ist genial!"

„Und zwar auf den Meter genau!“, triumphierte Magnus, der diese Vermutung schon hegte, seit er Kendricks Videonachricht auf dem winzigen Display des Mindmappers gesehen hatte.

Nadya Santini leitete das Video an den Computer weiter, dann stand sie auf. Sie zuckte mit den Schultern. „Erwarten Sie keine Wunder, Tide. Aber mit etwas Glück können wir einen 30 oder 50 Kilometer durchmessenden Kringel auf die Karte malen, innerhalb dessen diese Nachricht aufgenommen wurde. Das sollte schon mal helfen, hm?“

Während sie darauf warteten, dass die Ingenieurin mit Ergebnissen zurückkehrte, erhob sich Magnus, um Fern nach draußen zum Schweber zu begleiten. Die Piratin wollte erneut versuchen, mit ihrem Boss Chi-Tsen Kontakt aufzunehmen, um die Gelder anzufordern. Forrester machte Anstalten, ebenfalls mitzukommen, doch Magnus bedeutete ihm, im Konferenzsaal zu bleiben. „Wenn sich hier was bewegt, holen Sie uns rein, okay?“ Der Wissenschaftler grummelte, setzte sich aber wieder und faltete die Hände auf der Tischfläche.

Beinahe fünf Minuten lang probierte Fern die Rufcodes der ersten paar Namen im Speicher ihres Kommunikators durch, zunächst ohne Erfolg. Schließlich meldete sich lallend ein bulliger Pirat, dessen gerötetes, aufgedunsenes Gesicht das gesamte Videofeld ausfüllte. Magnus erkannte den Mann sofort – zusammen mit Fern hatte er in Freedom City Forrester bewacht!

„Stomp, du bist betrunken!“

„Ja, stimmt!“ Stomp strahlte. Seine Mundwinkel schimmerten feucht. „Was ist los, Fern? Was, was willst du?“

„Wirf dir auf der Stelle 'ne Anti ein!“, herrschte Fern den Piraten an. „Hast du Nachricht von Chi-Tsen?“

„Nö. Vergiss Chi... ach schau Fern, warum kommst du nicht her und feierst mit mir?“

Verwundert beobachtete Magnus, wie sich Ferns Ausdruck veränderte. Ihr Kinn schob sich vor und sie wurde kalkweiß, mit Ausnahme der Wangen, die sich hektisch röteten. Dann brach die kleine Frau in eine Schimpfkanonade aus, die Magnus mit offenem Mund staunen ließ. Stomp kicherte dazu ohne Unterlass, bis Fern die Verbindung wütend unterbrach. „Er hat schon immer gesoffen wie ein Loch, aber dass man überhaupt kein vernünftiges Wort mehr aus ihm herausbekommt, das ist neu. Was ist bloß in ihn gefahren?" Sie drehte sich auf dem Absatz um und stapfte zurück in den Konferenzsaal, wo sie sich auf ihren Stuhl fallen ließ und wie versteinert geradeaus blickte, mitten durch den ihr gegenüber sitzenden Forrester hindurch. Ihre Wangenknochen mahlten unmerklich.

Magnus folgte der Piratin nach einigen Sekunden; keinen Moment zu früh, denn auf der Projektionsfläche, auf der bislang noch das Standbild von Forrester zu sehen gewesen war, erschien jetzt die schematische Darstellung eines weißblauen Kontinents.

„Das ging fix, nicht wahr?" Santini kam zur Tür hinein, strahlend, Le Clerc folgte ihr auf dem Fuße. „Eine gute und eine schlechte Nachricht. Die schlechte: unsere Positionsbestimmung kann bis zu dreihundert Kilometer und mehr von der tatsächlichen Position abweichen. Interesse an den Gründen?"

Niemand rührte sich.

„Dachte ich mir. Ist auch nicht weiter wichtig. Okay, die Videonachricht ist tatsächlich in der Nähe des Südpols entstanden, vermutlich im Gebiet zwischen den Whitmore- und den Thielbergen. Wenn Sie mal schauen möchten, hier ist die Moulton-Stufe..." Die Ingenieurin deutete auf ein Gebiet, das nach Magnus' vorsichtiger Schätzung nur etwa 500 Kilometer vom geografischen Südpol entfernt sein mochte. Ein roter Kreis erschien an der Stelle, an der sich Santinis Finger befand. Die Projektion zoomte in die Karte hinein, bis der rot eingefasste Bereich den gesamten Bildschirm ausfüllte.

„Jetzt kommt die gute Nachricht. In dieser Region gibt's nur drei Dinge. Ellsworth, eine geheime DST-Installation, über die man eigentlich gar nichts weiß, außer, dass sie existiert. Dann haben wir da, und das ist interessant, das transantarktische Datenrelais TAM-07. Und schließlich eine Forschungsstation des Protektorats."

Magnus hing mit den Augen an den Lippen der Ingenieurin; Santini machte es spannend wie ein Detektiv bei der Auflösung eines Verbrechens. Aber jetzt übertrieb sie! „Soll ich Ihnen ein Tütchen Sprechperlen holen, oder...?"

„Nein, nein, immer mit der Ruhe, Tide", grinste die Ingenieurin und fuhr mit ihrer Erläuterung fort. „Diese Einrichtung heißt einfach Thiel oder Thielstation. Sie besitzt ein eigenes Funkrelais. Und Vermin hat herausgefunden, dass Kendricks Videonachricht von eben jenem Relais ins Netz eingespeist worden ist!“

„Das bedeutet...“, setzte Le Clerc an, doch er wurde von Fern unterbrochen, die schon vor ein paar Minuten ihre Starre abgelegt hatte.

„Das erklärt, warum die Nachricht mit drei Tagen Verspätung ankam – es war eben kein offizielles Funkrelais in der Nähe, als sie abgesetzt wurde!“

„*Oui*, Mademoiselle! Ganz gut! So, die gesuchte Person muss sich befunden haben in der Nähe von Thielstation, als sie die Nachricht hat gemacht, oder war sogar innerhalb von die Station zugegen, als der Kommunikator die Nachricht sendete an die Relais.“

„Irrtum ausgeschlossen?“, wollte Magnus wissen.

„Nein, natürlich nicht!“

„Na super! Was soll das heißen?“

„Das soll heißen, wir sind uns ziemlich sicher. So sicher, dass wir ihre Suchexpedition ausrüsten werden“, wandte Nadya Santini beschwichtigend ein.

„Dann nichts wie los!“ Magnus sprang auf. Ein aufgeregtes Kribbeln vibrierte in ihm, wie er es schon seit langem nicht mehr erlebt hatte. Santini und Vermin bremsten ihn.

„Es wird einige Stunden dauern, bis wir die Ausrüstung und den Schweber vorbereitet haben. Sie müssen sich mit einigen Bestandteilen des Equipments zumindest oberflächlich vertraut machen, das ist überlebenswichtig. Und noch was. Wir haben nur Platz für drei Personen im Schweber – das heißt, einer von Ihnen bleibt hier.“

Kapitel 35

Cheek Lu erwachte im Dämmerlicht. Im ersten Moment fühlte sie sich großartig, wie nach zehn Stunden Tiefschlaf. Je wacher und lebendiger sie jedoch wurde, desto mehr stellte sich heraus, dass der Eindruck täuschte. Da waren diese Schmerzen in ihrem Nacken. Als sie die pochende Stelle abtastete, fand sie eine große Schwellung, die dort nicht hingehörte. Auch die Knochen ihres rechten Ellenbogens hätten dem Gefühl nach zerschmettert sein müssen, waren es aber zum Glück nicht. Die Handfesseln hatte man ihr abgenommen – als sie ihre Hände vor die Augen hielt, ahnte sie, warum man sie davon hatte befreien müssen: tiefe, rote Striemen liefen um ihre Handgelenke herum, und ihre Finger fühlten sich noch immer aufgedunsen an, als seien sie über einen längeren Zeitraum von der Blutzufuhr abgeschnitten gewesen.

Fluchend versuchte Cheek sich aufzurichten, doch es gelang ihr nicht sogleich. Beim zweiten Anlauf klappte es ein wenig besser. Sie kroch auf den Knien zur Wand, an deren kaltem, stellenweise rostrot korrodiertem Metall sie sich mühsam in die Höhe drückte. Auf der anderen Seite der Wand pochte es hektisch.

„Chi-Tsen! Chi-Tsen, bist du es?“, kam eine gedämpfte Mädchenstimme durch die Wandung des Containers. Cheek antwortete nicht, sondern schaute sich um, bemüht, das aufkeimende Schwindelgefühl zu unterdrücken. Sie befand sich in einem leeren Frachtcontainer, in dessen Decke und Außenwandung drei kleine, vergitterte Luken eingelassen waren, durch die Tageslicht in den Innenraum hineinfiel. Wenn sie nicht alles täuschte, war dies eine der vier Ausnüchterungszellen, die Cord am nördlichen Rande Freedom Citys hatte aufstapeln lassen, um randalierende oder aufsässige Piraten gefügig zu machen oder damit sie ihren Rausch ausschliefen. Swift hatte sie also eingesperrt. Cheek tastete sich entlang der Wand bis zur Tür vor; sie konnte zwar gut genug sehen, musste sich aber aufgrund ihrer wackligen Knie abstützen. Ihr schien, als habe sie etwas vergessen.

„Chi-Tsen!“, rief die Mädchenstimme erneut, diesmal energischer. Langsam dämmerte es Cheek, wer dort rief.

„Dinah?“ Sie hielt inne, um dorthin zurückzuwanken, wo sie zuvor gestanden hatte. Sie legte das Ohr an die Wand.

„Ja, ich bin es!“, antwortete das Mädchen; es schien direkt auf der anderen Seite zu stehen, nur Zentimeter von Cheek entfernt. Die Piratin ballte die Faust und schlug mit großer Wucht auf das Metall, sodass es lautstark knallte.

„Du verfluchtes, kleines Miststück!“, rief sie. „Lass mich raus! Ich dreh dir den Hals um!“

Eine Weile herrschte auf der anderen Seite ratloses Schweigen, während Cheek mit verzerrtem Gesicht ihren schmerzenden Handballen rieb.

„Ich bin selbst eingesperrt, Cheek“, antwortete Dinah schließlich in einem völlig veränderten Tonfall. Auf einmal klang sie nicht mehr wie ein hilfloses, kleines Mädchen, sondern wie eine erwachsene Frau.

Jetzt war es an Cheek, ratlos zu schweigen. „Hat der schmierige Punk dich also auch abserviert, hm?“, murmelte sie nach ein paar Sekunden, nicht, ohne dabei eine gewisse, dumpfe Genugtuung zu verspüren.

„Wer?“

„Wer! Keiju!“

„Abserviert? Nein, Chi-Tsen, so etwas hat er nie getan, und er würde es auch niemals tun!“

„Was weißt du schon über Keiju, Kindchen?“

„Sei mir nicht böse, aber... mehr als du, viel mehr.“

Es kostete Cheek einige Anstrengung, nicht erneut zu explodieren. Im Grunde, versicherte sie sich selbst, war Dinah nur ein Kind, über das aufzuregen es sich nicht lohnte. Mit zusammengepressten Lippen ging sie zurück zur Tür, um diese zu untersuchen.

Das mechanische Schloss war über und über mit Rost bedeckt. So wie es aussah, stammte es noch aus dem vorigen Jahrhundert, möglicherweise sogar aus dem davor. Ein schmaler Streifen Tageslicht fiel durch das Schlüsselloch hindurch; als Cheek prüfend die Hand davor hielt, spürte sie einen kühlen Luftstrom, der von außen durch die Öffnung hineingepresst wurde. Sie richtete sich wieder auf, wobei sie befriedigt feststellte, dass sich nicht nur ihre allgemeine Verfassung allmählich verbesserte, sondern auch ihr Denken langsam klarer wurde. Die Schmerzen im Nacken allerdings hielten sich hartnäckig. Schulterzuckend wandte sie sich von der Tür ab, um ihre Blicke suchend durch den Innenraum des Containers schweifen zu lassen. Irgendein langer, dünner Gegenstand aus Metall würde vielleicht genügen, um das Schloss zu öffnen! Mit etwas Glück hieß das; aber woher sollte sie so etwas nehmen? Auf dem Boden jedenfalls lag nichts Dergleichen herum, auch gab es keine Vorsprünge oder Kanten, aus denen sich das Rohmaterial für einen solchen primitiven Dietrich herausbrechen ließe.

Missmutig tastete Cheek die Taschen ihrer Kleidung ab, doch waren diese offensichtlich entleert worden, bevor man sie in die Zelle gesteckt hatte. Kopfschüttelnd setzte sie ihre Untersuchung fort. Auch die massiven Scharniere der Tür starrten vor Korrosion. Obzwar nur provisorisch mit der Containerwand verschweißt, waren sie mehrere Zentimeter dick; nur schwerlich würde man ihnen selbst mit roher Gewalt beikommen können. Allerdings verspürte Cheek in diesem Moment große Lust, es dennoch zu versuchen. Aber nein – sie sollte ihre gerade eben erst wiederkehrenden Kräfte nicht sinnlos vergeuden!

Schließlich blieb ihr Blick an den vergitterten Luken in Wand und Decke des Containers hängen. Eine davon befand sich in der Mitte des Raumes, direkt über Cheeks Kopf, aber unerreichbar für sie; die beiden anderen jeweils in halber Höhe am äußeren linken und rechten Ende der Rückwand. Sie ging hinüber und rüttelte an den Gitterstäben, streckte den Arm hinaus in die warme Nachmittagsluft, um die Außenwand abzutasten, konnte aber nichts finden. Als sie die Hand zurückzog, war diese vor Rost und Dreck schwarzrot.

Dinah, die Cheeks Rumoren und Fluchen im angrenzenden Container mitbekam, erkundigte sich, was vorging. Zunächst ignorierte Cheek sie geflissentlich; schließlich setzte sie das Mädchen aber dennoch kurz angebunden über ihre Untersuchungen in Kenntnis. Vielleicht wusste es ja etwas, das ihr weiterhelfen konnte.

„Mit dem Schloss habe ich es auch schon versucht, aber ich bin nicht kräftig genug, um die Nadel zu drehen."

Cheek wurde hellhörig. „Du hast eine Nadel? Woher?"

„Aus meiner Haarspange. Ist sieben oder acht Zentimeter lang. Ein Ende ist umgebogen. Es klickt im Schloss, aber ich kann es nicht halten, es rutscht mir immer wieder durch die Finger. Ich habe das bestimmt eine Stunde oder so probiert..."

„Gib mir das Teil!", verlangte Cheek, die davon überzeugt war, dass sie, im Gegensatz zu dem Mädchen, die nötige Kraft besäße. Perplex erkundigte sich Dinah, wie Cheek sich die Übergabe der Haarspange vorstellte.

„Ist hinten links eine Gitterluke in deinem Container?"

„Ja, Chi-Tsen."

„Kommst du da ran?" Cheek griff erneut nach den Gitterstäben und zog sich ein Stück weit daran hinauf, um zu versuchen, in flachem Winkel seitwärts hinauszuschielen, was ihr jedoch misslang. Dinah antwortete, dass sie ganz gut an das Gitter auf ihrer Seite herankäme, wenn sie sich auf die Zehenspitzen stellte. Cheek forderte sie auf, ihren Arm hinauszustrecken, während sie dasselbe tat. Nach einigen Minuten angestrengten Herumruderns, in denen sie Dinahs Hand nicht zu fassen bekam, gab sie es auf. „Verflucht! Die Fenster sind zu weit auseinander!"

Aber vielleicht gab es dennoch eine Möglichkeit, an die Nadel heranzukommen! Sie schätzte, dass zwischen den beiden vergitterten Luken ein Zwischenraum von vielleicht hundert, höchstens aber hundertfünfzig Zentimetern klaffte. Das sollte sich eigentlich überbrücken lassen... sie hatte da eine Idee, die sie dem Mädchen sogleich schilderte. Dinah nahm Cheeks Vorschlag begeistert auf und machte sich unverzüglich daran, ihn umzusetzen. Es würde einige Minuten dauern, und so hockte Cheek sich in der Ecke auf den Boden, um darauf zu warten, dass das Mädchen die Arbeit beendete. „Wieso haben sie dich eingesperrt, Punk?", fragte sie, um die Stille und Anspannung zu bekämpfen.

„Um Keiju unter Druck zu setzen, nehme ich an."

„Damit er mich schnappt und an Swift ausliefert?"

Dinah bejahte das.

„Also hat er mich gegen dich eingetauscht, aber letztendlich keine von uns bekommen", stellte Cheek mit künstlich emotionsloser Stimme fest. „Armer Verlierer."

„Herr im Himmel!", rief Dinah aufgebracht. Cheeks Mundwinkel verzogen sich zu einem winzigen, müden Grinsen, als sie den altmodischen Fluch hörte, doch sie wurde augenblicklich wieder ernst. „Chi-Tsen, er wollte uns beide freibekommen", fuhr Dinah mit vor Wut zitternder Stimme fort, „alle beide, aber irgendetwas ist schief gelaufen. Ich habe Angst, dass Swift ihn umgebracht hat oder so etwas." Mit rauer Stimme fügte sie hinzu: „Da! Ich bin fertig."

Cheek erhob sich und streckte den Arm wieder zwischen die Gitterstäbe. „Los", sagte sie. Es dauerte ein paar Sekunden, dann hörte sie Dinahs angestrengtes Keuchen. Etwas schabte außen am Container entlang, berührte ihre Hand, verschwand jedoch wieder, bevor sie es greifen konnte. „Noch mal!"

Wieder angestrengtes Keuchen und leises Schaben. Diesmal berührte nichts Cheeks Hand, aber die beiden Frauen ließen nicht locker, bis Cheek schließlich etwas Dünnes, sehr Feines zu Fassen bekam. „Hab's!", rief sie, während sie die Hand unendlich langsam und vorsichtig zurückzog. Zum Vorschein kam ein langer, dreifach zusammengeknoteter Strang aus Dinahs schwarzem Haar, an dessen Ende sich die metallene Nadel der Spange befand. Cheek knotete die Haarspange sofort los und begab sich zur Tür.

Es war einigermaßen knifflig, sodass es vieler Versuche bedurfte, bis sie schließlich so weit war, dass die gebogene Nadel im Innern des Schlosses griff. Das Umdrehen war bei weitem der schwierigste Teil. Dinah hatte Recht: wieder und wieder entglitt das dünne Metallstäbchen den Fingern, die bald rot wurden und schmerzten. Nach über zwanzig Minuten wollte Cheek schließlich ebenfalls aufgeben, doch während ihres letzten Versuchs geschah das Wunder: es klackte laut und vernehmlich, die Mechanik vollführte eine Umdrehung. Ohne Ankündigung schnappte die Tür auf. Cheek erlaubte sich keine Pause, um das Triumphgefühl auszukosten; für den Fall, dass draußen Wachen stünden, musste sie schnell handeln. Sie spähte durch den Türspalt: keiner zu sehen! Sie trat hinaus und zog die Tür hinter sich so weit wie möglich zu. Dann huschte sie geduckt um die Ecke des Containers herum, hinter der sie eine Sekunde lang inne hielt: sollte sie Dinah ebenfalls befreien? Nein – vielleicht würde das weitere zwanzig Minuten beanspruchen; das wäre viel zu gefährlich! Das Mädchen musste sich eben gedulden. Und außerdem – wen störte es schon, wenn es in der Zelle verrottete? Richtig: niemanden von Bedeutung!

In Freedom City zu verweilen, war natürlich sehr gefährlich. Zwar mochte es noch Stunden dauern, bis man sie vermisste, andererseits konnte das aber auch jeden Augenblick schon geschehen. Dennoch beabsichtigte Cheek nicht, die Stadt sofort zu verlassen. Für sie war das Maß nun endgültig voll. Jetzt galt es, das Versprechen ihrer Leute einzulösen und sich der Mithilfe der anderen Piraten zu versichern. Sie musste vorsichtig sein, da sie nicht wusste, wer blind hinter ihrem Vater stand und wer bereit war, ihr zu folgen. Eines aber war sicher: Cord Bentley musste abgesetzt und aufs Altenteil geschickt werden, jetzt sofort; und Swift musste aus der Stadt gebracht werden – am besten in einem handlichen, faustgroßen Aluminiumbehälter...

Minuten später näherte sie sich im Schatten der dicht gedrängten Zelte, Appartementboxen und Wellblechhütten der Behausung Stomps. Wenn es zwei Leute gab, die ihr treu ergeben waren, dann Fern und Stomp. Vielleicht, musste sie widerwillig einräumen, auch Dinah, aber der Gedanke gefiel ihr nicht sonderlich. Stomp befand sich tatsächlich in seiner kleinen Wellblechhütte. Der Riese schnarchte auf einer unordentlichen Liege vor sich hin, wachte aber augenblicklich auf, als Cheek den Vorhang raschelnd zur Seite schob und eintrat. Sie rümpfte die Nase ob des sauren Geruchs in der überhitzten Box, sagte aber nichts, sondern wartete ab, bis Stomp wach genug war, sie zu erkennen und den Blaster zur Seite zu legen. Er war sturzbetrunken, lallte jedoch trotzdem kaum mehr als üblich.

„Cheek, ich dachte, du wärest tot!“

„Mir egal, was du dachtest. Hör zu, wenn ich Swift und Cord aus Freedom City rauswerfen will, wie viele stehen hinter mir?“

„Ich und“ – Stomp überlegte kurz, währenddessen sich die Finger seiner Hand hektisch bewegten – „fast alle“, schloss er. „Geht es los? Soll ich die anderen verständigen?“

„Wie unauffällig kannst du das tun?“

Der hünenhafte Pirat schniefte. „Nicht sehr, glaube ich. Oder?“

„Stimmt. Du Riesentrampel kannst überhaupt nichts tun, ohne ein mittleres Erdbeben auszulösen. Trotzdem bist du im Moment der einzige freie Mann hier, dem ich auf Anhieb vertrauen kann. Ich meine“, fügte sie mit hochgezogenen Augenbrauen hinzu, „*wahrscheinlich* vertrauen kann!“

Stomp beeilte sich, ihr zu versichern, dass sie das könne. Cheek befahl ihm, mindestens zwanzig Piraten zu verständigen, die sich im Besitz von halbwegs modernen Jets befanden, damit diese sich genau eine Stunde nach Sonnenuntergang zum Angriff bereithielten. Ja, es gab eine Sicherheitszone über Cords Bungalow. Einem massiven Luftangriff würde diese aber auf keinen Fall standhalten. Ein paar Leute würden wohl vom Himmel gefegt werden, vielleicht auch sie selbst, denn sie dachte nicht im Traum daran, sich bei der Attacke zurückzuhalten. Aber das war eben der Lauf der Dinge! Cord würde schon sehen, wie ihm geschah. Mit einer so plötzlichen, ihn völlig unvorbereitet treffenden Meuterei würde er nicht rechnen. Nicht heute. Nicht jetzt. Aber bis dahin gab es noch einiges zu erledigen; sie würde sich deshalb die verbleibenden Stunden aus der Stadt zurückziehen und den Rest mit einem Kommunikator erledigen.

„Ich brauche deinen Jet und die RCU."

„Aber, Cheek..."

„Stomp. Sei ein guter Punk. Hm?"

Der Pirat händigte ihr mit herabhängenden Mundwinkeln die Kontrolleinheit aus. „Maschine steht an der Nordseite des Scythescrapers."

„Schön. Ach, und noch was: Dinah sitzt in der Ausnüchterungszelle. Schau zu, dass jemand sie da sofort nach Sonnenuntergang rausholt. Jemand anderes als du, verstanden?"

Stomp lag die erstaunte Frage auf den Lippen, ob Dinah wohl getrunken habe, aber er verkniff sie sich und nickte bloß zustimmend.

Nachdem Cheek die Hütte verlassen hatte, holte sie draußen erst einmal tief Luft; Stomps Ausdünstungen waren wirklich schwer zu ertragen! Alsdann machte sie sich auf den Weg zum Scythescraper, wohlwissend, dass das Cockpit von Stomps Maschine auch nicht gerade nach Rosen duften würde. Ein paar Mal gelang es ihr nicht mehr rechtzeitig, in einen Schatten einzutauchen, um Piraten auszuweichen. Jedes Mal wurde sie erstaunt, aber begeistert begrüßt, bis sie den Fuß des Scythescrapers schließlich erreichte. Sie legte den Kopf in den Nacken, überlegend, ob sie es wagen sollte, eben in ihr Appartement hinaufzuklettern. Das Nachtsichtgerät, eine Handfeuerwaffe – und vielleicht frische Wäsche – konnte sie gut gebrauchen. Das letzte Argument gab den Ausschlag: zum Duschen blieb keine Zeit, aber die zwei Minuten, um die klebrigen Klamotten loszuwerden, die sie schon seit drei Tagen ohne Unterlass trug, würde sie riskieren! Sie kletterte zügig die Sprossenleiter hinauf, ohne jedoch die Umgebung aus den Augen zu verlieren.

Da geschah es: auf halbem Weg nach oben bemerkte sie voller Verwunderung und Schreck, wie in hundert Metern Entfernung ein hoch gewachsener, dunkelhäutiger Mann zwischen zwei Zelten hervortrat.

Es war Ndulu Swift, und er blickte geradlinig zu ihr herauf, direkt in ihre Augen.

Als die Neonröhren über den langen Regalreihen des klimatisierten Ausrüstungslagers flackernd ansprangen, stieß Magnus einen anerkennenden Pfiff aus. Hier gab es nichts, was es nicht gab, und alles war, wenn auch teilweise sichtlich betagt, hervorragend gepflegt und fein säuberlich angeordnet. Santini aktivierte den Lagerroboter, der einer kindsgroßen Metallspinne ähnelte, und gab ihm mündliche Anweisungen, was aus den einzelnen Regalen herbeizuschaffen sei. Das Gerät flitzte unermüdlich auf seinen Kunststoffrollen die Führungsschienen der Gerüste hinauf und hinab, nahm die geforderten Gegenstände mit seinen sechs Greifern vorsichtig auf und legte sie in den Transportkorb auf seinem Rücken. Manchmal musste die Spinne etwas verschieben, um an einen darunter liegenden Gegenstand zu gelangen, und jedes Mal tat sie es mit größtmöglicher Effizienz und der Eleganz einer Gottesanbeterin, nur um ein Vielfaches schneller – ohne dabei jedoch den Eindruck von Hast zu erwecken. Schließlich stapelten sich die angeforderten Materialien ordentlich auf dem Endlosband der Auslieferungsstelle, und der Lagerroboter surrte flink zurück in seine Warteposition hoch oben in einer der vorderen Regalreihen, wo er regungslos verharrte wie eine fette, auf Beute wartende Spinne in ihrem Netz. Die Neonröhren im hinteren Teil des Ausrüstungslagers verloschen eine nach der anderen.

Magnus nahm eine faustgroße Halbmaske aus hellgrünem Polymermaterial auf, als Santini das Förderband anrucken und einen Meter weit gleiten ließ. Die elastische Maske besaß Einlassungen für Mund und Nase; aus einer annähernd rechteckigen Verdickung am unteren Ende führten drei dünne Gummischläuche mit silbernen Anschlussstücken heraus. „Atmungswärmetauscher. Wie hip!“, sagte Magnus und legte das Gerät vorsichtig wieder zurück zu den beiden anderen Masken, von denen eine nicht hellgrün, sondern hellrot war. Auch die anderen Ausrüstungsgegenstände waren Magnus durch seine Grundausbildung bei Proteus bekannt. Obwohl seine Kenntnisse zwar ein wenig angestaubt waren, wusste er dennoch weit mehr über die

Materie als die Ingenieurin selbst, die ihm deshalb das Erläutern von Zweck und Handhabung der Gerätschaften wie selbstverständlich überließ, um selbst aufmerksam zuzuhören.

„Zusammen mit der Isokleidung und den Thermostiefeln bildet das System einen in sich geschlossenen Kreislauf, der so wenig Wärme wie möglich nach außen abführt“, schloss Magnus nach über einer halben Stunde.

„Und deshalb im Infrarotbereich unsichtbar ist?“, wollte Fern wissen.

Magnus wiegte den Kopf. „Das hängt sehr von der Umgebungstemperatur ab. Da wo wir hingehen eher nicht.“ Fern nickte stumm.

Es dauerte eine weitere Stunde, bis die Ausrüstung in den Hangar geschafft und in den Jet verfrachtet worden war; fast gleich lang benötigten die drei relativ unerfahrenen Expeditionsteilnehmer, um ihre Hightech-Wärmekleidung anzulegen. Magnus war – erwartungsgemäß – als Erster fertig und schritt bereits um den bauchigen Gleiter herum, um ihn von allen Seiten zu inspizieren, als Santini den Hangar betrat.

„Keine Bordwaffen“, stellte Magnus sachlich fest und zog die Augen für einen Moment zu engen Schlitzen zusammen.

„Tide, wenn Sie mit irgendwem einen Krieg beginnen wollen, sind Sie bei *FSV Bergungen* an der falschen Adresse.“

„Ich? Ich bin der friedlichste Mensch der Welt!“

„Sicher.“ Santini tippte mit dem Zeigefinger grinsend gegen ihre Stirn. „Und ich bin das Christkind. Hören Sie. Ich werde den Vogel fliegen, und zwar ohne Ausnahme. Haben Sie das gehört? Und verstanden?“

„Klar. Ich werde den Vogel fliegen, und zwar ohne Ausnahme.“ Magnus lachte jungenhaft, als die Ingenieurin ihm mit dem Zeigefinger drohte. „Keine Sorge. Ich werde das Steuer nicht anfassen.“

In diesem Moment betrat Fern den Hangar. „Was ist das denn?“ Sie schaute den Jet mit großen Augen an. „Ein fliegendes Footballfeld?“

„Das, Mademoiselle Fern“, sagte Le Clerc, der sich soeben aus einer engen Wartungskammer im Heck des Jets herausschälte, „ist eine interkontinentale SAR-Kopter.“ Er kam auf die kleine Gruppe zu und setzte seinen Werkzeugkoffer auf dem Boden ab. „Und es ist A1 in Schuss!“

„1A.“

„Pardon?“

„Vergiss es, Frosch."

Wenig später versammelten sich alle noch einmal im Konferenzraum zu einer abschließenden Lagebesprechung. „Die südwestliche Route bedeutet einen Umweg von mindestens 40 Minuten", erläuterte Bill Fraser, Dritter im Bunde bei *FSV Bergungen*. „Damit erhöht sich die Gesamtflugzeit auf fast sieben Stunden. Der SAR ist leider nicht sehr schnell."

„Warum dann erst Südwest? Warum nicht östlich an der Küste entlang, dann bei Punto Madre in direkter Linie Richtung Südpol? Ist das nicht ein bisschen sehr umständlich?" Während er sprach, warf Magnus Santini und Fern Blicke zu; die Ingenieurin nickte und Fern zog ein fragendes Gesicht.

„Weil da irgendeine Großaktion bei Proteus läuft. Ich habe hier einen noch warmen Bericht, demnach vor ein paar Minuten 18 Kampfflugzeuge in Richtung Festland aufgebrochen sind. Man weiß noch nicht, wohin sie unterwegs sind, aber in südwestlicher Richtung kommt ihr ihnen auf keinen Fall in die Quere, wenn ihr innerhalb der nächsten fünfzehn Minuten startet. Ich meine, nichts gegen Proteus, aber..."

„Moment, noch mal langsam!", rief Fern aufgeregt. Sie sprang so hektisch auf, dass sie beinahe ihren Sessel umgeworfen hätte. „Achtzehn Jets? Was für welche? LR2937?"

„Kann sein, ja... Moment" – Fraser rief ein paar Informationen auf – „Hier, ja. LR2937. Achtzehn davon, ein ganzes Geschwader. Vielleicht wollen sie die Maschinen testen, die sind wohl ziemlich neu. Vor ein paar Tagen gab es da ja einen ziemlichen Rein..."

„Berezan über Pinehawk?", unterbrach Fern erneut, lauernd. Auf einmal schien die kleine Piratin erregt, aufgebracht. Magnus sah ihre Fingerknöchel auf der Stuhllehne weiß werden.

„Berezan über Thunderclap, möglicherweise in Richtung Steilküste oder aber über Pinehawk, kann man jetzt noch nicht sagen. Hier." Fraser leitete eine Umgebungslandkarte auf den großen Projektor, auf der die aktuelle Position des Geschwaders verzeichnet war. Drei mögliche Routen waren eingezeichnet; eine davon führte genau über die Stelle, an der Fern Freedom City wusste. Sie schluckte hart.

„Diese Schweine, diese... ich muss weg!"

„Hey!“, rief Magnus, als Fern die Thermojacke auf den Konferenztisch warf und Anstalten machte, den Raum ohne weiteren Kommentar im Laufschritt zu verlassen. „Du kannst doch nicht einfach die Kurve kratzen! Nur weil die Asperger eine Flugübung machen.“ Doch daran glaubte er nicht mal selbst; Sarah McDavids Warnung, sich von Freedom City fern zu halten, ergab jetzt endlich einen Sinn. Sie musste von dem bevorstehenden Angriff gewusst haben.

„Flugübung?“ Fern hielt noch einmal inne. „Ach, du meinst, die wollen bloß ihre sozialen Kontakte vertiefen! Himmel! Warum seid ihr Motleys nur immer so naiv?“ Sie schüttelte energisch den Kopf und lief weiter.

„Was ist mit der Ausrüstung?“, rief Fraser der davonstürmenden Frau hinterher, die zwar die Thermojacke abgelegt hatte, den Rest aber noch trug.

„Ihr geht mir so was von auf den...“, schrie Fern aufgebracht, drehte sich aber noch ein weiteres Mal um und kam zurück. Sie zerrte einen flachen Kreditgeber aus einer Tasche hervor, auf dem sie hastig einen Code eintippte und dann ihren Daumen auf die Unterseite presste. Die kleine, elektronische Geldbörse landete scheppernd auf dem Tisch. „Offen. Das sollte für alles reichen.“

„Aber..“

„Das sind meine privaten Credits. Das reicht für alles. Hoffe ich zumindest. Ich glaube nicht, dass ich noch dazu kommen werde, die Kohle auszugeben.“

„Immer cool bleiben, Kleine! Meinst du nicht, dass deinen Leuten mehr geholfen ist, wenn du hier bleibst?“ Magnus wusste nicht genau, wieso er das jetzt sagte. Natürlich, Fern würde furchtbar wütend werden, sobald sie herausfände, dass er von vornherein darüber informiert gewesen war, dass es in Wirklichkeit keinen Fusionsreaktor gab. Aber lieber das, als dass sie sich in einen Kampf stürzte, den sie nicht gewinnen konnte!

„Weißt du, Tide, für einen Motley bist du ein verdammt feiner Kerl. Aber wenn die Frage lautet, du oder Chi-Tsen, dann gibt’s nichts zu überlegen. Ich weiß, dass sie mich jetzt braucht. Also machs gut, Gringo. Und denk dran: man sieht sich immer zweimal im Leben!“

Mit diesen Worten rannte sie endgültig davon; Magnus starrte ihr offenen Mundes nach. Sekunden später startete draußen das Triebwerk eines Jets, und Fern verschwand mit hoher Beschleunigung in der untergehenden Sonne. Ungeachtet ihres letzten Satzes sollte keiner der Anwesenden die kleine, mutige Frau mit den ungewöhnlichen Augen jemals wieder sehen.

„Jetzt ist ja ein Platz an Bord frei", freute sich Forrester und brach die sich bildende, unangenehme Stille. „Wer braucht auch schon wirklich dieses Gesindel!"

Magnus warf Nadya Santini einen bezeichnenden Blick zu und schüttelte nachdrücklich den Kopf, was Forrester nicht sehen konnte, da er dem Freelancer den Rücken zukehrte. Laut sagte Magnus aber: „Na klar. Sowieso. Willkommen an Bord."

Keine zehn Minuten später hob der SAR-Jet ab, während Forrester kurz das WC aufsuchte. Magnus winkte dem Wissenschaftler, der wild gestikulierend aus dem Gebäude herausgestürmt kam, durch das Cockpitfenster fröhlich zu.

Kapitel 37

Cheek fluchte tonlos, während sie auf der Leiter herumschwang, um auf der abgewandten Seite des nächsten Absatzes Deckung zu suchen. Nur Zentimeter von ihrer Schulter entfernt fuhr ein energetischer Blitz durch die Wandung des Containers, der das gewellte Metall zum Glühen und Aufplatzen brachte. Der Schuss war glatt durch das Material der anderen Seite hindurchgegangen; nur mühsam konnte die Piratin einen überraschten Laut unterdrücken, als sie sich eng an die Wand drückte und die durch das Metall übertragene Hitze selbst hier noch ihren Rücken versengte. Sie befand sich auf dem zweiten Sims des Scythescrapers, unter ihr sieben Meter Luft, und dann der halbtrockene Schlamm des Bodens. Hinter dem Gebäude hörte sie die sich rasch nähernden Schritte Swifts; in ein paar Sekunden würde er sie wieder sehen können, und diesmal würde er nicht daneben schießen. Keine Chance, dass sie die Sprossenleiter erreichen und hinunterklettern konnte, ohne für Swift ein perfektes Ziel abzugeben! Cheek zog Stomps RCU aus der Jacke und presste den Knopf, der das Cockpit auffahren ließ und die Notstart-Sequenz einleitete. Die Kontrolleinheit verschwand wieder in der Jacke, und dann sprang Cheek Lu ohne jedes Zögern.

Der Aufprall war hart und raubte ihr momentan den Atem; allerdings besaß der tief gefurchte, noch immer nicht völlig durchgetrocknete Matsch ausreichend Elastizität, um sie einigermaßen abzufedern. Noch bevor ihre Atmung wieder einsetzte, sprang Cheek auf. Irgendwo musste jetzt ein Jet mit einer offenen Kanzel und anlaufenden Motoren stehen. Was hatte Stomp gesagt? Nordseite? Wieder knallte die Entladung eines Schusses durch die Luft; wieder zuckte der Energiespeer ganz in ihrer Nähe vorbei, traf sie aber zu ihrer Verwunderung noch immer nicht. Cheek drehte sich nicht um, als sie Swift einen Sekundenbruchteil später fluchen hörte; der Geräuschkulisse nach, war er offensichtlich soeben gestolpert und auf einem Zelt gelandet, das krachend zusammenbrach.

Wertvoller Zeitgewinn – mit keuchendem Atem hielt sie Ausschau nach dem Flieger; ihre Schienbeine schmerzten noch von dem Aufprall, aber sie achtete nicht darauf: immer weiterlaufen! Wo war der verfluchte Jet? Endlich sah sie einen hellgrauen *Cormoran* mit offener Kanzel und herausgeklapptem Aufstieg. Sie hatte keine Ahnung, ob das Stomps Jet war oder das Fluggerät eines anderen Piraten, aber es war ihr egal. Jedenfalls signalisierten die Instrumente des Fliegers Bereitschaft, sie konnte den grünen Widerschein in der hochgeklappten Cockpitkanzel deutlich erkennen. Als Cheek gegen die Bordwandung stieß und sich mit den Händen an den Metallflächen des Aufstiegs emporzog, erwachten auch Gravistat und Triebwerk brummend zum Leben.

Aus den Augenwinkeln bemerkte die Piratin Swift, der in zwanzig Metern Entfernung Halt machte, die Waffe anlegte und abdrückte. Der Energiestrahl zerschmetterte das rückwärtige Stück der soeben herabfahrenden Kanzel; eigentlich war das Glasmetall unzerbrechlich, aber die enorme Hitze ließ einen Schauer winziger, angeschmolzener Bruchstücke über Außenhaut und hinteren Innenraum des Cockpits niedergehen, die, wo immer sie auftrafen, einen beißenden, nach versengtem Plastik riechenden Qualm aufsteigen ließen. Cheek stieß einen Schmerzensschrei aus, als einige der Glasperlen auf ihre Schultern und den linken Oberam tropften, doch unbeirrt riss sie am Steuerknüppel, um die Maschine nach oben zu ziehen, bevor noch die beschädigte Kanzel in ihrer Endposition einrasten konnte. Der Geruch nach angesengter Haut mischte sich unter den des verschmorten Kunststoffs. *Wenigstens werden Stomps Ausdünstungen davon überdeckt*, fuhr es ihr durch den Sinn. War es das wert? Nein. Vielleicht.

Kreischend hievten die Gravistats den *Cormoran* nahezu augenblicklich auf eine Höhe von dreihundertfünfzig Metern; Cheek wollte durch dieses Manöver der unmittelbaren Waffenreichweite des Hochenergieblasters entgehen, mit dem Swift auf sie feuerte, doch offenbar war die Ladung der Handfeuerwaffe mittlerweile zur Neige gegangen, denn es folgte kein weiterer Schuss. Perfekt! Mit einem schnellen Griff aktivierte sie das Waffenleitsystem, das abstrakte, rote Linien und hektisch durchspulende Zahlenreihen auf das Glas projizierte. Boden und Zelte sprangen auf sie zu, als sie den Jet wieder nach unten drückte. Sie konnte Swift nirgends erblicken. Der Vorplatz des Scythescrapers, von dem aus er noch vor ein paar Augenblicken Schüsse abgegeben hatte, war menschenleer. „Wo steckst du, Punk?“, murmelte Cheek und ließ den Flieger haarscharf oberhalb der Zeltgiebel der Peripherie seitlich ausscheren. Die Kraftfeldlinien des Gravistats ließen die Überreste eines zusammengestürzten Zelts flattern und versetzten die noch stehenden Behausungen in Vibrationen. Versteckte sich der Punk etwa vor ihr? Wie wäre es, wenn sie noch ein Stück tiefer ginge und alle Zelte, Container und Wellblechhütten mit der Bordkanone niedermähte? Ihr Finger lag schon auf dem Auslöser, doch sie zog ihn im letzten Moment zurück. „Bescheuert, oder was?“, schalt sie sich selbst. Hatte sie gerade ernstlich mit dem Gedanken gespielt, auf die Behausungen ihrer eigenen Leute zu feuern?

Auf der Suche nach einer Handfeuerwaffe öffnete sie das Staufach unterhalb der Instrumentenkonsole und durchwühlte es. Wenn Swift sich hier irgendwo versteckt hielt, dann musste sie ihn wohl oder übel zu Fuß herausholen und stellen. Hatte Stomp denn keine Waffe an Bord deponiert? Sie zerrte allerlei Erstaunliches aus dem Staufach, ein Blaster befand sich allerdings nicht darunter. Verflucht!

Sie hob den *Cormoran* auf eine Höhe von etwa zwanzig Metern, die siebte Ebene des Scythescrapers war nur ein paar Armlängen entfernt. Möglicherweise hielt er sich darin auf? Jemand verließ den Scythescraper aus einem Container auf der fünften Ebene; sie kannte den Mann, aber es war nicht Ndulu Swift. Der Pirat hielt die flache Hand über die Augen und winkte verwundert zu ihr hinauf, als er Jet und Pilotin erkannte. Cheek ignorierte ihn und ließ den Flieger langsam rotieren, um sich einen Überblick zu verschaffen. Mittlerweile hasteten zwischen den Behausungen einige Leute umher, ob Swift unter ihnen war, ließ sich aus dieser Entfernung kaum abschätzen. Sie fragte sich, woher die plötzliche Aktivität dort unten kam, aber vermutlich lag es daran, dass Stomp inzwischen die Nachricht über die geplante Meuterei verbreitet hatte und die Piraten sich schlicht darauf vorbereiteten. In weniger als einer Stunde würde die Sonne untergehen, eine Stunde darauf war der Angriff geplant. Bloß, dass jetzt wieder alles anders war: Swift wusste bereits, dass sie aus der Ausnüchterungszelle entkommen war, und er würde nicht zögern, ihren Vater darüber zu informieren. Vielleicht wäre es besser, den Aufstand noch zu verschieben?

Ein raspelndes Geräusch ertönte, nur für eine Zehntelsekunde, doch es ließ Cheek sofort erschreckt zusammenzucken. Bevor sie sinnvoll reagieren konnte, zischte etwas mit lautem Krachen in das Leitwerk des *Cormoran*. Die Maschine wurde wie ein Blatt im Wind herumgewirbelt und erhielt gleichzeitig einen heftigen, diagonalen Schub, der sie schräg über die Tragfläche abgleiten ließ. Hinter ihr blühte ein Feuerball auf. Der Autopilot reagierte sofort und leitete eine Gegenbewegung ein; zwei, drei ruckhafte Schubstöße aus den Triebwerken und entsprechende Unterstützung durch die Gravistats ließen den unkontrollierten Sturz abrupt innehalten. Erneut ertönte das raspelnde Geräusch zerteilter Luft, diesmal erfolgte jedoch kein Einschlag; die Automatik hatte zuvor offensichtlich minimal überkompensiert, sodass der präzise gezielte Folgeschuss ins Leere ging. Einige Lämpchen blinkten rot, doch Cheek achtete nicht darauf. Sie gab vertikalen Vollschub, bis die Gravistats nicht mehr richtig griffen und der Flieger ächzend in den aerodynamischen Flug überging. Teile der Heckverkleidung rissen im wirbelnden Luftstrom ab und blieben taumelnd zurück; die beschädigte Cockpitkanzel klapperte wild, als wolle sie jeden Augenblick aufspringen. Cheek biss die Zähne zusammen. Lange würde der Jet in diesem Zustand den entstehenden Belastungen nicht standhalten!

Nur wenige Sekunden dauerte es, bis der Scythescraper, die Zelte, ganz Freedom City nur noch aus winzigen Punkten bestand und das südliche Fjordsystem zum Greifen nahe schien. Erst jetzt warf die Piratin einen Blick auf das Radar: ein Jet verfolgte sie, kletterte soeben auf ihre Höhe und würde sie in Kürze erreicht haben. Sie nahm sich nicht die Zeit, aus dem Cockpitfenster zu schauen, sondern reduzierte den Schub ein wenig, während weit unter ihr die Wellenkämme des Meeres in der tief stehenden Sonne aufblitzten.

„Komm schon“, flüsterte sie angespannt. Ihre Finger legten sich fest um den Schubregler, die Fingerknöchel traten weiß hervor. In diesem Moment erreichte der feindliche Jet laut Radaranzeige die Flughöhe ihres *Cormoran* und begann, zügig aufzuholen. Der Pilot – es konnte sich nur um Swift handeln – würde gleich wieder feuern. Aber wann genau? Sie würde ihm nicht entkommen können, nicht ohne Tricks!

Noch einen Moment zögerte sie, während der Punkt auf dem Radar immer näher rückte. Einen Weiteren – dann reduzierte sie den Schub mit einem Ruck um die Hälfte. Die Maschine sackte durch wie ein Stein, blieb aber stabil. Keine Sekunde zu früh: ein plötzlich aufblühender Kondensstreifen nur wenige Meter oberhalb ihres Kopfes verriet ihr, dass man wieder auf sie gefeuert – und sie erneut verfehlt – hatte. Mit spürbarer Verzögerung kam das Kreischen des Lenkgeschosses zu ihr durch und mit ihm eine Druckwelle, die den *Cormoran* durchschüttelte.

Ihr Verfolger war jetzt genau über ihr, einen Augenblick später einige Meter vor ihr; jetzt konnte sie den Jet erstmalig mit eigenen Augen sehen. Es war nicht Swifts hellblauer Capcom, sondern ein anderer Jet des gleichen Typs, mattschwarz lackiert. Natürlich: Swifts eigener Jet war ja beschädigt worden! Woher zur Hölle hatte er in der Kürze der Zeit Ersatz bekommen? Cheek gab wieder Schub und ließ die Maschine steigen. Als das Waffenleitsystem Signal gab, löste sie die Bordwaffen aus; grelle Plasmabahnen markierten den Weg, den die energetischen Entladungen durch die Luft nahmen. Natürlich hatte man das auf der anderen Seite vorausgesehen, und so gingen die Schüsse daneben. Swift zog seinen klobigen, aber erstaunlich wendigen Jet in den Ansatz eines steilen Loopings; Cheek wollte es den *Cormoran* gleichtun lassen, doch da die beschädigte Maschine den Steuerbefehlen nicht mehr exakt nachkommen konnte, ließ sie sie bis fast auf Höhe des Meeresspiegels fallen.

Während Swift weit über ihr seinen Loop beendete, vollführte sie eine Kurve, die sie zum Festland zurückführen würde. Swifts Maschine, durch den Punkt auf Cheeks Radar repräsentiert, beendete das Manöver beängstigend schnell und befand sich bereits wieder im Sinkflug, weit voraus. Cheek hatte nur die Wahl, entweder wieder abzudrehen, zurück aufs Meer, oder weiter in Richtung Freedom City zu fliegen. Einer weiteren Begegnung mit Swift würde sie auf keinen Fall entgehen können – was ihr prinzipiell zupass kam, allerdings hätte sie einen besser ausgewogenen Kampf bevorzugt. Dieser Gedankengang brachte sie auf eine Idee. Sie aktivierte das Funkgerät und gab Stomps Rufcode ein. Eine aus den Augenwinkeln wahrgenommene Bewegung hielt sie davon ab, den mit *Call* beschrifteten Knopf niederzudrücken. Das Bild auf dem Radarschirm hatte sich verändert, ein weiterer Flugkörper ohne Kennung wurde angezeigt. Während sie noch hinschaute, kam ein zweiter hinzu, ein dritter und in rascher Folge weitere. Dann trug der Bordcomputer die Kennungen nach, die alle mit *Prot* begannen und auf *LR2937* endeten: *Prot:0053(LR2937), Prot:0069(LR2937), Prot:0165(LR2937)*,... achtzehn Radarmeldungen insgesamt.

Das zufriedene Grinsen, das sich auf Cheeks Gesicht hatte bilden wollen, erstarrte, als sie mit geweiteten Augen erkannte, dass hier keineswegs Unterstützung aus dem Piratenlager im Anmarsch war. Unzweifelhaft waren dies von Proteus entsandte LRs, die Freedom City ausräuchern sollten, vermutlich eben jene Staffel, die schon vor einigen Tagen die Enterung des großen Frachtschwebers vereitelt hatte.

„Stomp!" Sie hämmerte auf den Rufknopf des Funkgeräts, doch der Riese antwortete nicht. Auch Fern, Keiju und Dinah waren unerreichbar. Jemand musste etwas tun, jemand musste ihre Leute informieren!

Ein Schatten verdunkelte das Cockpit für einen Sekundenbruchteil. Es war Swifts schwarzer Jet, der sich nun hinter ihr befand. Nur für ein paar Sekunden hatte sie ihn außer Acht gelassen, doch Swift musste ihre Schrecksekunde beim Auftauchen der LRs förmlich gerochen haben. Er hatte sofort den Schub reduziert und darauf gewartet, dass sie ihn einholte. In der Ferne tauchte der Scythescraper im Dämmerlicht der untergehenden Sonne auf. Cheek drehte sich gehetzt um; Swifts klobiger Flieger hang wie ein fetter, behäbiger Truthahn keine fünfzig Meter hinter ihr in der Luft, die Tragflächen auf halber Höhe zu ihrem eigenen Jet. Zwei Waffenöffnungen fuhren auf, schwarze Schlünde gegen graues Metall, und Förderketten schoben zwei Lenkgeschosse in die Abschussvorrichtungen. In einem Moment puren Horrors sah Cheek, wie der Mechanismus die beiden *Wyrm* freigab, die einen Lidschlag lang frei unter den Stummeltragflächen von Swifts Jet schwebten; dann sprangen die Leitflossen der Raketen hervor wie die Klingen zweier Schnappmesser und die Treibsätze zündeten mit raspelndem Fauchen. Cheek langte voller Entsetzen nach den Kontrollen, wollte Antrieb und Gravistats ausschalten, doch die Lenkgeschosse erreichten sie, bevor ihre Finger das Steuerbrett berührten.

Der Einschlag zerfetzte das Heck des Jets der Piratin und zerknüllte die Außenhaut des Fliegers wie eine Riesenfaust einen Pappbecher. Eingehüllt in einen aufblühenden Feuerball stürzten die brennenden Überreste des Fliegers in taumelnder Rotation dem Boden entgegen. Das Letzte, was Cheek Lu spürte, war die Hitze der Explosion, die sie schlagartig ansprang und ihr die Atemluft wegfraß.

*

Sie lebte. Die Rückseite ihrer Beine brannte, ebenso ihr Rücken, aber sie atmete und konnte sich bewegen! Cheek öffnete die Augen; nur ihre seit langen Jahren antrainierten Reflexe verhinderten, dass sie aufstöhnte. Sie lag auf den mit Rissen und Sprüngen übersäten Resten der gläsernen Cockpitkanzel. Über ihr türmten sich die zerschmetterten Überbleibsel des Cockpits, der Pilotensitz baumelte kopfüber an einem Kabel und drohte, jeden Augenblick auf sie herabzustürzen. Die Luft war unerträglich heiß und stickig, es stank nach verbrannten Chemikalien, das Prasseln von Flammen lag in ihren Ohren. Cheek versuchte, sich aufzurichten, aber etwas hielt ihre Beine fest. Sie blickte sich um; die Wand, die normalerweise Cockpit und Maschinen voneinander trennte, hatte sich gelöst, fixierte ihre Beine von den Knien abwärts und presste ihren Körper fest gegen das Metallglas der Kanzel. Jetzt erst spürte sie, dass irgendein scharfer Gegenstand sich von unten in ihren rechten Oberschenkel zu bohren versuchte, die festen Stulpenstiefel jedoch nicht zu durchdringen vermochte. Mühsam bog sie ihren Oberkörper zur Seite und spähte seitlich durch das Glas. Nicht weit entfernt lag ein zerschmetterter Brocken Metalls, der einst das Heck des Jets gebildet haben musste. Offensichtlich hatte das Cockpit sich im Moment der Explosion vom Heck gelöst und mehr oder minder erfolgreich seine winzigen Notfall-Gravistats eingeschaltet, um sie zu retten.

Neben dem Wrack setzte in diesem Moment ein großer, fetter LR-Bonzenflieger zur Landung an. Das konnte nur Swift sein! Wie lange war sie bewusstlos gewesen? Nur Sekunden oder bestenfalls wenige Minuten, wie es ausschaute! Mit einem Ruck versuchte sie loszukommen, aber es gelang ihr nicht. Sie saß in der Klemme.

„Das Fräulein Lu Chi-Tsen!“ Stiefel knirschten auf Kies, und Swift kniete nieder, um sie durch die Sprünge der geplatzten Kanzel besser sehen zu können; in seiner rechten Hand hielt er einen Hochenergieblaster. „Da haben wir aber noch mal Glück gehabt, was?“, sagte er spöttisch und wedelte mit der Waffe. Cheek bog ihren Oberkörper so weit nach oben, bis sie ihm in die Augen sehen konnte.

„Erschieß mich, oder hol mich hier raus, Punk, aber laber keinen Mist.“

Swift gab ein meckerndes Lachen von sich. Er blickte zur Seite, dorthin, wo Freedom City lag und der Scythescraper stand. „Wenn Sie einmal hier schauen wollen, Gnädigste!“

Cheeks Blick folgte unwillkürlich dem ausgestreckten Arm mit dem Blaster. In einem oder zwei Kilometern Entfernung schwebte lautlos und bedrohlich eine Schwadron LR2937 ein und setzte zum Angriff auf Freedom City an. Plötzlich zuckten Lichtblitze durch die beginnende Nacht, Feuerfluten wie von ausgeschüttetem Napalm überschwemmten die dunklen Silhouetten der Zelte und Gebäude, die sofort lichterloh in Flammen standen. Donner rollte heran. Cheeks Finger krallten sich in Metallverstrebungen, mit aller Macht versuchte sie freizukommen, vergeblich. „Warum hast du das getan, warum, du verfluchter Hurensohn! Sie sind unvorbereitet, meine Leute, die Kinder!“

„Das Merkwürdige ist“, sagte Swift nachdenklich, „ich habe es nicht getan. Ich interessiere mich nicht im Geringsten dafür, ob ihr lebt oder sterbt.“

„Du lügst! Hol mich hier raus!“

„Ich weiß noch nicht, ob ich das Fräulein rausholen werde. Und nein, ich lüge nicht. Ich habe Bentley vielleicht nicht die ganze Wahrheit gesagt, aber verraten habe ich euch nicht. Jemand anderes spielt hier noch ein doppeltes Spiel.“

Mit lautem Brummen zischte ein dunkler Jet in kaum zwei Metern Höhe über die Absturzstelle und setzte hektisch und unsanft direkt neben Swifts Flieger auf. Cheek achtete nicht darauf. „Du hast die Fjorde ausspioniert, um den Angriff zu planen!“, fauchte sie.

Swift zuckte die Schultern und entsicherte den Blaster. „Eigentlich schade um das schöne Tribal“, sagte er nachdenklich und schaute sich nach dem soeben gelandeten Jet um. „Ah, Mr. Bentley!“, rief er, als er die untersetzte Statur des sich nähernden Mannes erkannte, „Ich habe das kleine Miststück erwischt. Sie lebt noch. Soll ich...?“

Cord Bentley schnaufte; er hielt eine Waffe in der rechten Hand. „Du hast uns verraten und verkauft! Es gibt keinen Fusionsgenerator!“ Sein Tonfall war gefasst, aber wer ihn kannte, wusste, dass er kurz vor dem Explodieren stand. „Und jetzt schaff deinen schmierigen Hintern von meiner Tochter weg.“ Als Swift nicht sofort reagierte, brüllte Cord Bentley mit sich überschlagender Stimme: „Sofort weg da oder ich putze dich weg, du Wurm!“

Swift drehte sich vorsichtig um. „Schon gut, schon gut!“ Er ließ seine Waffe fallen.

Die nun folgende Szene sollte sich für immer in Cheek Lus Erinnerung einbrennen: Der fallende Blaster hatte erst die Hälfte des Weges bis zum Boden zurückgelegt, als sich Swift mit einer unglaublich schnellen Bewegung niederwarf, dabei die Waffe aus der Luft griff und einen einzelnen, gezielten Schuss auf Cord abfeuerte. Cord Bentley starrte einen Sekundenbruchteil ungläubig auf das große, rauchende Loch, das sich auf einmal in seiner Brust auftat, dann sank er langsam vornüber. Aus seiner Hand löste sich eine Waffe, die klappernd in den Kies fiel.

„Sieh an, da wollte der Vater das Töchterlein retten.“ Swift klopfte sich den Staub von den Ärmeln, während er sich erhob. „Dabei hatte ich mich gerade entschlossen, ihm kein Haar zu krümmen. Des schönen Tribals wegen.“

„Du hast meinen Vater getötet!“ Wie seltsam, dass sie bei diesen Worten nichts empfand, keinen Hass, aber auch keine Befriedigung. Da war nur dieses undeutbare Vakuum in ihr, wie eine tiefe, schwarze Erdspalte, die sich ständig und unaufhaltsam verbreiterte. Wieder lachte Swift meckernd. In der Ferne sank der Scythescraper in einem Flammenmeer zusammen; das Inferno spiegelte sich winzig in seinen Augen wider.

„Ich schätze, jetzt ist das Fräulein der Boss. Wenn nach heute Nacht noch jemand übrig bleibt, heißt das.“ Mit diesen Worten schritt er auf den schwarzen *Capcom* zu, doch er stieg nicht sofort ein, als die Schleuse auffuhr. „Was ich wollte“, sagte er angestrengt, während er sich bückte und etwas Schweres aus dem Innenraum des Schwebers hinauszerrte, „habe ich jedenfalls.“

Cheek verrenkte ihren Hals, um einen besseren Blick auf das leblose Bündel zu erhaschen, das Swift soeben unsanft einen halben Meter über den Dreck wälzte. Zum ersten Mal beschlich sie Angst, stechende, schreckliche Furcht, irgendwo tief zwischen Magengrube und Herz.

„Viele Grüße aus Liliputland", grinste Swift. „Das Thiopental wird sie ein paar Lebensjahre kosten. Was soll's, freiwillig wollte sie jedenfalls nicht reden. Nun denn – leben Sie wohl!" Nach einem letzten Blick auf Cheek und das prasselnde Flammenmeer in der Entfernung schloss sich das Schott hinter ihm. Sekunden später hob der Jet ab, drehte sich in der Luft rasant um 180° und verschwand mit dem Kreischen verdrängter Luftmassen. Auf dem Boden blieb ein verkrümmter Körper zurück, ein Häuflein Elend, bewusstlos, mit erlahmender Atmung. Es war Fern.

„Oh nein... Zwerg!", flüsterte Cheek ungläubig, dann verfiel sie jäh in zornige, ohnmächtige Raserei. Geraume Zeit schrie und fluchte die Piratin Swift hinterher, doch als sich die Dunkelheit endgültig über die Reste dessen senkte, was einst Freedom City gewesen war, verstummte sie. Sie vergoss keine Träne, nicht eine; Lu Chi-Tsen würde niemals weinen, konnte es gar nicht, für immer.

Fünf Stunden später knackte das Funkgerät. Magnus saß mit angewinkelten Knien im geräumigen Copilotensitz, die Füße fast in Kinnhöhe gegen das Armaturenbrett gestemmt. Bis vor einer Sekunde hatte er wie hypnotisiert in die grau wabernden Nebel der Wolkendecke tief unter ihm gestarrt, jetzt zuckte er zusammen.

„Nadya? Vermin hier", quäkte Le Clercs verrauschte Stimme aus der Empfangsanlage. Die spärlich gesäten Funkrelais in der Region, die der SAR-Jet soeben in 12 Kilometer Höhe überquerte, vermittelten auf diese Entfernung nur analoge und keine digitalen Gespräche. Die Ingenieurin bestätigte.

„Die Funkloch war ziemliesch riesengroß", stellte Le Clerc fest. „Ich habe versucht es über ein Stunde lang! Nadya, wir haben eine Luftfahrzeug geortet, der aus die Freihandelszone über Timor-Route Richtung Südpol fliegt. Kann bedeuten alles Mögliche, aber ist merkwürdig. Könnte schneller Handelsfrachter sein, wer weiß? Sei bitte trotzdem auf der Hut, *as-tu compris moi*?"

„Sicher, Vermin. Gibt es sonst etwas Neues?"

Vor einigen Stunden, berichtete Le Clerc, habe eben jenes Geschwader LR2937, das sie zum Einschlagen des Umwegs veranlasst hatte, die Piratenenklave Freedom City dem Erdboden gleichgemacht. Kein Stein stünde mehr auf dem anderen, und von Piratenanführer Bentley fehle anscheinend jegliche Spur. In einem knappen Kommuniqué habe sich die Proteus Corporation für den Angriff auf das Piratenlager verantwortlich erklärt; die Aktion sei als Vergeltungsschlag und Reaktion auf die kürzlich erfolgte Versenkung eines wertvollen Frachtschwebers und andere Piratenüberfälle zu verstehen. Weder die Ingenieurin noch Magnus waren sonderlich überrascht.

„Sind Gefangene gemacht worden, Vermin?"

„Ein paar. Aber die meisten Piraten haben sich zerstreut und sind geflüchtet. Haben nicht viel gekämpft. Hallo?"

Kurz darauf überschritt der Jet das Empfangsgebiet des Relais, und der Funkkontakt brach fast schlagartig ab.

„Ob Fern es geschafft hat?“, fragte Magnus nachdenklich.

Santini zuckte die Schultern. „Sie interessieren sich sehr für Piraten und Piratinnen, was, Tide?“, spöttelte sie.

„Nur platonisch“, antwortete Magnus trocken und ließ sich wieder bequem in den Sitz zurücksinken. Die Ingenieurin kicherte.

Eine Stunde später zuckte Magnus erneut zusammen, als sich das Arbeitsgeräusch der Gravistats zu verändern begann, das Stunde um Stunde unverändert geblieben war, aber nun seine Frequenz steigerte, um in ein nervös pulsierendes Sirren zu münden. Gleichzeitig verriet ihm sein sich anhebender Magen, dass der SAR-Jet in den Sinkflug übergegangen war. Er blinzelte und schaute aus dem Fenster hinaus. Die violetten und bläulichen Flammen der Aurora züngelten in ihrem unermüdlichen Tanz über den nachtschwarzen Himmel wie Schleier aus fragilem Licht. Magnus, der dieses Schauspiel der Natur nicht aus eigenem Erleben kannte, fühlte sich sogleich an die phosphoreszierenden Lebewesen der Tiefsee erinnert, die er vor unendlich langer Zeit, während des Tauchgangs zum Wrack der *Pantheon*, im Lichtkegel der Scheinwerfer gesehen hatte. Santinis Stimme riss ihn ein paar Augenblicke später aus dem Staunen.

„Wieder wach?“

Magnus nickte. „Nie Nichtwach gewesen!“, behauptete er grinsend. Santini zog die rechte Augenbraue hoch, sagte aber nichts dazu. Im Gegensatz zu Magnus hatte sie während der gesamten Flugdauer tatsächlich kein Auge zugetan. Sie schaltete die Infraroterfassung und das optische Teleskop auf Magnus' Sichtschirm und schickte die Anflugkoordinaten auf die Anzeige.

„Sechzig Kilometer Sichtlinie bis Thielstation. Schauen Sie sich unser Zielgebiet schon mal unverbindlich an, Tide. Die Sonne dürfte auch gleich aufgehen, aber beeilen Sie sich, der Tag dauert hier keine Stunde.“

Magnus benötigte eine geraume Weile, bis er im einheitlichen Grau des Eises vor und unter dem SAR-Jet die schwache Wärmesignatur der Polarstation fand. Sogar unter Anwendung der höchsten Vergrößerungsstufe ließ sich kaum mehr als ein winziges, schwaches Schimmern erkennen, das die Form eines Sterns mit fünf Zacken einnahm. Zwischen nördlichem und östlichem Ausleger des „Sterns“

entdeckte Magnus eine verhältnismäßig intensive, punktförmige Infrarotquelle, die, wie er vermutete, mit der Position des Kraftwerks der Station übereinstimmte. Als der Schweber nur noch 30 Kilometer von seinem Ziel entfernt war, stieg am Horizont die Sonne auf, winzig klein und kalt. Mit ganz erstaunlicher Geschwindigkeit eilte die Tageslichtlinie auf Thielstation zu und tauchte die Szenerie in ein unwirkliches, kühles Dämmerlicht. Magnus wechselte von Infrarot- zu Normalsicht. Der fünfzackige Stern verschwand und machte einem konturschwachen, gräulichweißen Einerlei Platz. Erst mit dem Headset der Ortungsanlage, das Streulicht von den Augen fern hielt, gelang es Magnus, die im ewigen Eis vergrabene Station erneut ausfindig zu machen. Er hatte sich nicht getäuscht: die Station bestand in der Tat aus fünf langen Röhren, deren Lage unter dem Eis sich durch schemenhafte Wölbungen verriet. Im Zentrum des Komplexes erhob sich eine Kuppel über die Eislinie, die im Teleskop dunkel erschien, von der Magnus aber annahm, dass sie aus Metallglas bestand und in Wirklichkeit durchsichtig war. In unmittelbarer Nähe von Thielstation gab es einige flache, oberirdische Bauten, die im infraroten Spektrum völlig unsichtbar gewesen waren. Außerdem erstreckte sich direkt oberhalb der nördlichen Habitatsröhre eine Aushebung, deren Dimensionen es nahe legten, dass hier eine zusätzliche Röhre untergebracht werden sollte. Vor Magnus innerem Auge zeichnete sich eine weitere, sternförmige Station ab, deren südlicher Ausleger mit dem nördlichen Thiels verbunden war. Er wollte das Headset bereits wieder absetzen, um mit einem Blick durch das Cockpitfenster festzustellen, wie weit der SAR-Jet tatsächlich noch von der Station entfernt war, als ihm ein dunkler, ovaler Fleck auffiel, der aus dem Schatten der Grubenwand hervortrat. Entweder handelte es sich hier um einen großen Eisblock, der in die Aushebung hinabgerutscht war, oder um eine von den Baumaschinen verursachte, ungeplante Vertiefung. Plötzlich bemerkte Magnus, wie ihn ein seltsames Gefühl beschlich, dessen Ursache er nicht benennen konnte. So dicht er auch an den dunklen Fleck heranzoomte, es gelang ihm nicht, weitere Details hervorzubringen. Er setzte das Headset ab. „Die müssten uns eigentlich schon längst auf ihren Ortungsschirmen sehen."

„Ich bezweifele, dass man da unten so etwas hat", antwortete die

Ingenieurin. „Wozu auch – das ist eine wissenschaftliche Station, fernab vom Rest der Welt."

„Setzen Sie mich außerhalb der Grube dort ab. Ich möchte mich in der Umgebung ein wenig umschauen", verlangte Magnus.

„Sonst geht's Ihnen noch gut, Tide?", wetterte die Ingenieurin. „Wissen Sie, wie kalt es da draußen ist?"

„Minus 110?"

„Quatsch, nein, das nicht, aber... hm!"

Magnus winkte ab. „Na also. Cool bleiben. Ihrem Flieger geschieht nichts, selbst wenn ich Gefrierbrand kriegen sollte, oder? Setzen Sie mich ab und nehmen Sie Kontakt mit der Station auf. Reden Sie mit den Leuten. Gehen Sie rein und reden Sie mit ihnen, okay?"

„Was soll ich denen sagen?"

Schulterzuckend erhob sich Magnus aus dem Sitz, um im hinteren Teil des Cockpits die Kälteschutzkleidung anzulegen. „Zum Beispiel, dass Sie ganz zufällig in der Gegend sind und nur eben auf einen Drink vorbeischauen wollen."

„Das ist doch keine Bar!"

„Na und? Sie wollen ja auch nicht wirklich einen Drink. Es sei denn, Sie lassen mich nachher ans Steuer!"

„Niemals!" Santini seufzte. „Also schön, Tide. Ich erzähle den Leuten von der Station einfach eine, sagen wir mal, leicht bereinigte Version der Wahrheit."

„Wunderbar!", nuschelte Magnus, der soeben die Halbmaske des Wärmetauschers anlegte und mit den Anschlussstücken der Anorakkapuze verband. „Erzählen Sie denen ruhig, dass ich mich draußen umschaue, vielleicht schießen sie dann nicht auf mich."

„Das sind Wissenschaftler, Tide. Warum sollten die auf jemanden schießen?"

„Irgendein Hobby hat ja jeder", murmelte Magnus vage.

Santini schüttelte belustigt den Kopf. „Sieben Minuten", sagte sie.

*

Er verfolgte den Aufstieg des SAR-Jets mit zusammengekniffenen Augen. Der bauchige Rettungsflieger tat nur einen vergleichsweise kleinen Sprung, bevor die Ingenieurin ihn, keine dreihundert Meter entfernt, unterhalb der südöstlichen Habitatsröhre aufsetzte, wo eine aus dem Eis nach oben führende Rampe auf den Eingang zur Station schließen ließ. Die fast zeitgleich wieder hinter den Horizont fallende Sonne ließ einen fröstelnden Magnus unterhalb der wabernden Aurora des Nachthimmels zurück. Weit entfernt kroch der Lichtpunkt eines Sterns den Himmel empor.

Trotz des Nachteinbruchs konnte Magnus die Umgebung leidlich gut erkennen, denn zusätzlich zur Aurora über ihm drang aus dem Glasdom im Zentrum von Thielstation diffuses Licht zu ihm herüber. Manchmal glaubte er, dass sich hinter dem Metallglas der Kuppel etwas bewegte, aber er mochte sich auch täuschen. Bloß hundertundfünfzig Meter war der Dom entfernt, und doch wirkte er wie eine unerreichbare Oase der Wärme und des Lebens in einem Meer der Kälte. Magnus schüttelte sich. Wieso fröstelte es ihn jetzt schon? Er sollte besser schauen, dass er sich an die Arbeit machte! Nach einem letzten Blick auf den Stern, der inzwischen hoch am Himmel stand, trat er an den Rand der Aushebung und schaute hinab.

Schatten, überall nur Schatten! Es half nichts; da er auch aus nächster Nähe keine Einzelheiten erkennen konnte, würde ihm tatsächlich nichts anderes übrig bleiben, als hinunterzuklettern. An Bord des SAR-Jets hatte er zu diesem Zweck bereits eine Strickleiter mit festen, hölzernen Sprossen bereitgelegt, deren obere Befestigungsschlaufen er nun mit zwei Spiralhaken im Eis befestigte. Es dauerte nur wenige Augenblicke, bis die beiden Haken sich selbsttätig in das Eis gebohrt hatten und zur Ruhe kamen. Magnus warf die Leiter hinunter, vergewisserte sich, dass sein Ausrüstungsrucksack fest auf seinem Rücken verzurrt war, und kletterte sodann hinab. Unten angekommen, entsann er sich der Handlampe, die an seinem Gürtel baumelte. Er schalt sich einen Narren; weshalb war er nicht schon früher darauf gekommen?

Langsam wanderte der helle Lichtkegel über den Grubenboden, enthüllte kleinere Unregelmäßigkeiten in der Bodenbeschaffenheit, eine hauchdünne Schneeschicht und – Magnus zuckte zusammen – Abdrücke von Stiefelsohlen! Hektisch ließ er das Licht über die Spuren gleiten; sie begannen am schmalen Ende der rechten Wandung, wo

Eisbrocken und Schnee die Aufschüttung einer Miniaturlawine bildeten. Offenbar war oberhalb dieser Stelle der Grubenrand zusammengerutscht und hinabgeglitten. Die Trittspuren führten eng an der Eiswand entlang, verwandelten sich nach wenigen Metern in undeutliche Schleifspuren, die am gegenüberliegenden Ende der Grube versiegten.

Und dort fand Magnus schließlich die Ursache für den dunklen, ovalen Fleck, dessen Silhouette er durch das Bordteleskop mehr erahnt als wahrgenommen hatte. Es war ein Mensch, ein Mann! Obwohl Körper und Gesicht des Mannes von einer Schicht rauen Eises bedeckt wurden, erkannte Magnus ihn sofort wieder.

Es war Kendrick.

„John", rief er. Sein Scheinwerfer stak mit dem langen Ende im Boden und erzeugte harte Schlagschatten in Kendricks erfrorenem Gesicht. In fliegender Hast riss Magnus sich den rechten Handschuh ab; augenblicklich zerstach die beißende Kälte seine Handfläche, aber er kümmerte sich nicht darum.

Kendricks Gesicht war so kalt, dass Magnus' klamme Finger sofort daran festfroren. Die Falten im Gesicht seines Freundes waren steinhart.

„Wach auf John!"

Jetzt erst bemerkte er die ungewöhnlich geformte, silberne RCU in Kendricks Schoß, die der Pilot mit dem rechten Unterarm gegen seine mit Eiskristallen überzogene Thermojacke presste, als habe er verhindern wollen, dass sie hinunterrutschte und verloren ging. Kendricks Pose war auf beklemmende Weise unnatürlich, seine Gliedmaßen zur völligen Bewegungslosigkeit erstarrt: es gelang Magnus nicht, den großen Mann in eine weniger verzerrte Lage aufzurichten. Als er die Finger seiner rechten Hand kaum noch spüren konnte, streifte Magnus den Handschuh wieder über. Mit aufeinander gebissenen Zähnen wartete er darauf, dass der schneidende Schmerz nachließ, der von der warmen Luft hervorgerufen wurde, die der Wärmetauscher durch die Kapillaren des Handschuhs presste. Er wollte fluchen, doch die Worte blieben in seinem Hals stecken, als ihm schlagartig zu Bewusstsein kam, dass John nicht mehr lebte. Vermutlich lag Kendrick hier schon viele Stunden, vielleicht sogar bereits Tage. Kein Wunder also, dass auf dem Infrarotteleskop nichts zu sehen gewesen war, während das optische Instrument zumindest den Schatten des Mannes in der Eisaushebung angedeutet hatte.

Minutenlang starrte Magnus auf den zusammengekrümmten Körper seines alten Freundes vor ihm, während ein messerscharfer Wind aufzog, der unter seine Halbmaske kroch und deren Ränder fast augenblicklich gefrieren ließ. Sechs, fast sieben Jahre lang hatten er und Kendrick einander gekannt, das war eine lange Zeit; verdammt lang für einen Jungen, der erst während dieser Jahre zum Mann herangereift war.

„Keine Ahnung, für was du gestorben bist, John, aber ich hoffe, dass es das wert war“, flüsterte Magnus heiser.

Vorsichtig machte er sich daran, die RCU aus Kendricks Umklammerung zu befreien. Es knirschte abscheulich, als Magnus den Arm des Piloten erst mit sanfter, dann energischerer Gewalt nach vorne zog, doch schließlich hielt er das silberne Gerät in der Hand. Es war klein, leicht, futuristisch geformt und unterhalb des Aktivmatrixdisplays konnte Magnus im Scheinwerferlicht einen feinen, kursiven Schriftzug ausmachen:

LOBOS ROBOTICS LR4004 ARCHER 00001

Es dauerte eine Weile, bis Magnus die volle Tragweite des Gelesenen begriff. „LR4004“, flüsterte er, fast schon andächtig.

Lautes Kreischen wie von unter Volllast laufenden Turbinenmotoren fegte plötzlich über die Aushebung hinweg, und der bereits helle Strahl des noch immer im Boden steckenden Handscheinwerfers wurde von einer gleißenden Helligkeit ausgelöscht, die Magnus' Augen sofort tränen ließ und die Nacht zum Tag machte.

„Und jetzt, mein Herr, die Kontrolleinheit wieder hinlegen und ein paar Schritte zurücktreten“, donnerte eine vielfach verstärkte Stimme zu Magnus herab. „Gestatten“, fuhr sie wie beiläufig fort, als Magnus mit vorgehaltener Hand nach oben blinzelte, „Swift mein Name. Ndulu Swift.“

Magnus ließ die RCU in seiner Beintasche verschwinden und zippte den Reißverschluss zu. „Die müssen Sie sich schon holen kommen, wenn Sie sie haben wollen, Mr. Spiff.“ Er zog den UV-Pulser aus dem Halfter, während er gleichzeitig versuchte, durch halb geschlossene Augenlider Einzelheiten zu erkennen. Ein schwarzer LR612 *Capcom*, wenn ihn nicht alles täuschte: eine Art „Bonzenflieger“, der oft von hochrangigen Angehörigen der Herstellerfirma selbst geflogen wurde. Eines war klar – wenn er die Kontrolleinheit jetzt wieder ablegte, würde er als Nächstes den geometrischen Mittelpunkt eines vom *Capcom* ausgehenden Energiestrahls zu sehen bekommen. Von unten. Lobos Robotics stellte nahezu alle Jets, Waffen und sonstigen Hi-Tech-Tötungsinstrumente her, die man überhaupt käuflich erwerben konnte – und war nicht übermäßig zimperlich im Umgang damit. Ohne besondere Hast nahm Magnus deshalb seine Lampe auf und begann, auf die an der Wand baumelnde Strickleiter zuzugehen.

„Ich würde Sie nur ungern aus einer Eislawine ausgraben müssen, Mister, aber glauben Sie ja nicht, dass ich zögern werde“, schnarrte die verstärkte Stimme von oben, ohne Emotionen durchscheinen zu lassen. Genauso gut hätte sie über das Wetter oder die neueste Damenmode in der Freihandelszone sprechen können. Wie zur Unterstreichung der Drohung zischte ein ultrakurzer, gleißender Blitz in die Wand der Aushebung; Eissplitter spritzten umher, ein mannsgroßes Stück Wand brach ab und polterte nach unten. Magnus spürte, wie ein Film hauchfeinen Wasserdampfs auf der Außenhaut seiner Thermokleidung und in seinem Gesicht niederschlug, der unverzüglich zu einer dünnen, rauen Schicht gefror.

Dass man wohlweißlich nicht auf die Strickleiter geschossen hatte, bestärkte Magnus nur in der Annahme, dass die Stimme geblufft hatte. Ohne sich noch ein weiteres Mal umzudrehen, schritt er auf die Wand zu, ergriff die Strickleiter und kletterte langsam hinauf, während der *Capcom* neben der Grube zur Landung ansetzte. Bevor die Landekufen noch griffen, war Magnus oben. Er kniete nieder, zielte und...

senkte die Waffe verblüfft. Von rechts näherte sich mit hoher Geschwindigkeit ein weiterer Jet.

Im ersten Moment dachte Magnus, dass Santini ihm zu Hilfe eilen wollte, doch dann sah er die drohend ausgefahrenen Geschützrohre auf beiden Seiten des Fluggeräts, über denen das leuchtende Zeichen des Protektorats der südlichen Hemisphäre prangte wie das Wappen auf dem Schild eines mittelalterlichen Ritters. Nicht der SAR-Jet kam hier angebraust wie die Kavallerie, sondern ein Flieger der Protektoratspolizei!

„Tide! Alles klar bei Ihnen?“ Nadya Santinis Stimme tönte gedämpft aus dem kleinen Lautsprecher des in einer Innentasche der Wärmekleidung verstauten Mindmappers. „Was ist da los? Ich komme Sie einsammeln!“

„Nein“, schrie Magnus, ohne den Mindmapper hervorzuholen. Er sprang auf die Füße und stieß den Blaster zurück in das Halfter. „Halten Sie sich bereit, aber bleiben Sie vorerst, wo Sie sind, verstanden?“

Lasersalven fauchten auf, nachglühende Bahnen ionisierter Luft zurücklassend. Geblendet blinzelte Magnus nach oben. Keinen Sekundenbruchteil zu früh, denn der *Capcom* stürzte mit aufheulenden Triebwerken auf ihn zu; zwei grell glühende Flecken an seinem Heck verrieten, wo er von den Lasern des anderen Jets getroffen worden war. Magnus warf sich bäuchlings auf das Eis und schaute seitlich unter den Armen hindurch, die er schützend über seinen Kopf geworfen hatte. Die rechte Landekufe des *Capcom* schrammte mehr als zwei Meter entfernt über den Boden; winzige Eisnadeln wurden herausgekratzt und wie Geschosse umhergeschleudert. Durch den Umstand, dass der Jet sich in einer instabilen Schräglage befand, zischte die linke Landekufe in weniger als einem Meter Höhe durch die Luft – direkt über Magnus hinweg. Der Sog der Luftströmung hob Magnus an und ließ ihn ein paar Meter weit über das Eis schliddern; Kleidung und Halbmaske bewahrten ihn zwar vor Verletzungen, aber die scharfe Kante eines in seinem Weg liegenden Eisbrockens durchtrennte einen der Verbindungsschläuche der Wärmetauschermaske, beschädigte die beiden anderen und ließ die Maske bis auf Magnus’ Hals hinabrutschen. Schlagartig krallte sich die Kälte der antarktischen Nacht in sein Gesicht, doch Magnus achtete nicht darauf.

Inzwischen hatte der *Capcom* es fertig gebracht, seine Driftbewegung zu stabilisieren. Offensichtlich war der Jet nicht ernstlich beschädigt, denn der Pilot zog ihn steil in den Nachthimmel. Der Flieger der Protektoratspolizei reagierte sofort und vollführte eine Wendeschleife, die ihn in einer Spirale nach oben brachte, auf direkten Abfangkurs. Die beiden Bordkanonen blitzten in schnellem Rhythmus, immer abwechselnd. Magnus entfuhr ein unwillkürliches „Cool!“ – beide Piloten verstanden ihr Handwerk! Doch selbstverständlich blieb keine Zeit, dem sich entwickelnden Luftkampf zuzuschauen. Behände rappelte er sich auf und schob die Maske wieder zurecht. Das kalte, steif gefrorene Material kratzte beißend über sein Gesicht und buk sofort mit der Haut zusammen; fluchend riss er die jetzt nutzlos gewordene Maske wieder ab und warf sie in hohem Bogen davon.

Bis zur Kuppel von Thielstation und zu Santinis SAR-Jet waren es nur zwei- oder dreihundert Meter, diese Strecke sollte er eigentlich innerhalb von zwei Minuten bewältigen können, egal ob mit oder ohne funktionierendem Wärmetauscher! Er rannte los, musste aber schon nach wenigen Schritten einhalten, da die unglaublich kalte Luft seine Kraftreserven außerordentlich schnell verbrannte. Außerdem fiel die Temperatur innerhalb der Wärmekleidung rapide, jetzt, da die Halbmaske, das Kernstück des Systems, fehlte. Da war ein komisches Gefühl in Magnus' Innereien, ein seltsames, zwanghaftes Zittern, aber er schob es beiseite und stapfte unverdrossen weiter.

Über Thiel spielte sich unterdessen ein Schauspiel ab, wie es sich an diesem Ort noch nie zugetragen hatte. Im Bewusstsein seiner Überlegenheit jagte der Polizeiflieger den angeschlagenen *Capcom* von einem Manöver in das Nächste, so, als spiele er mit ihm. In Wirklichkeit war das kein Spiel – die tödlichen Energiespeere, die nach dem *Capcom* griffen, sprachen eine deutliche Sprache. Trotz allem schien der Verfolgte nicht aufgeben zu wollen; Mal um Mal gelang es ihm, seinen Verfolger für einige, wertvolle Sekunden abzuschütteln, jedes Mal führte seine Schleife ihn wieder ein Stück näher an den Rand der Eisgrube zurück, die Magnus vor wenigen Augenblicken hinter sich zurückgelassen hatte.

„Ich weiß, was du vorhast, ich weiß, was du vorhast“, keuchte Magnus, der auf einmal erkannte, was der Pilot des *Capcom* mit seiner geänderten Taktik beabsichtigte. „Ich weiß, was du vorhast!“, brüllte er, als der *Capcom* auf einmal keinen neuerlichen Loop mehr flog, um seinem Verfolger zu entgehen, sondern mit blitzendem Buglaser direkt auf ihn, Magnus, zuhielt. Offenbar versuchte er, die Kontrolleinheit zu vernichten, da er keine Chance mehr sah, sie zu bergen. Wo zur Hölle blieb denn jetzt auf einmal der Polizeijet?

Eine Wand kochenden Dampfes erhob sich entlang der Furche, die der sich nähernde Laserstrahl in den Gletscher brannte. Bevor Magnus noch reagieren konnte, zog der Strahl, nur einen Schritt entfernt, an ihm vorbei. Heiße Luft schwappte zu ihm hinüber und ließ ihn um Atem ringen, während die Dampfwolke als ein erstarrter Disco-Nebel stehen blieb und weiße Kristalle auszufällen begann. Wo blieb der verdammte Polizeijet? Magnus wollte nicht glauben, was er sah, als er den Flieger des Protektorats schließlich entdeckte: Zwei- oder dreihundert Meter über dem Eis und einen Kilometer entfernt sank der Jet sanft nach unten, sich dabei graziös um sich selbst drehend wie ein langsam fallendes Blatt im Herbst. Er schien völlig unbeschädigt, war dem Anschein nach aber dennoch manövrierunfähig. Wie hatte der Pilot des Capcom das zustande gebracht? Magnus fiel Le Clercs Bemerkung über die merkwürdigen Koordinationsprobleme der LR2937-Staffel von Proteus ein, die just zu dem Zeitpunkt aufgetreten waren, als er und Nadya Santini zum Wrack der *Pantheon* getaucht waren. Selbst das Wrack hatte nach zwei Jahren der Inaktivität versucht, die Motoren zu zünden.

Nahe dem Horizont zog der *Capcom* seine nächste Schleife. Er würde zurückkommen, so lange, bis die RCU vernichtet worden war. Und Magnus mit ihr.

„Verflucht, John“, krächzte Magnus angestrengt. „Deinen bescheuerten Jet hättest du mir ruhig da lassen können...“

Wieder näherte sich der *Capcom*, wieder schoss eine kochende Wand aus Wasserdampf auf Magnus zu, doch diesmal würde der Laser ihn exakt mittig in zwei Hälften teilen. Magnus sank auf die Knie und zog den UV-Pulser. Ohne zu überlegen legte er an und gab zwei, drei Salven auf den sich nähernden Jet ab, ohne jede Wirkung. Im letzten Augenblick, bevor der Strahl ihn erreichte, wälzte er sich mit erlahmenden Kräften zur Seite, und die Furche im Eis zischte so dicht an ihm vorbei, dass seine Hüfte verbrüht wurde. *Seltsames Gefühl*, dachte er, *gleichzeitig zu verbrennen und zu erfrieren*. Vielleicht sollte er einfach aufgeben? In einer Minute wäre alles vorbei. Alles nur wegen... seine Hand klatschte gegen die Beintasche, in der sich Kendricks RCU befand.

Natürlich!

Wo Pilot und Kontrolleinheit waren, konnte der Jet nicht weit entfernt sein! Mit fliegenden Händen fummelte Magnus die Kontrolleinheit aus der Tasche und versuchte, sie einzuschalten. Als das misslang, warf er einen Handschuh davon, um den Daumen auf den Biosensor zu pressen. Nur so ein Gedanke, vielleicht hatte Kendrick das Gerät für ihn freigegeben? Unsinn! Warum hätte er das tun sollen?

Die Kontrolleinheit rührte sich nicht; sie verweigerte allerdings auch nicht den Zugang. Sie war ganz einfach ohne Energie.

„Durchhalten, Tide!", schrie Santinis Stimme aus dem Inneren seiner eiskalten Wärmekleidung. Während Magnus auch den zweiten Handschuh abstreifte, um die Brennstoffzelle des Mindmappers in die RCU einzusetzen, bemerkte er, wie Santinis SAR-Jet den Pfad des sich nähernden *Capcom* kreuzte.

„Machen Sie sich vom Acker, Santini, oder wollen Sie als Schaschlik enden?"

„Nein", keuchte die Ingenieurin, doch die Verbindung brach ab, bevor sie „aber" sagen konnte, da Magnus es endlich, seiner tauben Finger zum Trotz, fertig gebracht hatte, die Energiezellen aus dem Mindmapper herauszufummeln. Der *Capcom* wich dem schwerfälligen SAR-Jet mit einer eleganten Bewegung aus, zog eine Schleife und gab im Vorbeiflug ein paar Schüsse auf ihn ab, ohne jedoch zu treffen.

Es klickte. Die Kontrolleinheit erwachte in Magnus' Händen zum Leben. Er ließ den Mindmapper fallen. Unwichtig jetzt.

„Hallo Magnus", sagte die RCU mit der Stimme John Kendricks, „hätte ich mir ja denken können, dass du dich nicht abhalten lässt..."

Auf dem Display flackerte in nervösem Rhythmus ein roter Schriftzug: *Manöver Blaueis. Ausführen.* Magnus hatte keine Ahnung, was das bedeutete, aber er fuhr mit dem Cursor darüber und klickte es an. „Spar dir deinen Atem für später", murmelte er, als Kendricks aufgezeichnete Stimme verstummte. *In Arbeit,* verkündete das Display. Was war es, das da in Arbeit war? Und wo?

Mit schmerzenden Lungen hastete er zur Aushebung zurück. Irgendwo, weit entfernt, hörte er ein scharfes Fauchen, das von einem dumpfen Rumpeln untermalt wurde, doch er hatte keine Zeit, sich umzudrehen und nach der Ursache zu suchen.

Erneut schwenkte der *Capcom* mit bösartig blitzenden Lasern auf ihn ein; Magnus wälzte sich keuchend über den Rand der Grube und ließ sich fallen. Er schlug unten hart auf; ein Schauer scharfer Eissplitter prasselte nieder, nur knapp verfehlte ein großer, angeschmolzener Brocken seinen Kopf. Es dauerte mehrere Sekunden, bis er sich von dem Sturz erholt hatte. Vibrierte der Boden, oder täuschten ihn seine überstrapazierten Nerven? Was war nun mit Kendricks verdammter, geklauter Maschine?

Wie aus dem Nichts rollte plötzlich eine weiße Nebelwand über die Grube hinweg, versperrte die Sicht nach oben. Eisnadeln fällten aus und regneten überall herab, auf Kendricks stummen, leblosen Körper, auf Magnus' Kopf. Die RCU piepste. *Suche Position,* verkündete das Display, als Magnus es vor sein Gesicht hielt, mühsam darauf bedacht, dass das filigrane Gerät ihm nicht entglitt. Er spürte seine Hände nicht mehr und kaum noch die Beine. Was ging hier vor, was nur?

Lautes Triebwerksgrollen drang durch die Nebelbank oberhalb der Grube. Das Geräusch tastete sich näher heran, immer näher; blitzendes Stroboskoplicht beleuchtete die tanzenden, weißen Fetzen gefrorenen Wasserdampfs, die sich wie ein Reigen unstofflicher Geister mit verzerrten Fratzen gegen die mehr als taghelle Nacht abzeichneten. So sollte es also enden. Es gab kein Entkommen mehr, diesmal musste der Pilot des *Capcom* seinen Laser einfach nur so lange in die Grube hineinhalten, bis es vorbei war. Magnus legte den Kopf in den Nacken, als das dröhnende Wummern, das sich aus dem Fauchen konventioneller Triebwerke und dem Brummen machtvoller Gravistats zusammensetzte, über ihm Halt machte. Hell erleuchtet senkte sich die Maschine hinab, Geschützrohre stachen aus dem Nebel hervor, immer tiefer, die voll verglaste Pilotenkanzel wurde sichtbar, bis der Jet schließlich genau über der Grube hing. Doch er hielt nicht inne, sondern sank weiter, mitten in die Aushebung hinein.

Die Kontrolleinheit piepste wieder.

Bereit.

„Das kann nicht sein, das glaube ich nicht, *no way*“, murmelte Magnus mit vor dem Mund gefrierendem Atem. Vergessen waren die vereisten Hände und das erlahmende, frostige Zittern in seinem Innern; das, was da soeben auf dem Boden der Eisgrube aufsetzte, war nicht etwa der *Capcom* seines Verfolgers, sondern ein Hi-Tech-Jet, wie er niemals zuvor einen gesehen hatte.

Im Vergleich zu den meisten anderen Jets, die Magnus geflogen hatte – insbesondere natürlich der *Pantheon* –, schien die Maschine relativ klein, ganz sicher kleiner als der Senkrechtstarter und kaum größer als der Bestäubungsflieger, der im Hauptquartier von NF&V auf ihn wartete. Unscheinbar hingegen konnte man sie nicht gerade nennen: eine ungewöhnliche, fast mannshohe Pilotenkanzel gewährte freien Blick in einem Winkel von mindestens 180°; zwei kurze, flügelähnliche Ausleger trugen eine Impulswaffenbatterie, die einer miniaturisierten und modernisierten Stalinorgel glich, während die neben der Kanzel montierte Hochgeschwindigkeits-Gatling versprach, sich durch alles hindurchzubeißen, dem mit gewöhnlichen Energiestrahlen nicht beizukommen war. Unterhalb der Tragflächenkonstruktion schimmerte der schlanke Körper einer Cruise Missile in seiner Auswurfvorrichtung, an den Enden protzten weitere Kanonen, über deren Natur und Wirkungsweise Magnus nur Vermutungen anstellen konnte.

Das Eindrucksvollste an dem Jet waren aber sicherlich seine mächtigen, beinahe schon überproportionierten Triebwerke, die an zwei nicht minder gewaltigen Gravistats aufgehängt waren. Sie schienen vertikal frei schwenkbar und erlaubten es dem Jet somit offenbar, auch ohne die Schwerkraftmotoren auf der Stelle zu schweben. Verblüfft beobachtete Magnus, wie die Automatik die Triebwerkskästen während der Landung präzise aussteuerte. Dieses Teil musste höllisch gut manövrierbar sein! Es sah unglaublich beweglich aus, schien für jede nur denkbare Flug- und Kampfsituation ausgelegt und war so schwer bewaffnet, wie eine ganze Armee Landungsroboter.

Als sich die Kanzel anhob, um das leere Cockpit freizugeben, schlidderte Magnus fast wie in Trance auf die Maschine zu. Das also war die LR4004 – selbstverständlich kein Fusionsreaktor, nein, sondern ein mächtiges Kampfflugzeug, vielleicht sogar *das* potenteste aller Zeiten! Jetzt konnte er Kendrick verstehen: die Aussicht, einfach irgendeinen Jet zu entführen, hätte John nie gereizt. Diesen Speziellen hier allerdings...

Mit glänzenden Augen ließ Magnus sich in den pneumatischen Pilotensessel sinken, der sich unter leisem Surren geschäftig seiner Körperform anpasste. Die Kanzel schloss sich. Magnus' Hände schmerzten, als die Wärme des vorgeheizten Cockpits das Gefühl zurückkehren ließ; auch sein Gesicht brannte, aber er achtete nicht darauf. Seine Finger schlossen sich um die Kontrollen, öffneten sich wieder, griffen erneut zu. Dann zog er den Flightstick zu sich heran.

Leicht und schwerelos schoss die LR4004 in die Höhe, über den Grubenrand hinaus, an dem dort gelandeten *Capcom* vorbei, in den Nachthimmel hinauf. Im Vorbeihuschen vermeinte Magnus, eine Person neben dem *Capcom* stehen zu sehen, aber die LR4004 stieg so schnell auf, dass er sich ebenso gut getäuscht haben mochte. Er zog die Maschine bis auf eine Höhe von fünfhundert Metern und richtete den Blick nach unten. Grau auf Dunkelgrau trudelte weit unten noch immer der Jet der Protektoratspolizei, jedoch langsamer werdend und mit ruckartigen Bewegungen, so, als würde der Pilot den Flieger bald wieder unter Kontrolle haben. Ein weiterer großer, grauer Fleck war Santinis SAR-Jet, der scheinbar nur ein paar Dutzend Meter oberhalb des Gletschers nahe der erleuchteten Stationskuppel auf der Stelle schwebte. Vermutlich war die Ingenieurin von den Ereignissen so überrascht, dass sie nicht so recht wusste, was sie nun unternehmen sollte.

Die dritte Silhouette war die des schwarzen *Capcom*, der nun über dem noch dunkleren Hintergrund der Aushebung schwebte und rasend Fahrt aufnahm. Magnus ließ seine Hand über die Armaturen gleiten: Fluginstrumente, Ortung, Waffenkontrolle: alles etwas kompakter als gewohnt und mit einigen zusätzlichen, ihm unvertrauten Bedienelementen versehen. Generell entsprachen die Kontrollen aber dem Standard, sodass er damit ohne Weiteres umgehen konnte. Er schnippte die Waffenkonsole an. Sofort surrten und klackten die Schusssicherungen überall am Jet in ihre ungesicherten Positionen; Kontrolllichter flammten grün und gelb auf, der Bordcomputer projizierte das visuelle Leitsystem und taktische Informationen mit roten Linien auf die Innenseite des Cockpitfensters.

Magnus fühlte sich großartig. Vergessen waren alles andere, die Strapazen, das Wrack der *Pantheon IV*, selbst Johns Schicksal. Viel zu lange war es her, dass er hinter den Kontrollen eines Kampfjets gesessen hatte. Wie hatte es überhaupt je dazu kommen können, dass man ihn aus dem Cockpit verbannt hatte? Er würde den *Capcom* vom Himmel putzen, und sich dann endlich der Aufgabe widmen, seine Reputation wieder herzustellen. Niemand sollte ihn je wieder derart... aufs Eis führen!

„Blödes Wortspiel", murmelte Magnus in Erinnerung an Kendricks Videoaufzeichnung. Die Zielerfassung malte einen grünen Rand um den sich rasch nähernden Jet, eine LED blinkte hektisch. Magnus zögerte. Was, wenn der Mann im *Capcom* gar nicht kämpfen wollte? Zwar hatte Magnus die Fähigkeiten der LR4004 noch nicht auf die Probe gestellt, aber es gab keine Zweifel daran, dass jeder Versuch eines Angriffs von vornherein zum Scheitern verurteilt war. Er suchte und fand den Kommunikator und aktivierte ihn.

„*Capcom*", rief er. Eine Digitalanzeige verriet, dass sich ein Empfänger auf den Standardtransponder schaltete. Was Magnus zu sagen beabsichtigte, ließ seine Zunge erlahmen – ein Gefühl, das ihm üblicherweise völlig fremd war.

„Hören Sie, Mann. Wir können über alles reden. Sie wollen die LR4004, gut. Cool. Sollen Sie haben, und alles bleibt Peace, okay? Keiner muss sich eine blutige Nase holen."

Denn er war Freelancer, kein Dieb! Und jenen Fehler, den Kendrick begangen hatte, wollte er nicht wiederholen. Gut, okay... wäre es nicht gerade Lobos, die diesen Prototypen wiederhaben wollten, dann würde er es sich vielleicht anders überlegt haben...

Der Pilot des *Capcom* schwieg sich weiterhin aus. Statt einer Antwort leuchtete eine blinkende Warnmeldung im Cockpitfenster auf: *Eingehende Steueranforderung über Infraschall*. Jemand versuchte, von außen die Steuerung der LR4004 zu übernehmen! Die Maschine ruckte verdächtig an; aus den Augenwinkeln nahm Magnus eine nachschaukelnde Bewegung unterhalb der Seitenkonsole wahr, die sofort seine Aufmerksamkeit auf sich zog.

„Verfluchter Hund!“, murmelte Magnus. Sein Blick verfolgte ein dünnes Datenkabel, das unterhalb der Steuerkonsole aus einer Verfugung hervorschaute, und an dessen Ende eine winzige Steckverbindung frei in der Luft hin- und herwippte, auf die jemand ein Fingernagel großes Schaltmodul gesteckt hatte. *Fehler – Infraschallkontrolle derzeit nicht möglich, verkündete die Statusanzeige des Bordcomputers.*

„John, du gerissener Hund!“, lachte Magnus. So war es Kendrick also gelungen, den Manipulationsversuchen seitens Lobos Robotics zu entgehen, und deshalb hatte man den Jet auch nicht elektronisch aufspüren können! Schade nur, dass es ihm letztendlich nicht geholfen hatte.

Der *Capcom* eröffnete ohne Vorwarnung das Feuer. Magnus ließ die LR4004 über die rechte Tragfläche rollen, während Leuchtsalven weit hinter ihm im Nichts versiegten. „Sie wollen den Prototypen zurück, Sie bekommen ihn!“, rief er.

Diesmal antwortete der fremde Pilot endlich. Ein Videofenster öffnete sich über den Instrumenten. Der Mann war dunkelhäutig, besaß ein schmales Gesicht mit atypisch schmalen Lippen und tief liegenden, bösartigen Augen. „Es gibt keinen Prototypen. Und es gibt keinen Magnus Tide“, schnarrte er mit spröder Stimme. „Und auch keine Thielstation“, fügte er hinzu. Eine *Wyrm* raste auf Magnus zu. Eine winzige Bewegung der Kontrollen genügte, die LR4004 ein Manöver vollführen zu lassen, das von der Rakete nicht nachvollzogen werden konnte; das Geschoss explodierte ein paar Sekunden später in mehreren Kilometern Entfernung.

„LR4004 Archer“, las Magnus einen vertikal auf dem Seitenholm aufgebrachten Schriftzug ab. „Von wegen ‚gibt es nicht‘. Ich sitze drin. Zum letzten Mal: Krieg oder Frieden?“

„Ich weiß nicht, von was Sie reden, Mister Tide, und Sie wissen es offenbar selbst nicht. LR4004 ist ein ganz gewöhnlicher Fusionsreaktor. Ist Ihnen das nicht klar? Aber das ist jetzt auch egal. Meine Antwort lautet: Krieg.“

„Ein fliegender Fusionsreaktor“, murmelte Magnus, während er die Verbindung kappte. Sein Gegner wusste definitiv, dass das nicht stimmte. Warum behauptete er es dann? Um eventuelle Mithörer des Funkverkehrs in die Irre zu führen? Möglich. Der *Capcom* feuerte eine letzte Salve auf Magnus, dann drehte er unvermittelt ab und tauchte in die Dunkelheit. Überrascht, aber dennoch reaktionsschnell hängte sich Magnus an das Heck seines Gegners. Lichtpfeile gingen vom Bug des *Capcom* aus, momentan blendend, tastend, ein Ziel suchend. Da sah Magnus, auf was gefeuert wurde: Santinis SAR-Jet und die Kuppel von Thielstation! Schon implodierte die Nordhälfte der Glaskuppel in einem gigantischen Scherbenregen, da warf sich der Polizeijet in den Kampf. Seine Impulswaffen flammten auf, Luftmassen stürzten sich donnernd in den im Strahlenpfad entstehenden Unterdruck. Für den *Capcom* gab es nicht die geringste Hoffnung, jetzt, da der Jet des Protektorats die elektronische Störung seiner Kontrollen überwunden hatte. In einem gewaltigen Feuerball explodierte der *Capcom*; Trümmer trudelten brennend nach unten, die antarktische Nacht wurde von einem flackernden Flammenmeer hell erleuchtet.

Santinis SAR-Jet wurde von einem glühenden Bruchstück getroffen und sank aufs Eis, wo er sich mehrfach um die eigene Achse drehte, hundert Meter weit schlidderte, dabei eine tiefe Furche hinter sich her zog und schließlich zur Ruhe kam.

Der Bordcomputer der LR4004 projizierte einen roten, pulsierenden Punkt auf die Anzeige der Fernortung, der etwa 1000 Kilometer entfernt war und sich rasch näherte; Magnus schluckte hart. Eine dunkle Vorahnung überkam ihn, doch er verdrängte den Gedanken. Zunächst musste er der Ingenieurin beistehen. Er drückte den Steuerhebel nach unten und tauchte mit der LR4004 durch die verbleichende Feuerkugel hindurch zu der Stelle, an der er den SAR-Jet hatte niedergehen sehen. Hinter ihm vollzog der Kampflieger des Protektorats ein ähnliches Manöver, jedoch mit dem Ziel Thielstation; die Kuppel bot einen traurigen Anblick; fast alle Lichter waren erloschen und dichter Qualm stieg auf, der selbst in der halb dunklen Nacht deutlich zu erkennen war.

Magnus wählte die Frequenz des SAR-Jets. „Santini! Melden Sie sich. Status?“

Es dauerte ein paar Sekunden, doch schließlich antwortete die Ingenieurin mit vor Wut zitternder, nur mühsam beherrschter Stimme: „Hatte ich nicht gesagt: keinen Krieg, *Herr Tide*?“

„Ich bitte Sie, das war doch kein Krieg.“

„Ach nein? Was denn dann, bitte schön?"
„Nur eine kleine Flugübung, kein Grund zur Aufregung. Ist Ihr Jet schwer beschädigt?"
„Kein Grund zur Aufregung!", schnaubte Santini. „Ich habe mir fast ins Hemd gemacht! Was ist das für ein Flieger? Was ist mit Thielstation? Ich war vorhin kurz drin. Wir müssen helfen."
„Ist Ihr Jet beschädigt, Herr im Himmel?", wiederholte Magnus seine Frage, dabei fast schon brüllend.
„Immer mit der Ruhe, Tide! Sieht gut aus. Nur ein paar Kratzer, glaube ich. Die Gravistats fahren gerade wieder auf Leistung. Alles grün. Tide, wir müssen helfen!"
„Nadya, hören Sie mir jetzt genau zu." Zum ersten Mal benutzte er ihren Vornamen. Vielleicht würde sie das für ein paar wertvolle Sekunden überraschen, in denen die Chance bestand, dass sie ihm tatsächlich einmal zuhörte, ohne alles, was er sagte, sogleich zu hinterfragen. „Landen Sie bei der Station, aber steigen Sie nicht aus! Nehmen Sie so viele Leute wie möglich an Bord und dann ab zum Festland. Warten Sie nicht auf mich. Beeilen Sie sich!"
„Weshalb?"
„Tun Sie es, verdammt noch mal! Ich bin gleich wieder bei Ihnen. Unser aller Leben könnte davon abhängen, los, machen Sie schon!"
Während er noch sprach, zog er die LR4004 steil in den Himmel. Das Gefühl, in die Aurora hineinzufallen, übermannte ihn für einen Augenblick und ließ seinen Magen kribbeln. Auf fünftausend Meter Höhe ließ er den Jet auf der Stelle schweben. Da war er wieder, dieser seltsame, rote Punkt auf der Fernortung, inzwischen nur noch siebenhundert Kilometer entfernt. Das Objekt war extrem schnell und viel zu klein für ein bemanntes Flugzeug. Und es strahlte unglaublich heiß; so heiß, wie nur die Antriebsflamme eines Kerntriebwerks werden konnte. Magnus langte hektisch nach der Kommunikationskonsole. Seine Vorahnung verdichtete sich: der unscheinbare, rote Punkt dort musste ein interkontinentaler Marschflugkörper sein. Höchstwahrscheinlich sogar ein nuklearer. Niemand würde übrig bleiben, um Fragen zu beantworten, alle Spuren würden in einem bodenlosen, glasierten Krater verschwinden. In den Distrikten wiederum würde man sich kaum für eine so weit entfernte Atomexplosion interessieren. Warum auch?

„Santini! Wie weit sind Sie?"

„Dr. Wanganeen weigert sich. Dr. Mleczko ist bei mir an Bord. Ein paar Leute sind in den Polizeijet gestiegen, aber Wanganeen bleibt stur!"

Wer zur Hölle war Wanganeen? Egal. „Sie haben noch zehn Minuten, hier wegzukommen, Nadya. Vielleicht vierzehn. Ich weiß nicht, wie viele Kilotonnen das sind, aber hier wird es in Kürze mächtig unangenehm werden."

Santinis Stimme klang verunsichert. „Was meinen Sie, Tide? Sie glauben doch nicht, dass..."

„Ich glaube, dass ein atomares Lenkgeschoss hierhin unterwegs ist. Sagen Sie das den Leuten. Und fliegen Sie los, drei, vier Minuten reichen, um Sie aus der unmittelbaren Gefahrenzone zu bringen, aber... Himmel!" Magnus holte tief Luft. Was tat er hier? „Nadya, Mädchen, setzen Sie Ihren hübschen Popo in Bewegung, aber zackig! Ich habe nicht die geringste Lust, Sie in einer leeren Urne bei Ihrem Team abzuliefern!"

Endlich schien er zu ihr durchgedrungen zu sein. Santini zögerte einen Augenblick, dann bestätigte sie knapp. „Hab's kapiert, Magnus. Ich bin in fünf Minuten unterwegs. Und schauen Sie zu, dass Sie selbst wegkommen. In der Freihandelszone spendiere ich Ihnen einen Besuch bei einem anständigen Coiffeur. *Over and Out*."

Magnus tastete den Bereichscode von Lobos Robotics in den Kommunikator. *Keine Verbindung*, zeigte die Statusanzeige lapidar an. Natürlich – zu hoch für das Relais! Er ließ die LR4004 um dreitausend Meter fallen und versuchte es erneut. Diesmal kam eine Verbindung zustande.

„Ich befinde mich an Bord eines Ihnen abhanden gekommenen Kampfjet-Prototypen", sagte Magnus zu dem Mann mit dem Raubvogelgesicht. „Ein nuklearer Marschflugkörper ist auf dem Weg." Kommunikationsoffiziere waren üblicherweise ranghöher als gewöhnliche Sekretäre oder anderes Fußvolk. Trotzdem bemühte Magnus sich um eine Wortwahl, die sofort alle Alarmsirenen selbst bei dem geringsten Angestellten von Lobos schrillen lassen sollte.

„Uns ist kein Prototyp abhanden gekommen, Sir", antwortete der uniformierte Mann auf dem Videobild höflich. „Wir sind zurzeit auch nicht in Kampfhandlungen verwickelt."

„Die LR4004 Archer. Archer heißt Schütze, nicht wahr? Sie können Sie zurückhaben, bloß pfeifen Sie die Cruise Missile zurück! Sofort!"

„Sir, die Lobos Robotics Corporation stellt kein Kampfflugzeug mit der Bezeichnung LR4004 her. Unser neuestes Produkt trägt die Kennung LR2988. Bis wir 4004 erreichen, werden noch zehn oder mehr Jahre..."

„Stellen Sie mich zur Ihrem Chef durch. Sofort!"

Der Punkt auf der Fernortung unterschritt die 500 Kilometer-Marke.

„Sie müssen sich irren", sagte der kantig wirkende, ältere Mann mit den lockigen, weißen Haaren. „Aber wenn Sie einen Moment warten, überprüfen wir gerne unsere Datenbank für Sie." Wortlos hielt Magnus die RCU dicht vor das Aufnahmeobjektiv der Kamera.

„Lesen Sie das hier."

„Tut mir Leid. Das ist schwer zu erkennen. Steht dort überhaupt etwas?"

Magnus drehte die RCU um. *Lobos Robotics LR4004 Archer 0001*. Es hatte keinen Zweck. Aus irgendeinem Grund wollte man bei Lobos die Existenz dieses Jets lieber verleugnen, anstatt ihn in einem Stück wiederzubekommen.

„Warten Sie!", rief der Mann mit den weißen Haaren, als Magnus nach den Kontrollen griff, um die Verbindung zu unterbrechen. „Bleiben Sie dran! Wir überprüfen..."

Magnus schaltete den Kommunikator aus und gab vollen Schub in die Richtung des sich nähernden Flugkörpers, der nur noch 250 Kilometer entfernt war. Kurz spielte er mit dem Gedanken, das Geschoss abzufangen, doch dann verwarf er ihn als zu riskant. Minuten später zischte die Rakete in nur fünfhundert Metern Entfernung an ihm vorbei; er konnte ihre lange, bläulich-weiße Antriebsflamme sehen.

Wo war Santini? Auf dem Ortungsschirm erschien die schnell zurückbleibende Thielstation als verlassen; weder der SAR-Jet noch der Flieger der Protektoratspolizei befand sich noch dort. *Gut*, dachte Magnus grimmig. Dann konnte die Show ja beginnen.

Sieben Minuten später blühte weit hinter der davoneilenden LR4004 eine lautlose, nukleare Halbkugel auf, deren grellweiße und gelbe Feuerknospen so wunderschön waren wie die einer sterbenden Sonne. Magnus lief ein kalter Schauer den Rücken hinunter. Wenn das kein Krieg war, was war es dann, hatte die Ingenieurin gefragt. Sie hatte Recht: es war Krieg.

Archer, dachte Magnus, als die Druckwelle ihn viel später erreichte, unendlich abgeschwächt und ungefährlich. Er schaute zu Santini hinüber, deren Jet keine fünfzig Meter entfernt zu seiner Rechten auf gleicher Höhe flog. Neben ihr im großen Cockpit saß eine Frau, die eine altmodische Brille trug. Beide Frauen winkten und lachten, als sie ihn bemerkten, und er winkte zurück, mit einem leicht abwesend wirkenden, verträumten Lächeln auf seinem Gesicht. *Archer! Ziemlich uncooler Name, was? Warum nicht* Sagittarius*? Das dürfte auch den Aspergern gefallen! Sarah würde Augen machen!*

Sagittarius!

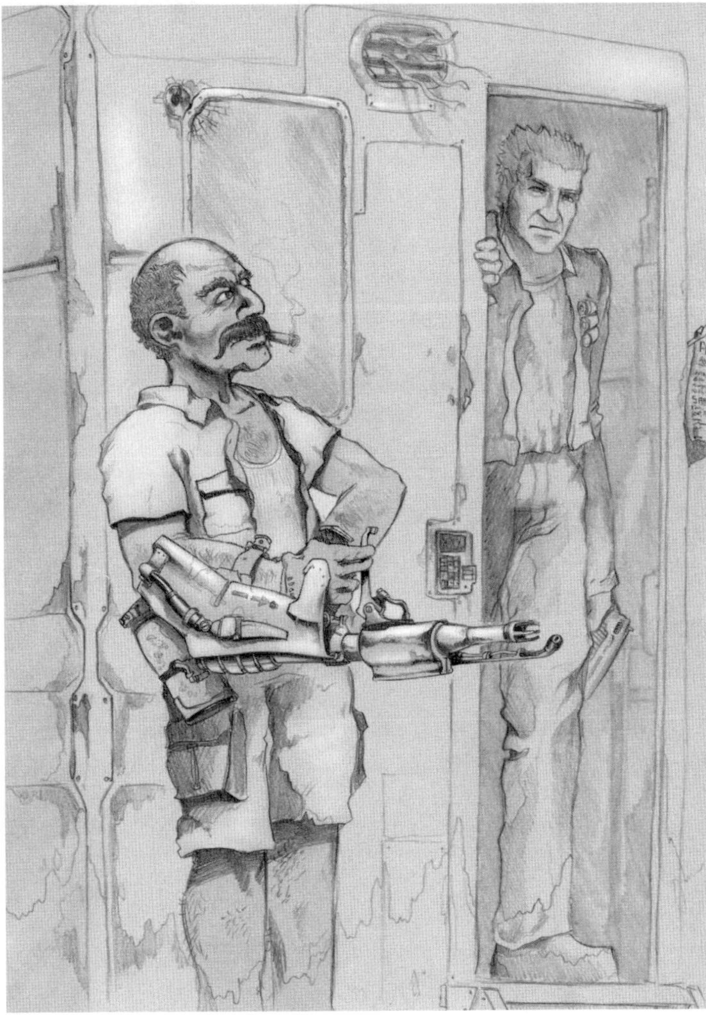